6

L'ÉTRANGÈRE DE GROLÉJAC

MIREILLE PICAUDOU ARPAILLANGE

Éditions
Terre d'Histoires

Illustration de la couverture : Shutterstock/Studio City

ISBN : 978-2-8246-1478-6
Code Hachette : 61 6178 6
Catalogues et manuscrits : city-editions.com/terredhistoires

Dépôt légal : Mai 2019

Première partie

Lucile

1

C'est étrange, cette photographie est à part. Les autres sont conservées dans une boîte et des albums. Je connais bien tous ces clichés pour les avoir souvent regardés avec maman. Mais celle-ci, je ne me souviens pas de l'avoir déjà vue. Je la découvre tout au fond d'un tiroir, seule, pliée dans une feuille de papier qui a dû être blanc et qui a jauni. Elle n'est pas rangée avec les autres photographies de famille, témoignage des générations passées. Elle a été comme isolée, cachée. Pourquoi ? Je n'aurai pas la réponse puisque maman vient de mourir. Je m'assois un instant sur le lit pour interroger cette image inconnue. La photographie est prise à l'intérieur, peut-être dans un studio car on peut voir en arrière-plan un de ces décors que les photographes utilisaient autrefois, formant comme un rideau de scène derrière les personnages. Tout d'abord j'ai cru qu'il s'agissait d'un dessin extrêmement réaliste, fait au crayon gras. Je m'approche de la fenêtre de la chambre de maman qui donne sur le jardin et la pâle lumière de l'hiver éclaire cette scène, visiblement très ancienne. Les vêtements et les coiffures semblent appartenir au dix-neuvième siècle, mais je sens que ces gens ont à voir avec moi, sinon pourquoi maman aurait-elle gardé cette image ? Il s'agit bien d'une photographie, peut-être retouchée au crayon, qui a jauni et s'est craquelée au fil du temps mais demeure parfaitement lisible. On ne comprend pas d'emblée qu'il s'agit d'une photo de mariage. Le jeune couple assis au centre est certes endimanché, mais la femme ne porte pas de robe blanche. Elle est vêtue d'une jupe et d'un corsage clairs, peut-être bleu pâle, dont le col montant cache son cou qui semble long et mince. Un petit volant souligne le haut de sa poitrine et se perd vers ses épaules. Un autre, plus large, festonne le bas de la jupe. Ses mains qui reposent sur ses genoux tiennent un petit bouquet de fleurs artificielles. Le léger diadème, décoré de ces mêmes fleurs, qui orne ses cheveux relevés en chignon le confirme : il s'agit pourtant d'une mariée. Quelques frisons de cheveux rebelles s'échappent de la coiffure sévère qui retient une chevelure que l'on devine abondante. Au-dessus de ses pommettes hautes légèrement saillantes, son regard, comme gêné ou indécis, ne se dirige pas vers l'objectif, mais se perd quelque part vers la gauche du photographe, que j'imagine caché sous le drap noir de son appareil. Au contraire, son époux, dans un costume sombre un rien étriqué pour son grand corps, regarde avec une pointe d'audace l'appareil devant lui. La nouvelle épousée semble bien plus jeune que son mari. Son corps conserve ce quelque chose des courbes graciles de l'adolescence, même si en elle rien ne semble fragile. Quelques personnes seulement les accompagnent. Un couple d'âge mûr est assis près du marié. Elle, la mine revêche sous la coiffe, entièrement vêtue de noir, comme ces femmes d'autrefois qui, passant d'un deuil à l'autre, finissaient par ne plus porter aucune autre couleur. Lui, fixe le même regard audacieux sur l'objectif du photographe. La ressemblance est certaine, il s'agit des parents du marié. Mais étrangement personne n'est assis aux côtés de la jeune femme. Trois autres personnes sont debout au second plan, mais un grand vide demeure près de la mariée. Ils ont tous une posture figée, comme si durant quelques instants la vie s'était suspendue. Le photographe a dû leur demander une immobilité absolue durant la pose et on les voit presque retenir leur respiration. Machinalement je retourne la photographie, et au dos je lis l'inscription écrite à la plume : « La famille de

Groléjac ». Groléjac ? Ça semble être le nom d'un lieu. Je n'en ai jamais entendu parler par maman.

Un appel me ramène au présent :

— Lucile, tu es là ?

— Oui, en haut dans la chambre.

J'entends Stéphane, il monte l'escalier en bois qui craque avant d'apparaître dans l'encadrement de la porte.

— Ça va ? s'inquiète-t-il. Tu en es où ?

— J'ai fini le salon.

— Oui, j'ai vu les cartons et les sacs-poubelles en bas.

— Je vais prendre le secrétaire et j'ai gardé quelques livres, ceux qu'elle aimait beaucoup sur l'histoire de la région, et la boîte à bijoux qu'un cousin avait rapportée de Saïgon à ma grand-mère.

— De Saïgon ?

— Oui, je te l'ai déjà raconté. Ma grand-mère avait un cousin mécanicien dans un sous-marin, il voyageait tout le temps vers les colonies françaises, l'Afrique du Nord, l'Indochine…

Stéphane ne fait pas de commentaires. Nous ne sommes pas grandement logés et ce que je vais ramener de la maison de maman va nous encombrer. Mais il ne dit rien parce qu'il veut me protéger. Maman est morte il y a seulement deux semaines. Durant les six mois de sa maladie, j'ai dû l'accompagner dans ce calvaire qu'est l'attente d'une mort programmée. Les soirées après mon travail, les week-ends passés près d'elle à l'hôpital. Stéphane a été patient, il l'est encore. Ces conversations triviales que nous avons autour de la façon dont nous devons nous débarrasser de ce qui faisait la vie quotidienne de maman pourraient être insoutenables, mais paradoxalement elles me tiennent un peu éloignée de la douleur.

Stéphane redescend et je remets les photos dans la boîte cartonnée. J'y ajoute celle de « La famille de Groléjac ». Pourquoi maman la conservait-elle à part, en quoi était-elle différente ? Les autres sont aussi des photographies anciennes que, contrairement aux plus récentes, maman n'avait pas placées dans les albums rangés au salon. Je poursuis ma tâche de rangement, tout en me demandant qui étaient ces gens mis à l'écart de l'histoire familiale. Je me dis qu'il y a peut-être dans la vie de maman des zones d'ombre, des secrets que j'ai toujours ignorés. Je suis sa seule enfant, et n'ai donc personne avec qui partager mes interrogations. Je continue à sortir de l'armoire et de la commode tous ses vêtements que je plie et entasse dans les cartons que j'ai récupérés ce matin derrière le magasin d'électroménager. Son linge retient encore ce léger parfum de lavande qu'elle utilisait toujours dans ses tiroirs et ses lingères, comme l'avaient fait avant elle les femmes de sa famille. Je m'efforce de ne pas penser à la dernière fois que j'ai vu maman porter ce pantalon gris, ce pull-over bleu ardoise ou ce chemisier blanc. Je mets autour de mon cou son écharpe en soie lilas que je vais conserver. Voilà, il ne reste plus rien dans l'armoire, et tout à coup c'est trop dur. Je m'effondre en larmes sur le bord du lit. Je n'aurais pas voulu vider sa maison aussi vite, c'est comme si je poussais maman hors de ma vie. Peut-être qu'en laissant passer du temps, dans quelques mois, un an... ça aurait été plus facile, plus évident. Mais un acheteur s'est présenté, tout de suite après le décès, quelqu'un du quartier. À croire qu'il guettait sa mort, tel l'oiseau charognard sur sa branche. Stéphane me dit que c'est une occasion à ne pas laisser passer. La maison n'est pas en très bon état et nous aurions du mal à trouver un autre acheteur. Nous n'avons pas les moyens de la garder et d'y faire des travaux. Nous arrivons tout juste à entretenir la nôtre. Stéphane a raison. Alors je continue à vider et à trier en essuyant mes larmes.

Stéphane est installé devant un film à la télévision. Je prends la boîte de photos et, avant de m'asseoir dans le fauteuil, tisonne le feu dans la cheminée. Un instant je regarde s'élever les flammes, luttant entre elles, naissant et mourant, vivant une existence intense et fugace. La boîte de photos est posée sur mes genoux. Je ne sais pas ce qu'elle a bien pu contenir autrefois. Sur son couvercle jauni est peint un bouquet de muguet. Je reprends la photo de mariage qui est posée sur le dessus. Groléjac. Demain je regarderai sur Internet pour voir si je trouve cet endroit. Je la pose dans le couvercle placé devant moi et continue à explorer le contenu de la boîte. Un soldat de la guerre de 1914, moustachu et viril, pose crânement, mis en scène près d'un guéridon sur lequel il ne s'appuie pas. Il l'ignore, comme s'il négligeait cet appui pour se tenir fièrement campé face à l'objectif. A-t-il été photographié avant de connaître la boucherie des tranchées ou son assurance masque-t-elle la peur qui ne le quitte pas à la pensée d'y retourner ? Ce qui pour ses contemporains devait être le symbole du patriotisme triomphant, nous apparaît aujourd'hui comme une pose trop apprêtée et un brin ridicule. Sur des photos plus récentes, je reconnais mes grands-parents Benjamin et Mélanie, mariés au début de la Seconde Guerre mondiale contre l'avis de leurs deux familles, d'après ce que m'avait raconté maman. Sur la suivante, c'est mon arrière-grand-mère Rose avec maman enfant sur ses genoux. Et au milieu de ces images familières, un portrait plus ancien auquel je n'avais sans doute pas prêté attention. Comme la photo de mariage, il semble retouché au crayon. Au-dessous, sur une bande de papier laissée vierge sur le tirage, quelqu'un a écrit : « Maman Anastasie ». Je ne peux retenir un cri de surprise :

— Mais c'est la même !

— Quoi ? demande Stéphane plongé dans son film. Qu'est ce que tu dis ?

— Rien, rien, c'est les photos.

Je pose les deux clichés côte à côte et l'évidence me saute aux yeux : la femme qui se tient debout derrière les mariés de « la famille de Groléjac », c'est « Maman Anastasie ». Je me précipite au garage malgré le froid pour fouiller dans les cartons ramenés tout à l'heure, à la recherche du cahier où maman avait noté quelques éléments de la généalogie familiale.

— Mais qu'est-ce que tu fais ? s'inquiète encore mollement Stéphane.

— Je cherche la généalogie.

Dans le cahier tout est clair : maman était fille de Benjamin, lui-même fils de Rose dont la mère s'appelait Anastasie. C'est donc mon arrière-arrière-grand-mère. Mais que fait-elle sur cette drôle de photo de mariage avec « la famille de Groléjac » ? Tous mes ascendants du côté maternel vivaient à Bordeaux ou dans les environs immédiats. Je reste à rêvasser, le regard perdu dans les flammes moribondes de la cheminée. Il faut que je sache où se trouve cet endroit, Groléjac. Je crois que je me suis un peu endormie dans mon fauteuil, vaincue par la fatigue et le chagrin des derniers jours. C'est Stéphane qui me réveille en éteignant le téléviseur :

— Tu viens te coucher ?

« Groléjac, petit village français dans le département de la Dordogne. Ses habitants sont appelés Groléjacois et Groléjacoises… La rivière Dordogne est le principal cours d'eau qui traverse la commune de Groléjac… » récite l'encyclopédie Wikipédia. Que faisait mon ancêtre Anastasie dans ce village ? Pourquoi maman avait-elle écarté cette photo de mariage de l'histoire familiale ? Peut-être y a-t-il encore là-bas des descendants de ces drôles de mariés ? Depuis la disparition de maman, je n'ai plus de famille. Il me reste Stéphane mais nous n'avons pas d'enfant. Je me surprends moi-même à penser sans cesse à ces gens disparus depuis si longtemps. J'en ai parlé plusieurs fois à Stéphane qui, je le sens bien, ne comprend pas mon intérêt. Il n'ose pas me dire que je déraille mais je sens bien qu'il me traite comme une malade qu'il ne faut pas contrarier.

J'ai repris ma place au bureau où je travaille comme un automate. Le soir, je ne suis pas sûre de me rappeler ce à quoi j'ai occupé ma journée. Hier, nous sommes allés chez le notaire. C'était une épreuve, laisser les clés de maman au corbeau, ce voisin charognard qui désormais habitera sa maison. Il a un regard qui me déplaît, des petits yeux fureteurs très sombres qui fouillent en vous sans vergogne. Stéphane me dit que j'exagère un peu, qu'il a l'air normal. Je ne repasserai plus jamais dans la rue de maman, ni même dans son quartier, je ne voudrais pas voir le corbeau entrer chez elle, constater comment il s'est approprié les lieux, a nettoyé le jardin laissé dernièrement à l'abandon, changé les rideaux aux fenêtres et la couleur de la porte d'entrée.

Stéphane me dit que je suis un peu déprimée et que quelques jours de congé me feraient du bien. Je pourrais, je n'ai pas encore entamé mon quota de l'année au bureau, et le patron comprendrait, après la mort de maman... Mais que vais-je faire toute la journée à la maison ? C'est l'hiver, rien n'incite à sortir de chez soi. Soudain, c'est comme une évidence : je vais prendre quelques jours et partir à Groléjac. Le changement me fera du bien et je retrouverai peut-être la trace de la famille de là-bas. Je sens bien que Stéphane n'approuve pas vraiment mon projet :

— Tu veux partir seule ?... Dans cet endroit où tu ne connais personne ?

— Ce ne sera que quelques jours.

— Mais qu'est-ce que tu feras, là-bas ?

— Je rechercherai les descendants de la famille de Groléjac.

Stéphane ouvre la bouche mais ne dit rien. Je vois bien qu'il ne me comprend pas et d'ailleurs moi-même je ne sais pas très bien ce qui me pousse à faire ça. Je sens confusément que cela a un lien avec maman, avec sa disparition. Me retrouver une famille, moi qui suis la dernière de la lignée ? Ou peut-être l'espoir de trouver des gens qui connaissaient maman. Puisqu'il n'y a plus d'avenir avec elle, j'ai besoin de remonter vers le passé...

2

Je m'engage sur le pont de béton dont les rambardes m'empêchent de voir les eaux de la Dordogne, sans doute abondantes en cette saison. Et aussitôt j'aperçois l'Hôtel du Port où j'ai réservé une chambre. Je craignais de ne trouver aucun logement en dehors de la saison touristique, à une période où les vacanciers se dirigent plutôt vers les montagnes enneigées, mais l'hôtel-restaurant du Pont fonctionne toute l'année. Je ne sais pas encore comment je vais procéder pour retrouver les traces supposées de cette partie de la famille.

Après le déjeuner, je m'habille chaudement, car le brouillard s'effiloche sans vraiment se dissiper, et je me dirige vers le pont. J'ai senti tout à l'heure au téléphone l'inquiétude de Stéphane mais je suis inexplicablement sereine. J'ai l'impression de respirer. Je n'ai jamais fait ça, partir ainsi seule, dans un endroit inconnu. C'est sûr, Stéphane doit me trouver étrange. Mon regard plonge vers des tourbillons d'eau noire qui s'enroulent autour des piles. Ce lieu doit être plaisant sous le soleil, avec ses collines boisées, le ruban de la rivière qui glisse dans les prairies et le petit château du village qui domine le paysage. Pour l'heure, la pierre jaune des constructions a du mal à émerger de la brume et le trottoir du pont est si étroit que les camions qui circulent me frôlent au passage. Je me réfugie dans une ruelle qui accède au cœur du vieux village. Quelques maisons s'étagent au pied de la petite église.

À tout hasard, je pénètre dans le cimetière et déambule entre les tombes sans bien savoir ce que je cherche. Sur la photo de mariage, mon ancêtre Anastasie pose près d'un homme, sans doute son mari. Était-ce elle qui appartenait à « la famille de Groléjac » ? J'ignore quel était son nom de jeune fille, maman ne l'a pas relevé dans son cahier. Cela m'aurait été bien utile. Qui pourrait encore se souvenir de ce mariage qui remonte à la fin du dix-neuvième siècle ? Ce qui est sûr, c'est que ce n'était pas une union banale. Pourquoi aussi peu d'invités sur la photo, et une mariée seule ? Un veuf qui se remariait avec une toute jeune fille orpheline ? Cela pourrait avoir laissé des traces dans la mémoire collective de ceux qui n'ont jamais quitté leur village, d'une génération à l'autre.

Groléjac n'en finit pas de s'étirer le long de la route. Je gare ma voiture devant la mairie. L'hôtelière m'a affirmé qu'elle était ouverte au public cet après-midi. Je vois bien que la secrétaire me regarde d'un air suspicieux quand je lui demande les noms et adresses des personnes les plus âgées de la commune.

— Je fais des recherches généalogiques sur ma famille mais je ne dispose pas d'informations précises, juste une vieille photo.

Dans le coup d'œil rapide qu'elle me lance par-dessus son écran d'ordinateur se lisent l'incompréhension et une certaine impatience. « Il y a des gens qui ont du temps à perdre », doit-elle se dire. Inutile de tenter de lui expliquer que remonter le temps est pour moi une façon de supporter le présent. L'homme qui attend son tour assis derrière moi intervient avant que la secrétaire ne m'ait répondu :

— Le plus simple c'est que vous alliez à la maison de retraite de Domme, y'a quelques vieux de la commune qui y sont.

Je le remercie et sors pour reprendre ma voiture. À travers la fenêtre du bureau de la mairie, je vois les deux visages, celui de la secrétaire et celui de mon informateur, qui se tournent vers moi. De quoi alimenter leur curiosité et la conversation.

Entre-temps, le soleil a triomphé de la brume et la pierre ocre des maisons donne un peu de chaleur au paysage hivernal. Je continue mon exploration, traverse un hameau appelé La Mouline et arrive jusqu'à un lac. Ce doit être un espace de loisirs en été car il y a des bungalows et une plage aménagée. Pour lors, tout est désert et l'accès au parking est libre. Je m'avance jusqu'à la rive et suis le sentier qui longe le lac jusqu'à un banc de bois où je m'assois, paisiblement installée dans le silence et la solitude. Deux cygnes semblent effleurer la surface au loin, faisant remonter ce vieux poème dont maman récitait parfois quelques vers qu'elle avait appris à l'école : « Le cygne chasse l'onde avec ses larges palmes et glisse… » Mon esprit est vide mais apaisé, maman est assise près de moi sur le banc. Le froid me tire de ma léthargie quand le soleil disparaît derrière les collines. Je resserre autour de mon cou l'écharpe de maman. Quand je suis partie de la maison, Stéphane m'a fait remarquer avec justesse qu'elle n'était pas assez chaude pour la saison, mais je n'arrive pas à m'en séparer. Sur le chemin du retour vers l'hôtel, je passe devant un édifice que je n'avais pas repéré à l'aller. On dirait un ancien bâtiment de gare. J'ai du mal à imaginer une voie ferrée dans cette zone aussi rurale. Voilà encore un mystère à éclaircir. Demain je vais essayer de trouver quelques témoins du passé comme me l'a conseillé tout à l'heure ce Groléjacois. Tiens d'ailleurs, j'ai remarqué que les gens d'ici prononcent Grolejac, sans accent sur le « e ». Quand j'aurai Stéphane ce soir au téléphone et que je lui exposerai toutes mes menues découvertes, il pensera que je déraille de plus en plus, même si je lui affirme que je vais bien, ce qui est vrai.

Je suis attablée devant mon dîner dans la salle du café-restaurant. Le soir, je suis la seule cliente. Pour le déjeuner il y a un peu plus de mouvement : ouvriers qui prennent pension, commerciaux de passage, livreurs… mais le soir la salle reste vide et je partage sans doute le menu familial de mes logeurs, soupe, omelette et salade d'endives. La patronne m'a installée près d'un radiateur et je lui en sais gré, la nuit s'annonce glaciale. Mon regard se porte sur une vieille photo en noir et blanc accrochée au mur à ma droite. Elle représente une sorte de passerelle suspendue. En observant de plus près, j'ai l'impression de reconnaître le paysage autour. Quand ma logeuse m'apporte le flan à la vanille du dessert je l'interroge :

— Cette passerelle, elle était ici à Groléjac ?

— Oui, avant le pont. Il paraît que les animaux avaient peur de l'eau que l'on voyait de part et d'autre. Alors on a fait un pont avec des rambardes pleines. Vous avez vu comme elles sont hautes ?

— Oui, j'ai remarqué. Je suppose que de nos jours, les touristes préféreraient voir la rivière au passage…

— C'est sûr !

Elle a un petit rire bref.

— Et on voit pas beaucoup d'animaux traverser à pied aujourd'hui !

— Et le pont, il date de quand ?

— Les années 1930, je crois.

Alors qu'elle va s'éloigner pour retourner dans sa cuisine, je repense à l'espèce de gare que j'ai vue toute à l'heure.

— Il y avait une voie ferrée ici autrefois ?

— Oui, ils l'ont transformée en piste cyclable. Elle venait de Gourdon et elle allait jusqu'à Sarlat.

Je sens que mes questions la surprennent.

— Vous êtes historienne ? me demande-t-elle.

— Non pas du tout, je fais des recherches sur ma généalogie, alors je m'intéresse à l'histoire du coin.

— Ah…

Elle ne semble pas vraiment convaincue par mon explication mais se retire dans sa cuisine où l'attend le ronron du journal télévisé.

Après avoir franchi la muraille qui protège encore l'ancienne bastide de Domme, j'ai garé ma voiture sur ce qui semble être la place centrale. Dans ce petit matin hivernal et glacé, les rues sont vides. Beaucoup de magasins fermés attendent la manne touristique de l'été pour rouvrir leurs portes. Mais ce calme et ce vide me conviennent, comme s'ils étaient nécessaires à ma convalescence affective. En pénétrant dans la maison de retraite, je suis assaillie par l'atmosphère surchauffée et cette odeur particulière des hôpitaux un peu anciens, ce mélange de désinfectant et d'urine avec un vague relent de cuisine. J'expose ma requête à la jeune femme qui se tient à l'accueil et elle me conseille de me rendre dans la salle de jeux où se retrouvent les pensionnaires l'hiver, après le petit-déjeuner.

— Demandez-leur si, parmi eux, certains sont de Groléjac.

Quand je pénètre dans la pièce je n'ose pas exposer le but de ma visite à la cantonade. Je passe d'un vieillard à l'autre, d'une table de jeux à un fauteuil roulant :

— Êtes-vous originaire de Groléjac ? Vous connaissez quelqu'un de Groléjac ?

— On dit Grolejac, pas Groléjac, me rétorque l'un d'eux. Vous avez Delbrel, là-bas.

Et il me montre un homme assis près d'une fenêtre qui lit le journal. Je m'approche et après l'avoir salué, je lui explique que je cherche des gens qui vivaient à Grolejac. Je fais bien attention à la prononciation. Il me regarde un moment par-dessus ses lunettes avant de répondre.

— Oui, et alors ?

Je lui montre mes photographies qu'il étudie un bref instant.

— C'est que c'est vieux, ça. Il faudrait que vous demandiez à la Léonie, c'est la doyenne. Mais elle sort plus de sa chambre. Elle va sur ses cent ans.

L'aide-soignante que j'avise m'explique que ce sera bientôt l'heure du déjeuner. Il vaut mieux que je revienne après la sieste. D'ailleurs Léonie est toujours plus en forme l'après-midi. J'acquiesce. Cette femme est pour l'instant mon seul espoir de trouver quelque chose, je vais patienter. J'en profite pour visiter le village et me restaurer. Je reste longuement accoudée à la balustrade qui domine le très beau panorama de la vallée. Je suis heureuse d'être ici. Renouer avec cette atmosphère d'hôpital que j'ai partagée avec maman pendant des mois m'est douloureux, mais quelque chose d'instinctif et d'irrationnel – c'est le mot qu'a utilisé Stéphane hier soir au téléphone – me pousse à continuer mes recherches.

Je frappe plusieurs fois à la porte indiquée mais personne ne répond.

— Elle est sourde, la Léonie, m'explique une autre pensionnaire qui passe dans le couloir.

J'entre et aperçois une petite forme maigre aux cheveux blancs hirsutes recroquevillée dans un coin de fauteuil. Elle sursaute quand je m'approche.

- Bonjour, je m'appelle Lucile. Je voudrais vous montrer des photos anciennes.

J'ignore si elle ne m'a pas entendue ou pas comprise, mais elle ne réagit pas. Alors je lui tends les photos. Elle délaisse le portrait d'Anastasie et s'arrête longuement sur « La famille de Groléjac ». Puis, d'une voix cassée par l'âge, elle me demande :

— D'où vous l'avez, cette photo ?

Il y a dans sa physionomie quelque chose de différent… d'exotique. Oui, c'est ça, les petites pommettes hautes. Je lui explique que maman vient de décéder à Bordeaux et que je l'ai trouvée dans ses affaires.

— Vous connaissez ces gens ?

Elle ne répond pas mais je suis à peu près certaine que cette photo lui évoque quelque chose. Je lui repose plusieurs fois la même question et elle finit par marmonner, sans me regarder :

— On dirait mes grands-parents.

Mon cœur fait un bon dans ma poitrine. Je le savais. Ses petites pommettes saillantes : ce sont les mêmes que celles de la mariée. Je lui montre Anastasie derrière les mariés et sur le portrait.

— Et elle ?

Ma voix tremble d'impatience et d'émotion.

Elle fait un signe négatif de la tête et se replonge dans la contemplation des mariés.

— C'était quoi leur nom ? Dites-moi leur nom !

Je ne maîtrise pas mon impatience.

— Ma grand-mère Jeanne, elle me parlait des fois d'un autre pays qui était loin. Je l'aime beaucoup ma grand-mère Jeanne. Elle cachait les lettres d'Anastasie dans une boîte derrière une pierre, dans la cave. C'était un secret. Personne le savait mais à moi, elle l'avait dit. Et quand elle est morte je les ai prises.

— Elles sont où ces lettres ? Il faut que je les voie. Dites-moi où elles sont. Anastasie était mon arrière-arrière-grand-mère.

Pour la première fois depuis que je suis entrée dans sa chambre, la vieille femme me regarde.

— Elles sont là, dit-elle en pointant un doigt fin vers l'armoire. Mais c'est un secret, je n'ai pas le droit.

À ce moment-là, une infirmière rentre dans la chambre pour prendre la tension de Léonie et, au vu du résultat, me demande de la laisser se reposer pour aujourd'hui. Je promets à Léonie de revenir demain et, au moment où je sors, sans avoir osé fouiller l'armoire, une aide-soignante s'apprête à coucher la très vieille dame qui a l'air effectivement épuisée. Je me sens coupable d'avoir réveillé chez elle trop d'émotions passées. Mais il me faut voir ces lettres.

Je passe la fin d'après-midi à parcourir sans but les ruelles du vieux village de Groléjac – Grolejac plutôt, puisque je vais me conformer à la prononciation d'usage même si Anastasie l'avait orthographié avec un accent. De nombreuses belles maisons sont fermées, volets clos sur des pièces qui resteront dans l'obscurité jusqu'à ce que des estivants en prennent possession. Je descends la rue du Port, autrefois sans doute grouillante d'activité, dont les façades conservent les traces d'anciennes échoppes. La pente se termine dans les eaux tourbillonnantes de la Dordogne, à l'endroit où se trouvait l'embarcadère d'un bac, comme il y en avait tant sur la rivière avant que le génie humain n'y jette passerelles et ponts. La vieille dame, Léonie, a dit que c'étaient ses grands-parents. Cela signifierait qu'elle est d'une quelconque façon ma parente. Pourquoi n'ai-je pas posé plus de questions à maman sur sa famille ? Je n'avais pas pensé qu'elle allait mourir si vite et puis après, à l'hôpital, nous n'évoquions pas le passé. Je me rends compte maintenant qu'elle ne me parlait que du présent et parfois du futur dont elle savait pourtant qu'il se ferait sans elle. Je ne perçois l'humidité glacée qui s'insinue sous mes vêtements que lorsqu'un vaisseau de brume, qui s'élève de la rivière en glissant vers le pont, me ramène à la réalité des lieux. La nuit va tomber et le brouillard envahira à nouveau la vallée.

J'appelle Stéphane et quand il me demande si je rentre le lendemain, je lui explique que c'est hors de question : je touche au but. Rien n'altère mon enthousiasme, même pas le doute qu'il soulève :

— Mais enfin Lucile, tu penses vraiment pouvoir faire confiance aux propos d'une personne aussi âgée et malade ? Qui te dit qu'elle ne divague pas complètement ?

— Non, je le sais, je le sens.

Rien qu'au ton de sa voix, je perçois sa contrariété mais je dois continuer à chercher. Léonie est mon seul espoir d'identifier la « famille de Groléjac », de savoir ce qui me relie à ces jeunes mariés.

Mais le lendemain, je suis désespérée et j'appelle même Stéphane à son travail pour le lui dire. Je sais qu'il trouve que j'exagère avec cette histoire de photo. C'est que quand je suis revenue tout à l'heure à Domme pour rencontrer la vieille Léonie, l'infirmière de la veille m'a arrêtée dans le couloir :

— Je suis désolée, mais madame Broustal a dû être hospitalisée d'urgence ce matin. Elle est aux soins intensifs à Sarlat.

— Mais jusqu'à quand ?

— On ne sait pas, mais elle est très âgée…

Oui bien sûr, Léonie peut mourir n'importe quand. Une fois dans ma voiture, la colère me submerge. On m'a déjà pris maman, pas Léonie maintenant ! Je n'ai pas osé entrer dans sa chambre et fouiller l'armoire, à la recherche des lettres dont elle m'a révélé l'existence. Mais je suis déterminée à le faire demain.

J'ai besoin de me calmer. Je suis à pied cette ancienne voie ferrée dont m'a parlé la patronne de l'hôtel. Un reste de soleil illumine d'orange le sommet des futaies. La piste cyclable est déserte en cette fin d'après-midi d'hiver. Elle s'étire au milieu des prairies ouvertes, avant de se retrouver tout à coup prisonnière de deux hautes murailles de pierre édifiées par l'homme. La voie a entaillé une colline, creusant un passage au train. C'est un lieu sombre et humide peuplé de fougères, très certainement plaisant dans la chaleur estivale mais qui pour lors m'incite à faire demi-tour. Je me retrouve alors sur un beau pont de pierre qui enjambe la rivière, un de ces ouvrages d'art que le dix-neuvième siècle nous a légué avec le chemin de fer, ponts et viaducs aujourd'hui souvent inutiles, depuis que la route a supplanté le rail. Au-dessous de moi, les masses d'eau de la Dordogne s'engouffrent sous le pont pour se perdre vers le couchant, et au fond vers l'est, j'aperçois la tache claire du pont de Groléjac. La marche et le charme des paysages m'ont apaisée mais ma détermination à récupérer les lettres est toujours là.

Je n'ai pas dit à Stéphane que je pensais entrer clandestinement dans la chambre de Léonie à la recherche des lettres. Il ne comprendrait pas, s'inquiéterait inutilement pour moi. D'ailleurs je ne suis pas très sûre de savoir ce qui me pousse à agir ainsi, à faire quelque chose que, en temps normal, je serais incapable de réaliser. *En temps normal.* Cela signifie que je ne suis pas dans la normalité de ma vie habituelle. C'est vrai, sans maman mon existence ne sera plus jamais la même. C'est sans doute que, comme je n'ai pas d'enfant qui me projette vers le futur, je remonte vers le passé. C'est vrai que je suis déboussolée à cause de la disparition de maman, mais je suis aussi curieusement excitée – oui, excitée, même si le mot me surprend – par ce séjour inattendu à Groléjac et par mes recherches. C'est comme si quelque chose d'important pour moi se jouait là, sans que je sache de quoi il s'agit. Je pénètre donc dans le hall de la maison de retraite, décidée à monter discrètement dans la chambre de Léonie. Mais je croise aussitôt le pensionnaire, Delbrel je crois, qui m'avait renseignée le premier jour.

— Si vous cherchez la Léonie, vous la trouverez pas.

— Elle est toujours à l'hôpital ?

— Ah non, je viens d'entendre dire à l'accueil qu'elle fêterait pas ses cent ans.

— Comment ça ?

— Ben oui, elle est partie chez saint Pierre.

— Vous voulez dire qu'elle est…

— Eh bé oui, elle est morte, pardi. Ici, on sait bien qu'on finira tous comme ça.

Le vieil homme s'éloigne en traînant les pieds. Je suis anéantie par la nouvelle. Si seulement j'étais venue ne serait-ce que quelques jours plus tôt… Les larmes me montent aux yeux. Pourquoi le sort s'acharne-t-il sur moi ? Je ne me sens plus du tout le courage d'aller fouiller dans les affaires de Léonie, les affaires d'une morte. L'espace d'un instant, je suis à nouveau dans la chambre de maman à vider son armoire. Je crois que je vais rentrer à Bordeaux et essayer d'oublier tout ça. Je redescends vers Groléjac. Mais dans la voiture, une évidence s'impose à moi. Il y aura des obsèques, de la famille présente et donc peut-être la possibilité de renouer les fils du passé. Que faisait mon ancêtre Anastasie sur la photo de mariage des grands-parents de Léonie, alors que le cliché semble avoir été mis à l'écart de notre histoire familiale ?

— C'est très facile, m'explique la patronne de l'hôtel, il suffit que vous regardiez le panneau d'affichage municipal, et vous aurez le lieu et l'heure des obsèques.

Je dois occuper cette journée vide dans l'attente de la cérémonie demain après-midi. Par chance, la météo est clémente et le ciel offre ce bleu fragile et cristallin des belles journées d'hiver. Ce matin, j'ai entrepris de noter, sur le carnet acheté à la supérette du coin, toutes les informations que j'ai glanées depuis que je suis là, sur le village, le pont, la voie ferrée et bien sûr « la famille de Groléjac ». Je reviens vers le lac avec cette fois l'intention d'en faire le tour. Ses rives sont toujours aussi désertes. La seule présence est celle des cygnes et des canards qui naviguent au loin sur les eaux lisses. Je m'engage à pied sur le chemin. Les obsèques auront lieu demain à quinze heures au cimetière de Groléjac, que j'ai déjà parcouru l'autre jour. À quel moment vais-je pouvoir aborder la famille sans être importune ? Peut-être ne la pleureront-ils pas beaucoup, Léonie ? Une vieille dame de quatre-vingt-dix-neuf ans…

Mais aussitôt, je m'en veux d'avoir pensé ça, elle doit avoir des enfants à qui elle va manquer comme maman me manque, des petits-enfants… Un instant je panique. Et si elle était seule, sans descendance ? Alors, j'essaierais à tout prix de récupérer les lettres. Une passerelle de bois pénètre dans une zone boisée. Je m'avance. Un panneau m'explique que je suis à l'entrée de la réserve du marais de Groléjac. Un marais, ici ? Personne ne m'en a parlé. Je m'engage à petits pas sur la passerelle en bois que l'humidité hivernale rend glissante. J'ai l'impression de pénétrer dans un autre monde. De toute part une végétation échevelée, libre et omniprésente, des mares d'eau, des canaux plus larges qu'enjambent des ponts, miroirs d'eau immobiles offrant la vision d'un monde inversé. Quelques résidus de brume s'accrochent de-ci de-là et le silence n'est interrompu que par des clapotis, signes d'une vie aquatique invisible. Où vivaient les mariés de la photo ? Tenaient-ils une échoppe dans la rue du Port ? Cultivaient-ils la terre ? J'essaie de les imaginer dans les prairies près de la Dordogne, lui conduisant les bœufs, elle assise sur la charrette débordante de foin. Prenaient-ils le train à la gare de Groléjac ? Je suis passée devant tout à l'heure et je n'ai pas osé m'arrêter pour mieux regarder car les bâtiments sont habités. Je sursaute. Un froissement d'ailes tout près de moi. J'ai dérangé un héron que j'ai le temps d'apercevoir avant qu'il ne disparaisse dans la végétation. J'ai sans doute interrompu sa pêche. Je pense à Stéphane qui aime aller pêcher sur les bords de la Gironde. Cela fait longtemps que je ne l'ai pas accompagné, à cause de maman. Hier soir, au téléphone, il m'a demandé si c'était parce que nous n'avions pas pu avoir d'enfant que je m'intéressais tellement au passé. J'en suis restée muette au bout du fil. Cela faisait des années que nous n'avions pas évoqué le sujet, depuis que nous avions décidé ensemble que nous n'adopterions pas. Il m'était arrivé ensuite de regretter cette décision mais je n'en avais jamais parlé à Stéphane. Se pouvait-il que lui non plus n'ait pas tourné cette page douloureuse ? Me voilà revenue au point de départ de la promenade du marais qui forme une boucle. Est-ce que c'est ça, la vie, revenir toujours au point de départ ? Se poser toujours les mêmes questions ? Tout à coup, j'ai besoin d'une boisson chaude, un thé ou un chocolat bouillant. Il me reste à tuer les heures de la fin d'après-midi et de la matinée de demain. Mais c'est bon d'attendre quelque chose.

Je lis de nombreuses questions dans les yeux de la patronne de l'Hôtel du Port où je suis la seule à louer une chambre, en cette fin de mois de janvier. Mais je n'ai rien à lui expliquer. Que lui dirais-je ? Que je suis à la recherche d'une hypothétique branche familiale ayant vécu ou vivant encore ici ? Que mon seul document de référence est une drôle de photo de mariage ? Que maman vient de mourir et que je suis un peu perdue ? Que je suis peut-être déprimée, ou même dépressive comme le pense Stéphane, même s'il ne le dit pas ? Mais si c'est le cas, comment expliquer cette espèce d'excitation qui me pousse, cette fébrilité, cette envie d'en savoir plus ? Ne dit-on pas que les personnes dépressives n'ont aucune appétence, envie de rien ? Ce n'est pas du tout mon cas, je suis impatiente de lire les lettres de Léonie, de rencontrer sa famille, de savoir comment je fais partie moi aussi de « la famille de Groléjac ».

Je sais désormais que mon hôtelière se prénomme Simone car c'est ainsi que son mari l'appelle depuis la cuisine, si elle s'attarde dans la salle du café-restaurant. Elle m'a conseillé de monter au cimetière à pied :

— Là-haut il n'y a pas beaucoup de place pour garer les voitures et s'il y a du monde vous allez vous embêter.

— Vous pensez qu'elle avait une grande famille ?

— Ah ça, je sais pas. Mais ici, à la campagne, tous les voisins vont aux enterrements. Vous y aurez une bonne partie de la commune.

Je repense aux obsèques de maman où nous n'étions pas nombreux. À part Stéphane et moi, trois amies de maman, sa plus proche voisine, le frère de papa, mes collègues et un couple que je ne connaissais pas. Je regrette à présent de ne pas leur avoir demandé qui ils étaient quand ils se sont approchés pour me présenter leurs condoléances. Et s'ils avaient un rapport avec « la famille de Groléjac » ?

Je suis montée assez tôt, bien avant l'heure des obsèques pour regarder à nouveau les noms sur les tombes. Je sais, grâce à l'infirmière, que Léonie s'appelait Broustal mais cela ne m'est pas d'un grand secours car c'était le nom de son mari. J'ai empilé les vêtements chauds, enfilé mes bottes fourrées et un bonnet car j'ai entendu le mari de Simone lui dire dans la cuisine qu'il pourrait bien neiger un peu. Le ciel est bas, avec cette teinte bleu-gris métallique annonciatrice de neige. Je suis méthodiquement les allées, quadrillant le cimetière jusqu'à trouver la tombe de la famille Broustal. Pas de caveau, juste un tumulus de terre surmonté d'une croix avec le patronyme à peine lisible. Léonie ne sera pas enterrée là, cette vieille tombe n'a pas été touchée depuis longtemps. Je continue mon exploration jusqu'à trouver un caveau de granit assez récent qui a été ouvert, prêt à accueillir la dépouille de

Léonie. Sur le fronton, une inscription est gravée en lettres dorées : Famille Faure. Voilà, j'ai une première réponse, « la famille de Groléjac » s'appelait Faure. J'entends quelques voitures arriver et se garer près de l'église, l'heure du service religieux approche. Je referme doucement le portail du cimetière et me dirige vers l'entrée de l'église, impatiente de voir les proches de Léonie prendre place derrière le cercueil.

Simone avait raison, tout le village s'est donné rendez-vous pour l'enterrement malgré la température peu clémente. Quelques casquettes ou bonnets, de rares écharpes ; les villageois, pourtant plutôt âgés, ne me semblent pas frileux. Des gens habitués à travailler dehors, soumis aux intempéries. Les conversations vont bon train. Mes voisins immédiats commentent les prévisions météo et, visiblement, ils ne sont pas d'accord :

— Je te dis qu'il va neiger, ils l'ont dit à la télé.

— Non, ça sera pas pour nous, c'est plus vers le Massif central.

Quand le véhicule funéraire se gare devant l'entrée de l'église, le brouhaha des conversations diminue pour laisser place au silence lorsque les employés des pompes funèbres tirent le cercueil du véhicule. Mais dès qu'ils ont disparu à l'intérieur, le bourdonnement des voix reprend dans la queue du cortège qui pénètre lentement dans l'église où il faut se tasser car par ce froid, personne n'a envie de rester sur le parvis, même si l'intérieur demeure glacial.

— Au moins, on est à l'abri du vent, commente une femme derrière moi.

Personne ne m'a adressé la parole, tout juste quelques coups d'œil curieux ou interrogatifs et je rentre parmi les derniers. Je me retrouve debout, coincée près d'un bénitier dont la pierre gelée collée à mon bras me glace. Derrière le cercueil marche ce qui doit être la famille de Léonie, un couple un peu âgé et un homme, à peu près de mon âge dont la grande taille m'évoque aussitôt celle du marié sur la photo. Comment et quand vais-je pouvoir les aborder ? Mais il le faut : je veux voir les lettres dont m'a parlé Léonie. J'ai l'impression que le prêtre expédie les choses, des prières récitées à vive allure, un hommage à la défunte expédié en deux phrases : « Léonie a vécu toute sa longue vie à Grolé-jac. » Ça, c'est intéressant pour moi, cela me confirme dans l'idée qu'elle connaissait bel et bien la famille de la photo. « Malgré le chagrin de la perte de son fils unique, elle aura presque atteint le centenaire. » Ce n'est donc pas son fils, l'homme un peu âgé, assis près de celui dont j'aperçois la tête au premier rang qui dépasse parmi celles de ses voisins. Les pieds raclent le sol, se déplaçant dans l'espoir d'échap-per un peu au froid qui remonte du pavé. Les bancs de bois grincent. J'essaie de décoller du bénitier mon corps transi, mais la matrone près de moi reste inamovible. Heureuse-ment, nos bras se touchent et elle me communique un peu de sa chaleur corporelle. Ce n'est pas désagréable compte tenu de l'atmosphère glacée de l'église. Si Stéphane me voyait, il croirait pour de bon que je suis folle. Le prêtre entonne un chant d'une voix éraillée. Et s'arrête presque aussitôt, comme s'il venait de prendre conscience du fait qu'il chantait affreusement faux. Un instant je me demande ce que je fais là et rêve de me coller au radiateur de la salle de bar-restaurant de Simone, mais la matrone fait un large signe de croix répondant à l'Amen final du prêtre. Nous nous écartons pour laisser passer le cercueil et le début du cortège qui s'ébranle. Au moment où le couple qui marche derrière la défunte passe à ma hauteur, la femme dit :

— Gilbert, mets ta casquette, tu vois bien qu'on sort.

Il obtempère et jette autour de lui des regards perdus. Si ce n'est pas le fils de Léonie, qui est-il pour sembler aussi éprouvé par la disparition de la très vieille dame ?

Le cimetière est tout près et nous n'avons pas le temps de réchauffer nos pieds par une marche revigorante. Mais là encore le curé fait preuve d'une grande efficacité et Léonie est promptement descendue dans sa dernière demeure. Pas une larme, personne ne pleure. Peut-être que Léonie, avec ses cent ans d'existence, ne faisait déjà plus vraiment partie de la vie présente. À la sortie du cimetière, je suis décontenancée ; pas de cérémonie de condoléances traditionnelle. Tout le monde s'égaille, y compris la famille, en se hâtant vers l'abri des voitures et je n'ai pas le temps de m'approcher pour leur parler. Je suis frustrée, mais je me dis que je connais le nom du parent de Léonie, Gilbert Faure, ou Broustal s'il appartient à la famille du mari de Léonie, et que je vais pouvoir le retrouver. Mais il me faudra faire vite, pour éviter que, en vidant la chambre de Léonie, ils ne détruisent les lettres.

J'ai fait patienter Stéphane la dernière fois que je l'ai eu au téléphone, en lui disant que je touchais au but, que j'allais rencontrer la famille de Léonie. À chaque coup de fil, c'est la même impatience motivée par l'inquiétude quant à la date de mon retour. En réalité, j'attends encore un jour avant de les contacter par respect pour le deuil et peut-être aussi parce que je ne suis pas pressée de quitter Groléjac. Mais j'ai trouvé sans difficulté le numéro de téléphone de Gilbert Faure. Donc il appartient bien à « la famille de Groléjac ». J'appellerai demain.

Simone semble apprécier de plus en plus ma conversation, ça la change du journal télévisé qu'elle regarde en silence tous les soirs en compagnie de son mari. Une certaine familiarité s'installe entre nous et elle m'a demandé si elle pouvait m'appeler Lucile. Hier nous avons parlé de la ligne de chemin de fer. Elle m'a dit que si je voulais en savoir plus, il fallait que j'aille voir la vieille Yvonne qui habite presque en face de la gare, dans une petite maison ancienne.

— Mais vous pensez que je peux y aller comme ça ? Je ne vais pas la déranger ?

— Ah ça, ça m'étonnerait. Elle est bavarde comme une pie et si vous lui parlez du passé, elle s'arrêtera plus.

Il n'a toujours pas neigé et le ciel s'est un peu éclairci. Je repère effectivement une maison guère plus grande que celle des trois petits cochons du conte, mais qui dispose maintenant d'une vue imprenable sur le lac. Je frappe à la porte mais n'obtiens aucune réponse, jusqu'à ce qu'une voix me parvienne depuis le jardin en contrebas.

— C'est pour quoi ?

— Excusez-moi, mais j'aimerais avoir des renseignements sur l'ancienne voie ferrée, on m'a dit que vous connaissiez son histoire.

— Ah ça oui, vous pouviez pas mieux tomber.

Et sans autre préliminaire, la vieille dame me fait entrer à sa suite, jette la bûche qu'elle portait dans son poêle et me désigne la chaise près de la fenêtre, prenant place en face de moi de l'autre côté de la vitre derrière laquelle s'étale la surface bleu-gris du lac. Je l'imagine installée quotidiennement dans ce vieux fauteuil d'osier, à regarder ce paysage qu'elle connaît par cœur. On dirait qu'elle devine ma pensée.

— J'ai toujours vécu dans cette maison, j'y suis née. Et vous, d'où vous êtes ?

L'intérieur est vieillot, un plancher disjoint, une desserte sans âge, une toile cirée sur la table. Mais il y fait chaud et la vue sur la surface lisse du lac derrière la vitre est apaisante. Je m'y sens bien et je raconte tout à la vieille dame, la mort de maman, la photo, mon séjour à Groléjac que je ne connaissais pas jusqu'à il y a peu, la mort de Léonie.

— Ah oui, j'ai su qu'elle était morte.

Elle a un petit rire :

— Mais je n'aime pas les enterrements. Ça suffira quand je serai obligée d'aller au mien.

J'ai prévu de lui montrer aussi la photo, mais je décide de la lancer d'abord sur le sujet sur lequel Simone m'a affirmé qu'elle était intarissable : la voie de chemin de fer.

— Alors comme ça, vous vous souvenez de l'époque où le train circulait…

— Je pense bien, j'étais tout le temps à la gare – elle montre la direction du bâtiment presque en face de chez elle –, j'essayais de vendre quelques fruits, des noix, des châtaignes, selon la saison, même des champignons quand ils se trouvaient.

— Vous étiez jeune !

Elle ne réagit pas tout de suite et son visage s'illumine brièvement.

— J'avais quinze ans quand ils ont fermé la ligne pour les voyageurs, c'était juste avant la guerre, en juillet 1938. Après, ça a plus été pareil. Il y avait encore du trafic marchandise avec le bois, mais la gare n'était pas mouvementée comme avant.

Là-dessus, elle se lève pour me proposer un alcool de prune de sa production, en me précisant qu'elle n'en fait plus depuis qu'elle a perdu le droit de distiller, mais qu'il lui en reste encore quelques bouteilles.

— Plus personne n'en boit aujourd'hui, regrette-t-elle.

Je n'ose pas refuser son offre et au fond je n'ai rien de mieux à faire que de rester assise là avec cette vieille femme, devant un petit verre rempli à ras bord d'un liquide ambré et agréablement parfumé. Le bois crépite doucement dans le poêle, la lumière commence à décliner sur le lac, et je me sens étrangement à ma place dans cet environnement dont j'ignorais totalement l'existence jusqu'à il y a peu. Je ne raconterai pas ça à Stéphane, sinon il va me trouver de plus en plus bizarre. Yvonne reprend aussitôt le fil de ses souvenirs.

— Je peux encore vous dire les horaires des trains, s'amuse-t-elle, il en passait trois par jours dans les deux sens. Le premier du matin arrivait de Gourdon un peu avant huit heures. Une heure et quart après, c'était celui qui venait de Sarlat. Et ça continuait toute la journée. Les gens d'ici allaient dans les magasins, voir le docteur ou en visite chez des parents. Ça circulait…

Elle reste muette quelques instants, revivant sans doute cette agitation de la vie, difficile à imaginer aujourd'hui sur ce qui était un quai et n'est plus qu'un espace abandonné à la végétation. J'avale une première gorgée d'eau-de-vie. Le goût en est finement parfumé et je sens aussitôt une chaleur bienvenue se répandre dans mon corps. Un instant je repense à la matrone dans l'église qui réchauffait mon bras collé au sien.

— Petit à petit, les voitures ont tué le train… Remarquez, tous ces trains, c'est ce qui avait fait disparaître les gabares de la Dordogne avant. C'est ce que racontaient mes parents. Ils avaient connu l'époque où, quand les eaux étaient marchandes, comme on disait, les bateaux montaient et descendaient et certains s'arrêtaient au port.

Je revois les anciennes échoppes du village, le long de la rue du Port, sans doute ruinées elles aussi par le train qui avait attiré vers la gare toute neuve l'activité commerciale. Yvonne se penche vers la fenêtre qui donne sur le lac.

— Je ne sais pas si on voit encore bien les traces de la voie dans le marais. Je ne marche plus assez bien pour aller jusque là-bas.

— Dans le marais ? J'ai fait la promenade les jours derniers et je n'ai rien vu…

— Ah mais non, m'interrompt Yvonne, la voie passait de l'autre côté, pas à l'endroit où ils ont fait ce chemin pour les touristes. Si vous continuez sur cette route qui va vers Nabirat, vous verrez une ancienne barrière. Le train passait bien dans le marais, mais dans la partie qui est restée sauvage.

La nuit va bientôt tomber, je dois m'arracher à l'hospitalité de la vieille dame. Mais avant de la quitter, il faut que je lui montre la photo.

— Ces personnes vous disent quelque chose ?

Elle scrute longuement les visages et commence une phrase :

— C'est pas la famille de cette… ?

Elle s'arrête au milieu de sa question, comme si tout à coup elle avait censuré sa mémoire.

— Vous alliez dire quelque chose, je l'encourage, vous avez reconnu quelqu'un… ?

— Non, non, je ne sais pas.

Et elle me rend la photo. Quelque chose dans sa physionomie a changé. Sur son visage avenant se lit comme une gêne. Je n'ose pas insister et je lui propose avant de partir de l'approvisionner en bûches pour son poêle, la nuit s'annonce encore une fois glacée. Elle accepte. D'un trait je vide le reste d'alcool de prune et descends jusqu'au bûcher d'Yvonne. Quand je prends congé, elle me tend une main et me remercie de ma visite. Je pense bien revenir la voir avec la photo et insister. En espérant qu'elle ne soit pas morte d'ici là, comme Léonie. Je m'en veux d'avoir eu cette pensée-là. Yvonne m'est très sympathique.

Le soir, je note dans mon carnet ce qu'elle m'a raconté sur la gare et la voie de chemin de fer, suivi du rappel : « Revoir Yvonne, la famille de Groléjac ne lui est pas inconnue. » Simone a voulu savoir comment s'était passée mon entrevue avec la vieille dame. Puis pour la première fois elle m'a demandé si je pensais encore rester longtemps. Au moment où je m'apprêtais à lui répondre que oui, quelques jours, le téléphone posé sur le comptoir du bar a sonné et le mari de Simone lui a crié depuis la cuisine :

— Réponds.

Comme d'habitude, elle a obtempéré. Quand elle a raccroché, elle a filé à la cuisine pour répondre aux questions de son mari sur le coup de fil. Demain, j'appelle Gilbert Faure.

3

Je suis les indications que la femme de Gilbert m'a données au téléphone pour trouver leur maison qui se trouve dans le hameau de La Mouline, près du ruisseau la Germaine. Elle s'est montrée très méfiante au bout du fil, m'a laissée lui expliquer toute l'histoire jusqu'à ma rencontre avec Léonie, puis a fini par me demander :

— C'était vous, au fond de l'église ?

J'aurais bien dû me douter que ma présence dans ce lieu où tous ces villageois se connaissent ne passerait pas inaperçue. Puis elle s'est un peu radoucie, me précisant que Gilbert était le neveu de Léonie, mais que « sa tête partait un peu » et qu'il ne pourrait pas me parler du passé. J'ai revu le regard perdu de Gilbert à la sortie de l'église, sans doute le symptôme d'un début de maladie d'Alzheimer. Mais j'ai insisté pour voir les lettres dont m'avait parlé Léonie et elle a fini par me dire, d'un ton légèrement exaspéré :

— Bon alors, venez cet après-midi vers quatre heures. C'est une maison en pierre, avec des volets rouge basque, juste après le moulin ancien quand on vient de Groléjac.

Et elle a raccroché sans pratiquement me laisser le temps de la remercier. Je trouve assez facilement leur maison, même si son architecture de belle pierre jaune et sa forme massive ne se différencie en rien de celle de ses voisines. Sur la gauche, un bâtiment en longueur qui était peut-être une grange ou un atelier ferme la cour. Sur la droite, un jardin qui, l'été, doit accueillir un potager et des massifs fleuris. La maison est au fond. Je laisse ma voiture à l'entrée de la cour, dans un souci de déranger le moins possible. Une terrasse couverte occupe une bonne partie de la façade. Je m'avance pour frapper à la porte et j'attends.

— Tapez plus fort, crie quelqu'un dans mon dos, me faisant sursauter, ils commencent à être un peu sourds.

Je reconnais aussitôt la grande silhouette qui marchait derrière le cercueil avec Gilbert et sa femme. Mais il ne s'avance pas pour me saluer et me faire entrer. Il disparaît à nouveau dans le bâtiment annexe. Je frappe plus violemment et la femme de Gilbert vient m'ouvrir. Elle porte la blouse en nylon fleurie des campagnardes de sa génération et, sous ses cheveux gris permanentés, son visage sévère n'a rien d'accueillant. Une voix nous parvient de la pièce à côté :

— Georgette, qu'est-ce que c'est ?

— Je te l'ai dit, c'est la femme qui dit qu'elle est de la famille de Léonie.

— Je m'appelle Lucile...

— Quand est-ce qu'on va la voir, Léonie ?

— Vous voyez, commente Georgette en haussant les épaules, il ne se rappelle même pas qu'elle est morte.

— Je vais quand même lui montrer les photos, on ne sait jamais.

Georgette ne répond pas et me précède dans le salon où son mari est assis devant un téléviseur allumé mais dont le son est coupé.

— De toute façon, il ne comprend rien à ce qui se dit. Mais les images le distraient.

— Cette dame voudrait te montrer des photos, pour voir si tu les reconnais.

Gilbert regarde, il se désintéresse aussitôt de la photo de « maman Anastasie » mais s'attarde longuement sur « La famille de Groléjac » qu'il caresse d'un doigt. Georgette s'est penchée sur son épaule pour voir et la ressemblance que j'ai déjà notée la frappe aussi :

— Le marié, il ressemble à Jean-Pierre. C'est notre fils, précise-t-elle à mon intention.

À ce moment-là, l'intéressé rentre. Sa mère lui explique l'objet de ma visite mais il semble ne prêter aucun intérêt à ce qu'elle dit, pas plus qu'à ma présence. Il a le visage aussi fermé que sa mère mais quand il finit par me jeter un coup d'œil avant de quitter la pièce, je reconnais dans son regard cette même pointe d'audace que dans celui du marié sur la photo. Je suis sûre qu'il s'agit de son ancêtre. Il n'a rien dit et je l'entends se laver les mains à l'évier de la cuisine. Les images d'un jeu télévisé continuent leur mime silencieux. Je m'apprête à reprendre ma photo, à demander les lettres s'ils acceptent de me les laisser au moins quelques jours et à filer. L'atmosphère de cette maison m'étouffe, entre l'absence de Gilbert, l'hostilité renfrognée de Georgette et l'indifférence taciturne de leur fils. Si je me fie à leur âge respectif, je dirais que ce dernier est un enfant venu tardivement dans le couple, un fils unique choyé que l'on n'espérait plus. Distraite par l'arrivée de Jean-Pierre je n'avais pas vu que Gilbert continuait à regarder et caresser la photo, et il finit par dire :

— C'est l'étrangère de la famille.

— Mais qu'est ce que tu racontes… s'exclame Georgette en lui prenant la photo des mains.

— Il n'y a jamais eu d'étrangère dans la famille, intervient aussitôt le fils depuis la cuisine.

— Mais oui, Gilbert, tu sais que tu perds la tête, tranche Georgette sans ménagement pour son époux.

Et pourtant, la mariée a bien quelque chose de différent dans sa physionomie, ses pommettes hautes et saillantes que j'avais tout de suite remarquées. Une étrangère ? Je repense à la réaction d'Yvonne, cette phrase laissée en suspens, « C'est pas la famille de cette… ». De cette quoi ? Cette étrangère ? Et Léonie qui m'a dit que sa grand-mère Jeanne lui parlait souvent d'un pays étranger. Les pièces du puzzle commencent doucement à s'emboîter. Georgette se tourne vers moi :

— Vous voyez bien que ça sert à rien, tout est mélangé dans sa tête.

Je n'en suis pas vraiment convaincue mais il m'est difficile d'insister face à la quasi-hostilité de cette femme et de son fils. Alors je joue ma dernière carte :

— Vous pourriez me montrer les lettres dont m'a parlé Léonie ? Quand je suis allée la voir à la maison de retraite, elle m'a dit qu'elles étaient dans son armoire.

Georgette interpelle son fils qui est toujours dans la cuisine :

— Jean-Pierre, va chercher les cartons avec les affaires de la Léonie.

Il ne répond rien mais j'entends la porte extérieure s'ouvrir et se refermer. Nous attendons en silence. Gilbert a le regard à nouveau rivé sur l'écran muet du téléviseur et son agitation qui semble le fasciner. Georgette aussi regarde, comme pour combler le vide entre nous. Elle n'a pas envie de me parler, de mettre fin à cette espèce de gêne qui nous enveloppe. Sa politesse contrainte ne va pas jusque-là. Je repense à ce que m'a dit Simone un soir où nous parlions dans la salle du restaurant, sur le fait que les gens d'ici n'aiment pas remuer leurs vieilles histoires de famille. Celles des autres, oui, mais pas les leurs. Je me rends compte que mon pouls s'est accéléré, que je suis de plus en plus nerveuse. Que vont me dire ces lettres ? Les paroles de la très vieille Léonie sont-elles vraiment à prendre en compte ? Si tout ce qu'elle m'a dit sur les lettres d'Anastasie cachées par sa grand-mère Jeanne est faux, il ne me restera qu'à retourner à Bordeaux et reprendre ma vie d'avant. Enfin pas tout à fait la même, puisque maman n'est plus là. Mais l'idée de ne plus jamais revenir à Groléjac, ce lieu qui me semble aujourd'hui si familier, me plonge dans le désarroi. Mon cœur fait un bond quand la porte s'ouvre et que Jean-Pierre dépose sur la table de la cuisine deux cartons contenant les derniers biens de sa grand-tante.

— Vous avez de la chance qu'on n'ait pas encore jeté tout ça, commente Georgette, ça vaut rien.

Elle commence à fouiller les cartons et mon cœur bat de plus en plus fort. Stéphane a-t-il raison de s'inquiéter ? Suis-je en proie à une maladie psychique quelconque, à une sorte de délire ? À ce moment-là, Georgette sort du deuxième carton ce qui me donne un sursaut de joie :

— Les voilà, vos lettres.

— Je peux regarder ce qu'elles contiennent ?

Georgette semble hésiter puis, s'adressant à son fils qui est sur le point de ressortir :

— Tu veux les garder, toi, ces lettres ?

— Non. Qu'est-ce que tu veux que j'en fasse, de ces vieilleries ?

Et il hausse les épaules en sortant.

— Vous comprenez, c'est lui l'héritier, il fallait que je le lui demande, explique Georgette comme pour se justifier. Vous pouvez partir avec puisqu'il les veut pas.

Je me rends compte qu'elle a utilisé le verbe « partir » à dessein. Elle n'a qu'une envie : me voir sortir de chez elle et que je leur fiche la paix. Je glisse le petit paquet de lettres dans mon sac, remercie Georgette de m'avoir reçue. Je pense « reçue comme un chien dans un jeu de quilles » mais bien sûr, je n'en dis rien. En traversant la cour, j'aperçois Jean-Pierre qui s'apprête à sortir du bâtiment annexe. Je lui crie au revoir et il ne répond pas. Je suis pourtant certaine qu'il m'a entendue. Je serre mon sac contre moi avec les précieuses lettres. J'ai beau me dire et me répéter qu'elles sont sans doute sans intérêt, au fond de moi je n'y crois pas, je sens que Léonie disait la vérité, que ce sont les lettres d'Anastasie et que je vais enfin comprendre le lien qui m'unit à « la famille de Groléjac ».

4

Je me suis isolée dans ma chambre de l'Hôtel du Port et j'ai là sur mes genoux le secret que son arrière-grand-mère Jeanne partageait avec Léonie. Sur le papier jauni et rustique de l'enveloppe, le cachet de la poste reste bien visible sur la première lettre : aucun doute possible, elle vient de Bordeaux. Le lien entre mon ancêtre Anastasie et « la famille de Groléjac » est là, dans ces lettres, c'est certain. La plus ancienne date de la fin de l'année 1903. Un bref message écrit à la plume d'une écriture penchée :

Chère Jeanne,
Ne vous inquiétez pas, ici tout va bien. La petite prend bien ses biberons et elle grossit bien. Vous savez qu'on s'en occupe bien. Je vous embrasse. Bien sûr, vous ne parlez de cette lettre à personne.
Anastasie

Jeanne était la grand-mère de Léonie. Pourquoi Anastasie lui donnait-elle des nouvelles d'un bébé, et dans le plus grand secret ? Le paquet ne comporte que trois lettres. La deuxième a été postée un peu plus d'un an après. C'est la même écriture sur le même format de papier plié en quatre, mais le ton est différent.

Jeanne,
Oui, elle va bien, mais il faut cesser de m'écrire. Vous devez oublier et continuer à vivre votre vie. Détruisez bien ma lettre.
Anastasie

Par chance pour moi, Jeanne n'a pas écouté Anastasie et elle a même partagé son secret avec sa petite-fille. Pourquoi ? Avec fébrilité, je tire la dernière missive de son enveloppe. Le tampon est en partie effacé mais il me semble qu'elle a été envoyée deux ans plus tard.

Jeanne,
Cela suffit. Cessez avec vos lettres. Contentez-vous de savoir qu'elle va bien. Je ne vous répondrai plus.
Anastasie

La dureté de cette dernière lettre me choque et j'en veux à mon ancêtre Anastasie. Tout est confus en moi. Qui est ce bébé ? Comment et pourquoi est-il le lien entre les deux familles ? Au fur et à mesure que j'avance dans mes recherches, de nouvelles questions se posent. Que vais-je faire maintenant ?

Je me suis endormie sur le lit, les lettres posées près de moi et c'est Simone qui me réveille. Ne me voyant pas descendre pour le dîner, elle est montée frapper à ma porte. Quand elle vient me servir le potage, elle prend le temps de poser la soupière sur la table et je la sens pleine de curiosité.

— Alors Lucile, vous êtes allée voir la famille de Léonie ?

— Oui, et j'ai pu avoir les lettres, mais ça ne m'en dit pas plus.

Je n'ai pas envie d'entrer dans les détails. Serais-je en train moi aussi de garder un secret ? Frustrée, elle repart vers la cuisine avec la soupière.

J'ai l'impression que mes recherches vont s'arrêter là. Je ne vois plus de pistes à suivre. Je n'ai aucun espoir du côté de la famille de Léonie, et je ne vois pas pourquoi Yvonne accepterait de parler davantage, si elle sait effectivement quelque chose. Les lettres, au lieu de m'apporter des réponses, n'ont fait que faire naître d'autres questions. Je vais devoir quitter Groléjac. Cette salle de café-restaurant banale et Simone vont me manquer. Je m'étais habituée à nos conversations, à la brume sur la Dordogne, à la surface si lisse du lac de Groléjac et même à ses habitants pas toujours aimables. Mais brusquement, une évidence s'impose à moi : Anastasie recevait forcément des lettres de Jeanne. Et s'il y en avait encore parmi tout le courrier et les papiers que j'ai trouvés dans la maison de maman et que j'ai à la hâte jetés dans des cartons sans rien trier ? Je vais repartir chercher ces lettres. Je me sens remplie d'une énergie nouvelle et quand Simone revient avec la pomme cuite ruisselante de caramel du dessert, je lui annonce souriante :

— Je repars demain à Bordeaux.

Et, devant sa mine un rien dépitée, j'ajoute :

— Mais je reviendrai.

Ma compagnie va un peu lui manquer dans le vide des longues soirées d'hiver, même si elle aussi, comme Stéphane, doit me trouver un peu bizarre… Et je ne peux pas leur donner tort.

Le lendemain, quand je repasse le pont en voiture pour repartir vers Bordeaux, le froid a lâché prise et il y a presque dans l'air un léger avant-goût de printemps. Je quitte Groléjac, mais j'ai la certitude que je reviendrai, seule ou avec Stéphane, si j'arrive à le convaincre de venir l'été prochain pêcher dans la Dordogne. Cette perspective me fait sourire. C'est incroyable comme, en quelques jours, mon existence a changé. J'avais quitté Bordeaux avec l'impression que ma vie n'allait nulle part, comme si elle se perdait dans un épais brouillard impossible à percer. Et voilà que je me retrouve avec un but, une énergie, dont je ne me croyais plus capable. Cette histoire de photo, de lettres, peut sembler dérisoire et sans intérêt, et même peut-être absurde vu de l'extérieur, mais ce retour vers un passé lointain m'aide sans aucun doute à affronter le présent et, chose incroyable, l'avenir.

5

Voilà une semaine que je suis rentrée à Bordeaux. J'ai repris mon travail, la routine avec Stéphane. Il a été très surpris de me trouver aussi en forme. J'ai bien meilleure mine que quand je suis partie, je souris, je parle et je sens bien que même s'il est content de voir que j'ai surmonté la mort de maman, il trouve suspect que ce soit venu aussi vite, loin de lui. Et quand je lui ai dit que je retournerais à Groléjac, là il a eu l'air très contrarié et n'a pas pu s'empêcher de s'exclamer sur un ton réprobateur :

— Mais enfin, pourquoi ?

J'ai tenté de le rassurer en lui parlant de la Dordogne et de ses eaux poissonneuses :

— On pourrait y aller tous les deux l'été prochain pour les vacances. Je t'assure, ça te plairait. La nature est très belle.

Il a grommelé un « On verra » qui a mis fin à la conversation.

Je ne me suis pas précipitée sur les cartons où sont entassés les papiers de maman pour chercher d'hypothétiques lettres de Jeanne. Tant que je n'ai pas fouillé, je peux encore espérer trouver quelque chose. Je repousse l'échéance par peur qu'il n'y ait plus aucune trace des messages reçus par Anastasie et que tous mes espoirs s'écroulent. Je ne veux pas envisager de ne jamais savoir qui était ce bébé et ce qui relie ma famille à celle de Jeanne et de Léonie. Tous les jours, je pars travailler. Mon travail ne m'intéresse pas vraiment, je le fais automatiquement, mais tout le monde au bureau m'a félicitée pour ma bonne mine. Je comprends que pour mes collègues et même mon chef, il est plus agréable de côtoyer une personne qui semble sereine et équilibrée plutôt que quelqu'un qui a une tête de deuil et qu'il faut ménager. On me traite à nouveau comme une personne normale et ça arrange tout le monde.

Pour me rendre au supermarché où j'ai l'habitude de faire les courses j'ai changé d'itinéraire. Le nouveau est plus long mais il me permet d'éviter la rue de maman et la maison qu'habite désormais le corbeau. Je ne sais pas si sur ce point je redeviendrai un jour « normale ». Voilà, le week-end est arrivé et je vais en profiter pour jeter un coup d'œil dans ces cartons pendant que Stéphane s'occupera de nettoyer un peu le jardin, ce que nous n'avons pas fait comme d'habitude à l'automne avec la maladie de maman.

J'ouvre le premier carton. Je respire profondément pour calmer ma fébrilité. Je me rends compte rapidement que maman archivait tout avec un soin méticuleux, devis pour des travaux, lettres de son assureur ou de sa compagnie de téléphonie mobile, en respectant scrupuleusement la chronologie. Il me suffit de me fier aux dates pour comprendre que j'ai commencé par le carton qui contient les papiers les plus récents et que si les lettres que je cherche existent, elles seront tout au fond du deuxième carton. Mais je continue à remonter lentement le temps comme si c'était un respect dû à maman que de ne pas bâcler ma recherche. Je tombe sur une carte postale que je lui avais envoyée une année où Stéphane et moi étions allés en vacances dans les Pyrénées. La photographie montre un paysage de la vallée d'Ossau, où Stéphane pêchait dans le Gave des truites et des goujons qu'il cuisinait ensuite dans le gîte que nous avions loué. C'est encourageant, cela prouve que maman classait son courrier personnel avec les autres lettres. En continuant à éplucher les années à l'envers, je trouve encore une carte de son amie Josiane en cure thermale à Cauterets. Curieusement elle a aussi conservé une brève missive de mon père après leur divorce, alors qu'il vivait déjà avec cette femme qu'il avait choisi de suivre en Belgique. Il n'a plus donné signe de vie et je ne sais pas où il est ni s'il est encore vivant. Je n'ai pas voulu le prévenir du décès de maman, j'ignore si son frère qui vit toujours ici l'a fait. Je ne lui ai pas adressé la parole au moment des obsèques. Pourquoi avait-elle conservé cette lettre du traître, comme je l'ai toujours appelé en moi-même ? C'est une missive courte au contenu banal concernant les démarches du divorce. De rage, j'ai envie de la déchirer, mais quelque chose me retient. Dans plusieurs générations, il se peut que quelqu'un soit heureux de la trouver ? Un descendant des enfants qu'il a peut-être eus en Belgique dans sa deuxième vie ?

Je poursuis mes recherches, égrenant quelques factures et courriers administratifs, m'arrêtant plus longuement sur un petit mot griffonné sur un bout de papier signé Gustave. Je sais qu'il s'agit de mon grand-oncle mort au maquis pendant la guerre qui écrivait à mon grand-père : « Je te donnerai des nouvelles dès que je pourrai. » Il semblerait qu'il n'en ait pas eu l'occasion. Plus je progresse vers le fond du carton, plus les documents se font rares, le temps semble se condenser et je trouve très vite une carte postale datant de la Grande Guerre qui représente un groupe de soldats joyeusement attablés dans un jardin. Quelqu'un a écrit en bas d'une écriture malhabile : « Ton mari Adrien t'embrasse. » Il s'agit de mon arrière-grand-père, le mari de Rose, qui est revenu vivant des tranchées mais dont on disait dans la famille qu'il était resté « bizarre ». Sans doute n'avait-il plus jamais oublié les horreurs vécues. Il était mort avant ma naissance. Je pose la carte à part avec le courrier personnel que je vais conserver. Le document suivant que j'exhume est une copie du certificat de décès de Raoul Bourdette, mon arrière-arrière-grand-père, mort à l'âge de quarante-cinq ans de maladie (le papier ne précise pas laquelle), époux d'Anastasie Bourdette, née Faure. Mon cœur bondit. Elle appartenait bel et bien à la famille de Groléjac ! Tout au fond, il ne reste plus qu'une feuille pliée en quatre et une enveloppe. En dépliant le papier, mes mains tremblent. Quelques mots à peine lisibles tracés maladroitement au crayon à papier.

Je vous en pri donné moi des nouvels de ma petite Thiziri.
Ji pense tous les jour.
Jeanne.

La dernière lettre porte le tampon de la poste de Groléjac mais je ne parviens pas à lire la date. C'est la même écriture et les mêmes fautes d'orthographe.

Merci pour la letre. Je sé qu'il fau que je l'oubli mais je peu pa. Toute ma vi je penseré à Thiziri.
Jeanne

La grand-mère de Léonie avait un autre enfant caché qu'une cousine, mon ancêtre Anastasie, élevait à Bordeaux. Mais pourquoi ? Le bébé portait un prénom singulier. Sa mère était-elle étrangère, comme l'a suggéré Gilbert l'autre jour ? Sa mémoire voilée par la maladie aurait-elle conservé intact le souvenir de cette ancêtre différente ? Jeanne écrivait très mal le français mais je suppose qu'à cette époque, c'était fréquent, en particulier chez les femmes qui ne fréquentaient pas beaucoup l'école.

La routine du travail au bureau ne me distrait qu'assez rarement de mes pensées, des prénoms tournent sans cesse dans ma tête, Jeanne, Anastasie, Thiziri. Je n'ai qu'une hâte, voir arriver l'été et les congés. J'ai convaincu Stéphane d'aller pêcher dans la Dordogne pour nos vacances et j'ai déjà réservé une chambre à l'hôtel du Pont. Il aurait préféré un bungalow dans le camping qui jouxte le lac, mais je ne me voyais pas faire une infidélité à Simone. Je me souviens avec gratitude de la table mise près du radiateur, de ses potages brûlants, de sa conversation et de ses suggestions utiles dans ma quête. J'essaie d'imaginer en vain ce que seront Groléjac, les rives de la Dordogne, le lac et la promenade du marais dans la chaleur de l'été. Tous les matins, devant le miroir de ma salle de bains, je scrute mon visage, à la recherche de quelques ressemblances avec Jeanne, la mariée de la photo ou avec sa petite-fille, la vieille Léonie qui repose depuis cet hiver dans le cimetière de Groléjac. Mais rien, aucune trace de ce visage étroit aux pommettes hautes, le mien est plutôt carré. Rien non plus dans ma chevelure plate et lisse ne rappelle celle, abondante et frisée, de Jeanne. Jean-Pierre a hérité de son ancêtre sa grande taille et l'assurance de son regard, mais rien de tout cela chez moi qui suis petite et ronde. Suis-je vraiment de cette famille ? Plus j'examine mon visage, plus je dois me rendre à l'évidence : mon père nous a abandonnées mais il m'a laissé l'héritage de son physique. J'aurais tellement aimé ressembler à Jeanne. Ce bébé dont parlent Jeanne et Anastasie dans leur correspondance, cette petite Thiziri est-elle mon ancêtre, ou était-ce simplement un enfant que mon arrière-arrière-grand-mère Anastasie a transitoirement élevé ? Il faut que je dise à Stéphane que je ne l'accompagnerai pas à la pêche sur les bords de la Dordogne, que je vais poursuivre mon enquête. Je dois retourner voir Gilbert en espérant que sa maladie n'aura pas trop progressé, qu'il pourra m'en dire plus sur « l'étrangère de la famille ». Je suis certaine que ces paroles correspondaient bel et bien à une réalité et que, si sa femme n'était pas intervenue, d'autres souvenirs seraient remontés. La vieille Yvonne non plus ne m'a pas tout dit. Je me souviens avec bonheur de ce moment près de son poêle dans son intérieur vieillot, de la chaleur parfumée de son eau-de-vie de prune. Sa phrase laissée en suspens suggérait encore une fois la singularité de Jeanne.

— Tu es prête, on y va ?

Stéphane me ramène à la réalité d'une journée de travail ordinaire. Pour ne pas l'inquiéter inutilement, je ne lui fais plus part de mes pensées et préoccupations. J'ai l'air d'avoir repris une vie normale, je travaille, le week-end nous voyons des amis, j'accompagne Stéphane pêcher sur les bords de la Gironde, nous coupons les tulipes fanées du jardin, nous cueillons le muguet puis le lilas, nous parlons du système d'arrosage automatique que nous allons installer pour l'été, bien utile quand nous partirons à Groléjac. Mais ce qui m'habite, c'est ce bébé au nom étrange, sa mère demeurée à Groléjac qui le pleure, mon ancêtre Anastasie qui lui demande avec une dureté incompréhensible de l'effacer de sa mémoire.

6

En pénétrant dans la salle de café-restaurant du Port, j'ai immédiatement la nostalgie de l'hiver dernier. Absurde, pensera sans doute Stéphane si je lui fais part de mon sentiment. Le mois d'août resplendit de chaleur et de lumière, le château de Groléjac, enfoui dans une verdure généreuse, domine les eaux estivales de la Dordogne calmes et peu profondes. Mais je ne retrouve pas le vide apaisant où je m'étais réfugiée lors de mon premier séjour. En arrivant au pont, j'ai aperçu les ribambelles colorées de canoës remplis de touristes qui se prennent pour des explorateurs de l'extrême parce qu'ils descendent sur quelques kilomètres la rivière placide de l'été. La terrasse vide en hiver est peuplée de tables et de chaises occupées, entre lesquelles déambule une jeune serveuse que je ne connais pas. Simone a dû la recruter pour la haute saison. Même l'intérieur est différent, des tables ont disparu, sans doute pour peupler l'extérieur, la lumière rentre à flots et il fait chaud. Stéphane me fait remarquer que s'il y a une canicule, nous souffrirons plus de la chaleur qu'en bord de mer. Quand Simone m'aperçoit, elle s'exclame joyeusement :

— Ah, voilà ma cliente préférée ! Comment allez-vous Lucile ?

Et sans hésiter elle me colle deux bises chaleureuses sur les joues, avant de saluer Stéphane avec une politesse minimale. Je sens bien que Simone, qui s'ennuie dans sa vie, aimerait renouer ce lien tissé dans les solitudes des soirées d'hiver, et que Stéphane risque d'être un obstacle.

— On dirait que vous avez beaucoup de clients ?

— Oh oui, c'est des touristes, commente-t-elle avec une légère moue de mépris accompagnée d'un geste en direction d'une tablée installée près de la porte et qui s'exprime en anglais.

— Je vous ai donné la même chambre, comme ça vous ne serez pas dépaysée.

Simone ne s'adresse qu'à moi, ignorant totalement Stéphane.

J'ouvre largement les volets que Simone avait laissés entrebâillés pour lutter contre la chaleur diurne. Le crépuscule sans hâte de l'été éclaire encore d'un reste de lumière la noyeraie qui s'étend derrière l'hôtel. Après la fournaise de l'après-midi, des langues de fraîcheur humide montent de la rivière. Stéphane insiste pour que nous dînions en terrasse et je traverse la salle de restaurant, jetant un coup d'œil nostalgique à « ma » table près du radiateur. Installés dans la tiédeur du soir, nous nous taisons. Je ne sais pas trop ce que Stéphane pense de l'endroit, il n'a pas fait de commentaires.

— Tu vas voir, tu vas aimer le coin, c'est tranquille.

Tout en disant cela, je jette un coup d'œil autour de nous, je repense aux canoës aperçus tout à l'heure et je ne suis plus très sûre de ce que je viens d'affirmer à Stéphane.

— Tu vas faire quoi demain ? m'interroge-t-il.

Il a bien compris que je ne l'accompagnerai pas sur les rives de la Dordogne et que je vais poursuivre mes recherches.

— Je ne sais pas si je vais d'abord revoir la vieille Yvonne ou si j'essaie plutôt la famille avec Gilbert.

— Tu ne m'as pas dit que Gilbert a Alzheimer ? Tu as peut-être intérêt à le voir le plus vite possible.

Je ne pensais pas que Stéphane s'était intéressé vraiment à ce que je lui avais raconté. Je suis heureuse de constater que ce n'est pas le cas, et je lui en suis reconnaissante. Je pourrai partager avec lui mes découvertes. S'il y en a. Je me demande si la belle saison, les vacances, ne me rendent pas excessivement optimiste quant à ce que je peux encore apprendre de mon histoire familiale. Quel miracle pourrait faire que Gilbert se souvienne de quelque chose ? Pourquoi Yvonne accepterait-elle de dire ce qu'elle sait et qu'elle a tu lors de notre rencontre ?

— Il va faire encore beau et chaud, ils l'ont dit à la radio. Vous allez pouvoir en profiter.

Simone assure sur la terrasse le service du petit-déjeuner pour les quelques résidents déjà debout. Elle s'adresse exclusivement à moi, essayant de recréer notre intimité de cet hiver. Mais ça ne fonctionne pas du tout. Stéphane est là, le mari de Simone occupé ailleurs ne regarde pas la télé dans la cuisine, on n'a pas envie de se pelotonner près du radiateur de la grande salle mais de respirer l'air encore frais du matin. Quant à moi, la mort de maman a commencé à s'éloigner doucement de moi. Cependant une chose reste intacte, le besoin de savoir qui était ce bébé séparé de sa mère qui continuait à le chérir. Je pense à Yvonne et à sa petite maison douillette. Où se tient-elle en été ? Stéphane a raison, je devrais d'abord rendre visite à Gilbert tant que la mémoire de son passé ne s'est pas totalement effacée. Mais la perspective de devoir affronter à nouveau son épouse revêche et leur fils hostile m'incite à repousser cette rencontre. Il me semble déjà lire la réprobation dans le regard de la femme. « Qu'est-ce qu'elle veut encore, celle-là ? Toujours à fouiner ! »

Stéphane m'a laissé la voiture, il est parti à pied le long de la Dordogne à la recherche d'un endroit plus calme où jeter sa ligne. Le mari de Simone lui a dit qu'il y a pas mal de sandres et de barbeaux. Il a l'air content de découvrir un nouveau coin de pêche. Je me dirige vers le lac et la maison d'Yvonne. L'ancienne gare se perd dans les frondaisons épaisses des grands arbres qui l'enserrent. La porte de la maisonnette est fermée, je frappe et attends en vain. Je remarque que la minuscule terrasse est balayée, une rangée de tomates mûrit au soleil. Yvonne ne doit pas être bien loin. Je m'avance, en descendant le long de sa maison vers le bûcher où, cet hiver, j'ai pris de quoi ravitailler son poêle. Elle est assise à l'ombre d'un saule, dans un vieux fauteuil en plastique, tournée vers le lac et ses rives qui offrent un paysage plaisant. Une légère brise ride à peine la surface de l'eau, apportant jusqu'à nous l'humidité encore fraîche de la nuit. Je vois la vieille dame offrir son visage à ce plaisir, un demi-sourire aux lèvres. Je m'arrête et pour ne pas l'effrayer, et la salue de loin. Je m'apprête à lui expliquer qui je suis, que nous nous sommes déjà rencontrées, mais Yvonne ne m'en laisse pas le temps.

— Ah, bonjour, vous êtes de nouveau par chez nous... Lucile, c'est bien ça? Aujourd'hui vous n'aurez pas besoin de me monter des bûches.

Elle a un rire bref. C'est qu'elle a encore une bonne vue et toute sa mémoire, cette chère Yvonne !

— Tenez, prenez un fauteuil, vous en avez là-bas sous l'abri.

J'obéis et m'installe près d'elle. Pendant quelques secondes, nous ne disons rien. Je retrouve cette même impression d'être à ma place comme cet hiver, dans la petite maison d'Yvonne. Je me dis que même si je ne trouve rien de plus sur ma généalogie, j'aurai au moins rencontré cette personne attachante. C'est elle qui interrompt le silence :

— Quand il y a canicule, je viens là le matin pour profiter. L'après-midi, je reste au frais dedans, en plus les touristes font du bruit au lac. Ils viennent se baigner en pleine chaleur. Ils ne savent pas que le matin, c'est tellement agréable.

— Je n'y suis pas encore revenue, je ne suis là que depuis hier.

— Si j'ai un conseil à vous donner, c'est de ne pas y aller. Vous vous êtes plue cet hiver, là vous allez être déçue. Ça parle toutes les langues, les gosses crient, les parents encore plus. Même les canards et les cygnes savent pas où se mettre.

Elle se tait quelques instants puis se tournant vers moi.

— Si vous revenez me voir, c'est que vous voulez encore savoir des choses.

Sans attendre, je ressors la photo des mariés. Yvonne la reconnaît aussitôt :

— Ah, cette photo…

— La dernière fois j'ai bien vu que vous reconnaissiez la mariée. Gilbert Faure a dit que c'était l'étrangère de la famille. Comme il perd la mémoire, je ne sais pas si je peux lui faire confiance.

Je vois Yvonne hésiter un peu, avant de confirmer :

— Vous pouvez. Je ne l'ai pas bien connue, j'étais petite quand elle est morte, mais dans ma famille, on l'appelait l'étrangère. Je ne sais pas d'où elle était par contre. C'était la grand-mère de la Léonie, celle qui est morte y'a pas longtemps. Elle était mariée avec un Faure.

— Ce que je voudrais savoir, c'est pourquoi mon ancêtre Anastasie, à Bordeaux, élevait un enfant qui était à elle, Jeanne, l'étrangère.

Yvonne reste muette mais je crois comprendre, à l'expression de son visage, qu'elle se concentre sur ses souvenirs. Elle finit par dire :

— Ça, je ne pourrais pas vous dire… Il vaut mieux demander à la famille. Même si Gilbert a oublié, sa femme, la Georgette, elle doit savoir des choses, elle est née pas loin d'ici elle aussi.

— Leur fils a été catégorique : il n'y a pas d'étrangère dans la famille.

Yvonne est secouée par un petit rire :

— Ah oui, ça m'étonne pas, il doit pas aimer cette idée, lui qui est contre tous les étrangers… C'est un sujet d'embarras pour beaucoup de gens, une histoire de famille pas comme les autres.

Le soleil a tourné et Yvonne et moi ne sommes presque plus à l'ombre. La matinée s'achève.

— Je vais vous laisser, Yvonne, mais je repasserai vous voir avant de repartir à Bordeaux. Peut-être des choses vous seront revenues.

Nous remontons vers la maison. Yvonne suit mon regard qui s'attarde sur les bâtiments de la gare, en face de chez elle.

— C'est bien dommage, tous ces ponts, ces gares qui ne servent plus. Aussi longtemps après, ça me fait mal au cœur de voir tout ça vide… Enfin, c'est bien vrai aussi qu'il ne s'y passait pas que de bonnes choses, dans le train. Au revoir et à bientôt.

Yvonne rentre chez elle, sans que j'aie le temps de lui demander ce qu'elle entend par là.

Stéphane est revenu content de sa matinée de pêche, tout en précisant qu'il était inutile d'y retourner l'après-midi : trop de circulation de canoës qui perturbe les poissons.

— J'ai pêché un barbeau. Si on avait loué un bungalow, on aurait pu le préparer, mais là je l'ai remis à l'eau.

Je sens poindre la déception et le reproche.

— Je vais demander à Simone, elle accepterait peut-être de cuisiner tes prises. Ce serait bien, de goûter les poissons de la Dordogne.

Stéphane ne répond rien mais je vois bien que malgré tout ça lui plairait.

Nous laissons passer les chaleurs étouffantes du début d'après-midi en nous reposant dans la relative fraîcheur de notre chambre. Puis nous partons vers le lac, j'ai proposé à Stéphane de lui faire découvrir la promenade du marais. Yvonne avait raison, le parking est saturé de voitures, la plage envahie de baigneurs et les cygnes se sont réfugiés vers la rive plus calme. Quant au marais, il n'a plus rien de ce lieu fantomatique et mystérieux où je me suis plongée l'hiver dernier. De nombreuses zones sont asséchées, laissant apparaître un sol nu et craquelé et la forêt résonne de cris, de rires et d'appels. Aucun espoir d'y apercevoir le moindre oiseau.

La faune se terre dans l'attente du calme revenu. J'exprime ma déception, essayant de faire revivre pour Stéphane cette vie sauvage qui reprend ses droits quand les trop nombreux visiteurs s'en vont.

De retour à l'hôtel, j'ai réussi à joindre la famille Faure au téléphone. Je tremblais que ce ne soit le fils Jean-Pierre qui décroche et me rabroue, me fermant définitivement la porte de leur maison et ruinant mon dernier espoir d'identifier le bébé de Jeanne élevé par mon ancêtre Anastasie. Par chance, c'est Georgette qui m'a répondu. J'ai joué toutes mes cartes, lui parlant du courrier échangé par Jeanne et Anastasie, et lui confirmant que son époux avait raison quand il parlait d'une étrangère dans la famille. La vieille Yvonne me l'avait confirmé. Quand j'ai évoqué Yvonne, il y a eu un blanc au bout du fil, puis Georgette m'a proposé :

— Demain matin vers dix heures, ça vous irait ?

Ce matin, Stéphane est reparti à la pêche avec enthousiasme car j'ai parlé à Simone qui m'a promis de cuisiner tout ce qu'il rapporterait.

— Comme ça vous serez tranquille pour mener votre enquête pendant qu'il sera à la pêche. Vous allez chez les Faure ?

Simone manifeste pour mon histoire un intérêt supérieur à celui qu'elle peut avoir pour les séries qu'elle regardait cet hiver à la télévision.

Quand j'arrive chez les Faure, j'aperçois aussitôt Gilbert assis au jardin et sa femme qui s'active à arroser les fleurs et le potager. Georgette m'offre un siège près de son mari.

— Je termine, j'en ai pour cinq minutes.

Elle s'éloigne, me laissant avec Gilbert mais je n'ose pas l'interroger en l'absence de sa femme. Il m'a jeté un bref coup d'œil à mon arrivée pour reporter aussitôt son attention sur le faible courant d'eau de la rivière qui longe leur jardin. Il ne m'a visiblement pas reconnue. Nous restons là, dans l'odeur fraîche de la terre arrosée, et les parfums de rose qui s'élèvent des parterres. Jean-Pierre est absent et je me sens plus à ma place que la première fois. Je ne saurais dire pourquoi, mais je ne suis plus une intruse. Georgette a terminé son arrosage et, en s'asseyant près de nous, elle explique :

— En ce moment, il faut le faire tous les jours, avec cette chaleur.

Et puis aussitôt :

— Alors comme ça, la vieille Yvonne de la gare se souvient de la grand-mère de la Léonie…

Elle réfléchit un peu. Je la trouve plus aimable que la dernière fois.

— Moi je me rappelle pas aussi vieux dans la famille de mon mari, mais j'en sais un peu.

Et elle m'explique que le père de Gilbert, Émile, était le frère de Léonie. Leurs parents s'appelaient Henri et Paule.

— Alors cet Henri, ce serait le fils des mariés de ma photo, de Jeanne l'étrangère et de son mari.

— Oui, c'est sans doute ça.

Elle réfléchit encore un peu et ajoute :

— Et la Léonie, elle a pas eu de chance. Ils avaient eu qu'un fils avec Broustal. Je sais pas ce qui lui a pris. Je le connaissais bien, je suis née pas loin d'ici, à La Maralie. Il avait étudié la meunerie et il est parti travailler dans les grands moulins d'Alger.

— En Algérie ? Ça pourrait donc avoir un lien avec l'étrangère…

— Je ne sais pas mais en tout cas, il n'est jamais revenu, il a été tué pendant les événements, et sa femme aussi.

— La guerre ?

— Oui c'est ça. La Léonie, je sais pas comment elle a fait pour vivre aussi vieille avec ce chagrin.

— Vous, vous n'avez qu'un fils ?

Georgette soupire.

— Oui, et il est pas marié.

Gilbert n'a toujours pas bougé, comme attentif uniquement à l'écoulement de l'eau dans la rivière. Il ne remarque même pas que sa femme prend près de lui une enveloppe posée sur la table du jardin.

— L'autre jour, j'ai sorti des photos pour les montrer à Gilbert, pour voir si ça lui rappelait quelque chose. Mais rien. Ou pas grand-chose. Il a un peu réagi aux photos de ses parents et de sa tante Léonie. Comme l'autre fois avec la vôtre. Sur les plus récentes, rien du tout. Sa maladie avance.

— Je suis désolée.

— Mais avec les photos les plus vieilles, j'ai trouvé quelque chose qui peut vous intéresser.

Elle me tend une carte postale ancienne qui représente un bâtiment avec des arcades qui se prolonge par une muraille percée d'une double porte fortifiée. Devant défilent des soldats portant des pantalons bouffants. En bas est écrit : « SÉTIF. – L'hôtel de ville et la porte d'Alger. »

— C'est bien une ville d'Algérie, ça ?

— Oui, je crois, mais regardez au dos, me dit Georgette.

Un message court, d'une écriture peu sûre :

Je vé bien. Vous aussi j'espaire. Ici il fé froid beaucoup de neige. Votre fils Aimé.

— Je crois qu'Aimé, c'était l'arrière-grand-père de Gilbert.

— Il va falloir que j'aille chercher dans les archives municipales. Mais vous m'avez aidée, merci Georgette. Votre fils, ça ne l'intéresse pas de savoir si on a un lien de parenté ?

— Oh, lui, vous savez…

Je prends congé de Gilbert et de sa femme et il y a dans ma tête ce lien désormais bien présent entre l'étrangère et l'Algérie.

DEUXIÈME PARTIE

Aimé

7

Cela fait maintenant deux jours que nous marchons à travers cette plaine que les gens d'ici appellent la Mitidja. Nous avons quitté Alger en prenant la direction du Levant. Le gars qui se trouve à côté de moi dans la colonne connaît tout de cette terre. Il a rempilé dans l'armée parce que, quand il est rentré en France après son service militaire qu'il avait fait ici, sa promise ne l'avait pas attendu et ses parents étaient morts. Il n'avait plus rien à faire là-bas.

— On va prendre la route impériale pour aller jusqu'à Sétif, m'a-t-il confié à voix basse, enfin, la route nationale 5, parce que depuis deux ans on peut plus l'appeler autrement.

Deux ans après le retour de la République toute allusion au tyran Napoléon III et à ses œuvres est interdite. Mais Charles Barthes, mon compagnon aveyronnais, a connu la dernière visite de l'empereur en Algérie et il aime raconter. Ça nous distrait tous les deux.

— Quand il est arrivé à Alger pour la deuxième fois, à peine débarqué il a dit aux Algériens d'origine européenne qu'ils devaient traiter les Arabes avec qui ils vivaient comme des compatriotes. Tu parles, le succès qu'il a eu !

— Pourquoi ?

— T'es bien naïf, la bleusaille, ça se voit que t'arrive juste de métropole. Tu vas pas tarder à voir que les colons, ils veulent pas copiner avec les Arabes.

Barthes m'a dit que quand on aurait atteint le village de Thenia, on aurait fait cinquante kilomètres depuis Alger. Je ne sais pas comment il connaît tout ça, mais j'apprécie sa compagnie, ses histoires me distraient un peu des élancements qui montent de mes pieds entamés dans mes godillots et des trente kilos de barda qui torturent mon dos et mes épaules. Je ne suis pourtant pas une mauviette, j'ai été habitué, avec mon père au travail du bois. Porter une poutre ne me faisait pas peur. Je ne suis parti que depuis quelques semaines et Groléjac me semble déjà si loin… J'ai vite appris à accrocher tout ce qui est en étain, la gamelle, le bidon et le quart pour éviter qu'ils s'entrechoquent. Le premier jour, Barthes a râlé :

— On se croirait dans l'Aubrac quand on marche à côté de toi. T'es un troupeau de vaches à toi tout seul.

Et comme je le regardais sans comprendre, il m'a expliqué :

— Ben oui, les vaches, elles ont des cloches pour qu'on les retrouve. Toi c'est pareil, on risque pas de te perdre.

Ce matin, j'ai donc suivi ses conseils pour suspendre tout mon fourniment et nous marchons au son des centaines de pieds qui foulent la poussière et les cailloux, mais plus de sonnaille ! Je transpire sous le képi et j'ai du mal à supporter le pantalon de drap et les guêtres, mais Barthes me met en garde.

— Tu verras, dans quelques mois, tu seras content de les avoir. À Sétif, il neige et ça gèle.

— Je croyais qu'en Algérie, il faisait très chaud.

— Ah ça oui, tu peux crever de chaud, mais de froid aussi.

Je me dis que cela ne va pas trop me changer de mon Périgord natal, avec ses canicules estivales et ses gelées sévères.

Après une journée de marche, nous bivouaquons en rase campagne. La roulotte qui transporte notre cantine est déjà installée, un feu allumé pour préparer un ragoût, à base de mouton je crois, toujours le même à tous les repas. Comme il fait chaud et sec, nous ne montons pas la tente que nous transportons pour rien dans notre barda, toile et piquets qui alourdissent le paquetage. Nous dormons à la belle étoile et malgré l'inconfort d'un sol dur, les beaux ciels nocturnes sont une récompense. Je me souviens de ce soir d'été où, avec mon frère Pierre, nous étions allongés sur la rive d'herbe fraîche de la Germaine, près de la maison. Nos parents étaient déjà couchés et nous étions sortis en cachette. On n'entendait que le chant sonore des rainettes qui se répondaient sans discontinuer et le ciel nocturne nous avait offert un ballet d'étoiles filantes. Je devais avoir dans les onze ans. À tour de rôle, nous montons la garde autour du camp. Je n'ai pas encore été désigné pour cette tâche. Barthes dit qu'il faut se méfier. On peut se faire attaquer n'importe quand. J'essaye de m'informer :

— Par les Arabes ?

— Je dirais plutôt les Kabyles.

Je n'y comprends rien, je croyais qu'il fallait se battre contre les Arabes pour installer la colonie.

— C'est qui, les Kabyles ?

— Ben… c'est comme des Arabes mais c'est pas des Arabes. D'ailleurs ils sont blonds des fois et avec la peau claire. Si on est là, c'est à cause d'eux. Ils se sont révoltés il y a deux ans. Leur chef s'appelait El Mokrani. Et là où on va, à Sétif, ça a bardé en 1871. Ils sont indisciplinés mais c'est des résistants et des guerriers, conclut Barthes.

J'espère que les Kabyles vont se tenir tranquilles, j'étais d'accord pour faire mon service en Algérie, mais se battre c'est autre chose…

Nous avons pris depuis ce matin la direction du sud. La plaine reste derrière nous et quand nous nous enfonçons dans un défilé, Barthes commente :

— Ces gorges de Palestro, ça ferait un bel endroit pour se faire attaquer.

Je scrute tous les pitons rocheux qui nous dominent.

— Pourquoi on passe là, si c'est si dangereux ?

— Pas le choix, pour éviter la montagne.

En contrebas de la piste que nous suivons coule le filet d'eau d'un oued, un mot que m'a appris Barthes. Nous irions volontiers nous rafraîchir, mais pas question de s'attarder dans cette zone propice aux embuscades.

La journée de marche s'étire car nous devons atteindre le village de Palestro à la sortie des gorges pour la halte nocturne. Durant les derniers kilomètres, plus personne ne parle, même pas Barthes. À l'arrivée, je prie la Vierge de Rocamadour comme le faisait ma grand-mère Mélanie pour ne pas être de garde. Et elle m'entend par-delà la Méditerranée : je peux profiter de toute la nuit pour me reposer.

Je souffre moins de la chaleur et de la marche. Barthes me dit que je m'habitue. Il m'a expliqué que nous contournions par le sud la montagne du Djurdjura qui, d'après lui, a autant de neige l'hiver que les Pyrénées. Je suis toujours aussi étonné, je croyais que dans nos colonies, il faisait chaud et sec. Mais cela me conforte dans ce que je pensais : rien de tel que de sortir de son coin de pays pour apprendre des choses. Quand j'ai eu mes vingt et un ans, je savais que j'étais sur la liste des recensés qui pouvaient partir pour le service militaire. Par chance, la durée venait d'être réduite à cinq ans par la République. Ensuite, mon avenir était entre les mains du hasard. Si je tirais un bon numéro, je ne partirais pas, si c'était un mauvais… Ma mère ne voulait pas que j'en parle tant elle redoutait mon départ. Quant à mon père, cela le contrarierait beaucoup si je devais faire le service militaire, car j'avais commencé à travailler avec lui dans l'atelier de menuiserie-charpente qui serait à moi plus tard. Cela me revenait, j'étais l'aîné, et de plus mon frère n'avait aucune disposition pour ce travail alors que moi, il me plaisait. En même temps, l'idée d'aller voir ailleurs me tentait, mais bien sûr je n'en disais rien à mes parents.

Le tirage au sort se faisait au canton, à Domme, et j'avais tiré un mauvais numéro. Ce fut un premier choc pour mes parents et quand les listes départementales qui définissaient l'affectation furent publiées et que je lus : *Sétif, Algérie*, ce fut comme si un deuil s'était brusquement abattu sur la maison. Ma mère ne cessait de pleurer et, entre deux crises de larmes, elle houspillait mon père pour qu'il fasse quelque chose. Il existait la possibilité de s'acheter un remplaçant mais nous n'avions pas assez d'argent pour cela. Mon père était décidé à faire un très gros emprunt pour me garder, mais je refusai. Ils avaient encore mon frère à charge, et cela hypothéquerait trop l'avenir, y compris le mien, puisqu'il était convenu que je reprendrais l'activité de mon père. Mieux valait que je parte et qu'à mon retour, je reprenne une activité saine. C'étaient sans doute des arguments judicieux mais la vraie raison de ma décision était que je voulais partir, voir autre chose avant de m'installer dans une vie toute tracée, celle d'un artisan qui bientôt se marierait et fonderait une famille dans le village où il était né et où il mourrait. Contre l'avis de mes parents, j'avais donc quitté Groléjac et je me retrouvais maintenant à marcher, en suivant l'oued Djemaa jusqu'à la halte du soir de Bordj Hamza. Mon père avait attelé la jardinière pour m'accompagner à Gourdon prendre la diligence qui me conduirait à Toulouse. Ensuite, je devais me rendre à Montpellier puis à Marseille où se trouvait la caserne qui regroupait le bataillon qui s'embarquerait pour l'Algérie. L'armée m'avait fourni un papier me donnant accès gratuit aux diligences. Mais sa générosité n'allait pas jusqu'à me permettre de voyager confortablement à l'abri, je n'avais droit qu'à une place sur le toit, sur l'impériale. Quand la diligence s'éloigna, je continuais à apercevoir mes parents qui m'avaient accompagné jusqu'au relais. Et je conserve cette image, les grands bras ballants de mon père, impuissants face à mon départ, et le corps secoué de sanglots de ma mère.

Par chance, c'était l'été, je ne souffrais pas trop des intempéries, et mon poste dominant sur l'impériale me permettait d'embrasser du regard tous ces mondes nouveaux que je découvrais. Je ressentais comme une exaltation permanente qui se poursuivait encore aujourd'hui.

— Qu'est-ce que tu as à sourire comme un benêt ? Tu as vu la Vierge ?

Barthes me ramène à la réalité du présent et de notre installation pour la nuit près des ruines du fort que les Turcs appelaient Hamza mais que les colons veulent désormais nommer Bouïra. J'ai à peine déposé mon paquetage quand j'entends mon nom crié par le sergent : Aimé Faure. Cette fois, je suis de garde, mais seulement pour la seconde moitié de la nuit. Je vais avoir le temps de récupérer un peu avant.

— T'inquiète pas, me rassure Barthes, ici on est pas loin de la vallée de la Soummam et du port de Bougie au bout, c'est des endroits pacifiés depuis longtemps.

Assis contre un rocher qui domine légèrement le campement, le fusil chassepot entre les genoux, j'écoute le jappement des chacals qui se répercute de colline en colline. J'essaie d'imaginer ce que sera ma vie dans les cinq ans à venir. À quoi ressemble cette ville de Sétif où notre régiment va être cantonné ? Barthes m'a dit que c'était une ville de militaires et qu'il n'y avait pas beaucoup de colons. Et quand je lui ai posé la question sur les Arabes, il m'a répondu :

— Bien sûr qu'il y aura des Arabes et des Kabyles ! Si tu voulais pas en voir, fallait rester dans ta cambrouse du Périgord !

Parfois je pense à mes parents et je me demande si j'ai bien fait de les laisser aussi longtemps – cinq ans ! Mais s'il y a une chose dont je suis sûr, c'est que je suis de plus en plus curieux de ce pays que j'ai commencé à entrevoir et de ses gens que je ne connais pas encore.

Pour traverser la chaîne des Bibans, encore une fois nous devons emprunter un défilé. Le soleil de septembre inonde le paysage mais quand nous pénétrons dans les Portes de Fer, la nuit nous tombe brutalement dessus. Les gorges sont si étroites que l'oued qui les a creusées et la piste qui le longe demeurent perpétuellement dans l'ombre. Barthes me fait remarquer que ça pourrait aussi bien s'appeler les Portes de l'Enfer. Pas optimiste, aujourd'hui, mon compagnon de route ! Mais je dois dire que ce lieu n'est pas propice à la bonne humeur et à la plaisanterie. On sent bien que tout le régiment est aux aguets, attentif au moindre mouvement, fouillant du regard les anfractuosités du terrain, les blocs de rochers susceptibles de cacher des Arabes, des Kabyles ou qui que soient ces indigènes qui nous verraient bien tous morts. Et je commence à me dire qu'on pourrait les comprendre – nous sommes chez eux, après tout.

Nous atteignons enfin Bordj Bou Arreridj, ce fortin entouré de remparts bâti par l'armée française. Nous allons y être logés pour la nuit. Pour une fois, dormir à l'intérieur d'un lieu protégé, quel luxe ! Au pied du fort, la plaine accueille un village en plein développement. Nous traversons avec bonheur une place ombragée agrémentée d'un lavoir et d'un abreuvoir. Des femmes, kabyles d'après l'expert Barthes, lavent du linge en bavardant et semblent ne nous prêter aucune attention. Notre capitaine s'arrête près de l'abreuvoir pour que son cheval se désaltère. Nous aurions envie de nous poser là, dans ce lieu où tout évoque une vie paisible de village, mais notre place est plus loin dans l'enceinte du fortin.

Profitant du peu de temps qu'il reste de quartier libre avant la nuit, je fais le tour des lieux et tombe sur un monument de marbre, une pyramide et deux plaques qui rendent hommage aux compagnies des Bouches-du-Rhône, à la gendarmerie et à la milice française et indigène qui ont triomphé de l'attaque d'El Mokrani en 1871. Et Barthes me le confirme quand je le rejoins :

— Ici, on est en plein dans le territoire de ce Mokhrani. Ils restent dans leurs montagnes, ajoute-t-il en m'indiquant au nord-ouest la chaîne des Bibans que nous venons de traverser et, au sud, les monts du Hodna. Et quand ils veulent, ils descendent nous attaquer.

À partir de Bordj Bou Arreridj, la marche se fait plus facile car nous circulons sur une haute plaine. Nous ne sommes plus une cible aussi facile que dans les gorges et la troupe est moins tendue. Ça bavarde et ça chante dans les rangs et le soir au bivouac.

— C'est pas les forêts de la Grande Kabylie ici, commente Barthes en jetant des coups d'œil circulaires sur la terre sèche et nue qui nous environne, mais il paraît qu'ils cultivent beaucoup de blé dur.

— C'est pas non plus le Périgord !

— Ça, je m'en doute, même si j'y suis jamais allé…

— Tu peux imaginer ce que c'est, que de faire la sieste au bord de la Dordogne ! Même par temps de sécheresse, sur les rives, l'herbe reste verte et fraîche, tu t'allonges à l'ombre et tu écoutes les cigales.

— Vous êtes bien paresseux par chez vous ! Vous prenez le temps de faire la sieste au bord de l'eau ! Après ça, on dit que c'est les Arabes qui sont fainéants !

Nous continuons à marcher en silence et je revois cet après-midi, un dimanche d'été particulièrement chaud, où mon frère et moi étions allés pêcher dans la Dordogne et où la chaleur nous avait contraints à une pause dans l'herbe fraîche. En fait, c'était ce moment-là dont les impressions restaient gravées dans ma mémoire, qui ne s'était pas reproduit mais qui avait la force d'un souvenir puissant.

— Même sur les Grands Causses où je suis né, il y avait plus d'arbres qu'ici. Je crois qu'on va devoir faire comme les Arabes : chercher l'ombre des murs pour se reposer, ajoute Barthes au bout d'un moment.

Il a déjà passé sept ans ici et s'il s'est habitué au point d'y revenir. C'est peut-être parce qu'il n'a pas de nostalgie inutile. Il accepte ce qui se présente, la terre excessivement dénudée, le risque d'être attaqué par les Kabyles, la fatigue. Tout semble glisser sur lui. Il vit le présent de sa vie de soldat et semble s'être détaché de son passé. Quant à son avenir, je ne suis pas sûr qu'il l'envisage. Je vais essayer de faire comme Barthes, vivre ma vie algérienne, ne plus penser à ceux que j'ai laissés en métropole, au bateau qui en trois jours nous a amenés sur la rive sud de la Méditerranée. Demain, nous serons à Sétif et j'ai hâte de voir où vont se passer les cinq prochaines années de ma vie.

8

Le bruit court dans les rangs que nous approchons de Sétif et nous avons l'impression d'avoir changé de pays. Nous suivons une grande avenue bordée d'arbres que Barthes appelle des mûriers et de part et d'autre, incroyable, ce ne sont que jardins. Nous longeons sur notre gauche, par-delà une allée de peupliers, des potagers bien irrigués par des canaux où court une eau miraculeuse. Sur la droite, une forêt de frênes, d'acacias et d'autres essences que nous ne savons pas identifier. Je me tourne vers mon camarade :

— Finalement, on en aura des arbres pour se mettre à l'ombre ! On arrive au paradis, ma parole !

— On dirait bien.

Nous pénétrons dans l'enceinte par une porte fortifiée toute neuve. De là, partent des remparts qui enserrent la ville, formant une protection rassurante.

— Je sens qu'on va être bien ici, commente Barthes. Être cantonnés dans une place aussi bien protégée que celle-là, ça me plaît.

Nous passons devant l'hôtel de ville et ses arcades mauresques avant de suivre une large rue bordée d'arbres qui nous conduit vers le centre. C'est la fin de l'après-midi et y circulent des civils européens qui vaquent à leurs occupations, des soldats qui ont quartier libre et des indigènes dans leurs amples vêtements clairs. Nous croisons une calèche où un couple d'Européens bavarde sans se préoccuper de la foule qui doit s'écarter pour leur laisser le passage. J'ai le temps d'apercevoir la jeune femme sous un coquet chapeau décoré de nœuds et de rubans qui jette un regard, me semble-t-il méprisant, sur nos silhouettes fatiguées et poussiéreuses.

— C'est pas dans ton village que tu verrais ça, se moque Barthes, en désignant la foule hétéroclite, les nombreux magasins et la belle jeune femme dans la calèche.

C'est certain, les boutiques de la rue du Port à Groléjac ne peuvent pas rivaliser et, même les jours de marché, il n'y a jamais une telle foule dans les rues. Nous bifurquons vers le nord en suivant une autre large avenue également très animée qui nous conduit dans la zone des casernes.

— On dirait bien des Zouaves qui partent en manœuvre, commente Barthes lorsque nous croisons un groupe de soldats comme je n'en ai jamais vu, coiffés d'un turban et portant de larges pantalons bouffants.

— Leur uniforme m'a l'air plus adapté à la chaleur que le nôtre.

— Oui c'est sûr, le sarouel je l'ai essayé une fois, et je peux te dire que tu as les choses à l'aise, si tu vois ce que je veux dire.

Nous longeons ensuite la caserne des Tirailleurs.

— Eux, c'est surtout des indigènes. On les appelle des *turcos*. Me demande pas pourquoi.

Je me moque gentiment de lui :

— Comment, tu ne sais pas tout ?

— Ben non tu vois, par contre je sens le crottin de cheval, ça veut dire qu'on arrive chez nous. Le sergent a dit hier soir que l'infanterie de ligne qui a été renvoyée ici, c'est-à-dire nous, va loger dans une annexe des chasseurs d'Afrique.

— Et alors ?

— Et alors, c'est de la cavalerie, des chevaux, du crottin !

— Les chasseurs d'Afrique, c'est des indigènes ?

— Il y en a quelques-uns, oui, mais la majorité c'est des

Français. Et leur uniforme, tu vas voir, c'est pas le pantalon chie dedans des zouaves, c'est du chic, culotte rouge galonnée avec képi assorti, veste à brandebourgs et tout et tout...

Nous entrons à ce moment-là dans la cour de la caserne et les quelques chasseurs que nous croisons nous regardent de haut. Notre uniforme n'a plus de couleur sous la couche de poussière et la plupart sont, comme moi, des appelés du contingent qui savent à peine marcher au pas. Nous ressemblons plus à une armée en déroute qu'à de fiers soldats venus défendre le territoire français.

Le premier dimanche où nous avons eu quartier libre, Barthes nous a proposé d'aller au marché arabe. Les deux voisins de chambrée avec qui nous avons sympathisé depuis notre arrivée, Lambert et Morel, ont refusé. Ils n'ont aucune envie de « se mêler aux Arabes ». Barthes a haussé les épaules, sans commentaire, mais plus tard il m'a dit que des gens comme ça, ils auraient mieux fait de les laisser en France :

— Comment tu comprends ça toi, Faure ? T'as fait des milliers de kilomètres, tu sais que tu es là pour cinq ans et tu veux même pas savoir comment vivent les gens d'ici. Faut être sacrément borné !

Lambert et Morel sont tous les deux appelés du contingent comme moi, ils viennent de la même région, quelque part vers Lyon, et ne se séparent jamais. Avec Barthes, il nous arrive de parler en patois. Même si ce n'est pas exactement le même en Périgord et sur les grands Causses, nous nous comprenons. Mais nous faisons l'effort d'utiliser le français quand nous sommes avec eux. Et d'ailleurs, les chefs ne veulent pas nous entendre parler notre patois. Nous sommes tous français, au service de la France, nous devons donc parler sa langue. Je l'ai un peu appris à l'école mais jusqu'à mon départ de Grolé-jac, je ne l'ai pas beaucoup pratiqué. Un seul client de mon père utilisait le français, le comte Berthier. Il avait besoin de refaire la charpente sur une aile du château et mon père m'avait demandé de l'accompagner, pour servir de traducteur en quelque sorte. Sinon, tous les autres clients de mon père parlent en patois, comme tout le monde d'ailleurs. Mais ici en Algérie, il faut utiliser le français et les Arabes doivent l'apprendre aussi.

Le marché arabe se tient hors les murs. Sitôt franchie la porte de Bougie qui s'ouvre vers le nord, on aperçoit une mer de burnous et de turbans blancs. Barthes et moi nous frayons un passage dans la foule qui semble indifférente à notre présence. Pourtant je me sens vulnérable, nous sommes deux Français, des *roumis* comme ils disent, au milieu de cette foule. Ils pourraient nous égorger vite fait bien fait, ni vu ni connu. Je ne peux pas m'empêcher de repenser à tout ce que m'a raconté Barthes sur les révoltes des Kabyles et la toute dernière en particulier, qui fait que nous sommes là pour renforcer les régiments cantonnés ici en permanence, tirailleurs, chasseurs d'Afrique et zouaves. Je me demande si je n'aurais pas dû faire comme Lambert et Morel, rester à déambuler dans la rue de Constantine ou celle de Sillègue. Je partage mon inquiétude avec Barthes mais il ne m'écoute pas. Il est en train de tenter de discuter avec un marchand pour savoir comment s'appelle ce fruit qui remplit un peu partout dans le marché de grands paniers tressés. Le vendeur ne comprend pas le français et les quelques mots d'arabe que connaît Barthes ne servent à rien.

— Ça doit être un Kabyle, il ne me comprend pas.

À cet instant passe à notre hauteur un homme élégamment vêtu d'un burnous de fine laine immaculée, coiffé d'un haut turban enroulé autour d'une chéchia et enrubanné d'un galon doré. Il s'adresse à mon camarade dans un français meilleur que le mien :

— Que désirez-vous savoir cher monsieur ?

Il nous explique aimablement que tous ces fruits que nous voyons sont des jujubes, qui se récoltent à l'automne et que les jujubiers poussent dans les jardins autour de Sétif, par la grâce de Dieu.

Barthes le remercie, avec toute la politesse dont est capable ce paysan aveyronnais un peu rugueux. Je suis resté muet, éberlué par la fière allure et la distinction de cet indigène. Voyant ma surprise, Barthes m'explique :

— C'est sans doute un bachaga ou un caïd du bureau arabe. Quoi ? Tu croyais que les indigènes, c'étaient tous des traîne-misère ? Avant qu'on vienne ici, ils avaient leurs nobles et leurs bourgeois, eux aussi !

Je me sens un peu plus serein et nous poursuivons notre promenade jusqu'à arriver à l'extrémité du marché.

— Ici, ils vendent de l'alfa, m'explique Barthes.

Et il continue, sans que j'aie besoin de poser de questions :

— C'est une plante qui pousse dans les endroits secs. Avec les fibres, ils font des cordes, des paniers et même des tapis.

La crainte m'a quitté et je suis satisfait en rentrant à la caserne : j'ai vu beaucoup de choses nouvelles. N'est-ce pas pour ça que je suis venu jusqu'ici, pour savoir comment c'était, loin de chez moi ?

— Merci Barthes, c'était une bonne idée de m'amener là-bas.

— T'inquiète pas, j'ai d'autres surprises pour toi. On n'a pas encore tout vu. Ces couillons de Lambert et Morel, ils savent pas ce qu'ils perdent !

Le soleil se couche et je boutonne ma vareuse.

— Ah, je te l'avais dit, Faure, en Algérie, il fait pas toujours chaud. Et encore, là, on n'est qu'en automne.

L'automne… En marchant sur le chemin de retour à la caserne, je pense à l'automne chez nous. J'ai écrit un mot à mes parents à notre arrivée à Sétif. L'armée se charge de transmettre le courrier jusqu'à Alger, ensuite c'est la poste. Je ne sais pas très bien écrire alors je leur ai juste dit de ne pas s'inquiéter, que j'allais bien. Je n'attends pas de réponse, à moins qu'ils ne demandent à quelqu'un de leur écrire la lettre. Mon père sait un peu lire, mais écrire… il n'y a que les chiffres qu'il connaisse. C'est l'automne, nos voisins les Bennet ont dû vendanger. La chasse est ouverte et mes copains Pierrot et Jules, qui ont tiré un bon numéro et ne sont pas partis, ont dû reprendre le chemin des bois avec leur fusil. Mais tout cela me semble loin et… oui… sans intérêt. Je ne leur envie pas du tout leur vie routinière. Au moins, ici, chaque jour apporte des nouveautés.

J'ai du mal à imaginer que ce que m'a raconté Barthes puisse être vrai. Il prétend tenir d'un vétéran qu'il a connu lors de son premier séjour que, quand les premières troupes françaises sont passées par Sétif en 1838, il n'y avait rien qu'un tas de ruines, celles d'un ancien fort détruit par un tremblement de terre, qui voisinait avec une source près de laquelle poussait un seul arbre. Les indigènes du coin étaient des éleveurs de moutons plus ou moins nomades et ils vivaient sous des tentes comme celles que l'on aperçoit encore aux abords de Sétif. Et aujourd'hui, trente-quatre ans plus tard, c'est une ville avec des aqueducs, des lavoirs, un hôtel de ville, une poste, une église et une mosquée, sans parler de tous les commerces. Les rues ne sont pas comme chez nous. Par exemple, à Sarlat elles sont étroites, tordues et zigzaguent dans tous les sens. Ici, tout est tiré au cordeau, les maisons bien alignées le long de belles rues qui se coupent à angle droit. On sent que l'armée et ses règles sont passées par là. La zone des casernes qui occupe tout le nord de la ville peut accueillir plus de deux mille soldats et des écuries abritent plus de trois cents chevaux. Il y a même un hôpital et un pavillon pour les officiers. Mais Barthes modère mon enthousiasme :

— Oui c'est sûr, il y a eu du boulot de fait, mais pas sans dégâts.

— Qu'est-ce que tu veux dire ?

— Eh bien, on a appelé ça la pacification de l'Est. Mais tu peux me croire, ça n'avait rien de pacifique. C'était plutôt du genre : vous voulez pas vous laisser pacifier ? Bon, alors, on vous tue ! Des massacres il y en a eu, et pas que des hommes…

Quand Barthes parle comme ça, il fait bien attention qu'il n'y ait pas d'oreilles qui traînent. Des soldats ne peuvent pas dénigrer l'œuvre de civilisation de la France. Je commence à comprendre que tout n'est pas aussi simple. Nous arrivons avec les prétendus bienfaits de notre civilisation, mais les gens d'ici n'en veulent pas forcément. Et ils ont le droit, ils sont chez eux. Mais pas question d'en parler avec d'autres soldats, Barthes et moi, nous gardons ça pour nos conversations privées : pas envie que l'armée nous fasse passer devant une cour militaire pour avoir remis en cause l'action civilisatrice de la France en Algérie.

9

Un jour, notre commandant décide que le champ de manœuvres, situé à l'extérieur des remparts près de la porte de Bougie, ne suffit pas. Depuis notre arrivée, un mois plus tôt, nous y avons un entraînement quotidien. Nous avons appris à recharger notre fusil chassepot en un clin d'œil, à plat ventre dans le sable caillouteux, et à fixer la baïonnette au canon en un tournemain. Nous y manœuvrons interminablement au pas rythmé que nous avons maintenant tous bien acquis et qui soulève des nuages de poussière. Et Barthes râle :

— On est pas des dromadaires pour avaler autant de sable. Ils pourraient nous donner à boire plus souvent. Un petit vin de Birkhadem par exemple…

— Ferme ta bouche, tu en avales encore plus.

Aimé le Sage a parlé. Je la ferme.

Parfois, ils sortent un tambour et une trompette censés nous donner de l'allant supplémentaire. Les musiciens restent au bord du champ, nimbés de poussière, et nous allons et venons devant eux, obéissant aux cris du sergent qui doit avoir la bouche pleine de sable, comme le commente Barthes avec une satisfaction malicieuse. Un jour du début octobre on nous annonce que nous partons en manœuvres. Nous emportons une couverture roulée sur notre havresac, mais pas de tente : nous dormirons dehors. Et Barthes n'est pas optimiste :

— Je vois ce que tu te dis, Aimé, on va pas avoir chaud aux orteils la nuit ! Et t'as raison !

Le soleil est encore chaud l'après-midi mais déjà on sent approcher les gelées nocturnes annoncées par Barthes. À la couverture s'ajoutent cinq jours de vivres, comprenant du riz, deux livres de lard, une portion de fromage sec, des biscuits, un demi-quart de marc à mélanger à de l'eau et du vin. Depuis que nous avons posé le pied sur la terre algérienne, on nous a bien prévenus contre le danger de l'eau. Dysenteries et choléra sévissent, il faut absolument éviter de boire de l'eau en dehors du cantonnement. Comme dit Barthes, mieux vaut s'envoyer un Marengo, cette absinthe mélangée à de la menthe que boivent les colons.

Pour la première fois, nous sommes sortis vers l'est par la porte de Constantine. Puis assez vite, nous nous sommes écartés de la route nationale 5 pour bifurquer légèrement vers le sud.

— Je pense que l'on n'ira pas jusqu'aux monts du Hodna, commente Barthes qui marche à côté de moi.

— Ils ont pas envie de chatouiller la moustache aux rebelles qui s'y cachent, ajoute le soldat qui nous précède.

Il rempile, comme Barthes, et connaît bien les lieux. C'est un type grand, costaud, avec une moustache noire fournie et tombante. Il se fait appeler le Calife.

— Chacun chez soi, nous en bas, eux en haut. Pour le moment, la France leur laisse la montagne. Nous n'irons pas non plus jusqu'aux chotts. C'est dommage, c'est beau ce coin, explique encore le Calife.

Je ne fais pas de commentaires, mais je me dis, en voilà encore un qui aime ce pays. Comme me l'a expliqué Barthes, il fait partie des « arabophiles », les soldats qui sont attachés à cette terre. Et je commence à les comprendre, même si elle me fait peur. Depuis que nous avons quitté l'abri sécurisant des murailles de Sétif, je reste, et je ne suis pas le seul, sur le qui-vive. Dans ces paysages des Hautes Plaines, pas de rochers en surplomb ni de gorges à traverser, mais, tous les anciens le disent, les indigènes se fondent dans le paysage. Et c'est vrai. Tout à l'heure, nous sommes passés près d'une tente de nomades dont la présence ne s'est révélée à nous que lorsque nous n'étions plus qu'à quelques mètres. La teinte beige de son toit n'était qu'un moutonnement de plus parmi les croupes des collines dénudées qui se succèdent à l'infini. C'était une inoffensive famille d'éleveurs qui avaient l'air plus effrayés par notre présence que nous ne l'étions par la leur. Mais les gradés qui nous avaient accueillis à Sétif nous l'avaient dit et répété : ne se fier à aucun indigène, même à l'air inoffensif. Les enfants qui surveillaient le troupeau de chèvres un peu plus loin s'étaient vite réfugiés derrière la tente en nous apercevant. Qui étions-nous, pour venir perturber ainsi le quotidien tranquille d'une famille avec nos gesticulations ridicules ? Je commençais à me rendre compte que j'étais sans arrêt tiraillé entre la peur d'un contact peut-être dangereux avec les indigènes et l'envie de mieux les connaître. Quel était le quotidien de ces nomades, comment vivaient-ils sous leurs tentes ? De quoi se composaient leurs repas ? Comment célébraient-ils leurs fêtes ? Mais bien sûr, il n'était pas question de s'arrêter et de tenter de communiquer avec eux, ce qui sans doute n'aurait pas été possible. Ils ne parlaient pas français, et même peut-être pas arabe – ni patois, aurait rajouté Barthes avec son habituel humour. Au moment où ils passaient au niveau de la tente des nomades, j'ai vu Lambert et Morel, qui marchaient quelques rangs devant nous, cracher en direction de celle-ci avant de se tordre de rire. Quels imbéciles, ceux-là !

Nous crapahutons toute la journée dans un paysage aride et vide, comme si tous les arbres avaient abandonné cette terre ingrate pour s'installer à Sétif, au plus près des fontaines et des canaux d'irrigation.

— Chez moi, les châtaignes doivent commencer à mûrir…

En évoquant le pays, je me suis spontanément exprimé en patois.

— Arrête ça, Aimé, la nostalgie, ça sert à rien. Regarde plutôt ce qui t'entoure. Tu as déjà vu des chardons comme celui-ci, ou comme celui-là ?

Et Barthes me montre au sol l'alternance de petits chardons dorés en forme d'étoile, et de chardons à grosses fleurs bleus. Et il poursuit :

— Là-bas, sur cette crête, c'est une touffe d'alfa. Tu sais, on en a vu sur le marché. Et là, dans cette faille rocheuse, ça pourrait bien être un jujubier.

— Merci Charles, sans toi je n'aurais rien appris de ce pays.

— Tu as pas tort, c'est pas Lambert et Morel qui t'auraient montré quoi que ce soit, dit-il en crachant dans leur direction.

Le jour quand nous ne marchons pas, nous nous entraînons au maniement des armes, nous organisons une pseudo-attaque des rebelles, nous écoutons toutes les consignes en cas de véritable affrontement que le lieutenant qui nous accompagne nous répète à peu près tous les jours, pour qu'elles rentrent dans nos cervelles d'ignares. Du moins c'est ce qu'il dit. Barthes, qui a connu plusieurs affrontements avec les rebelles lors de sa première affectation, lui donne raison :

— C'est sûr que quand tu es dans l'action, t'as pas le temps de réfléchir. D'abord, t'as la trouille, ensuite tout va vite, mieux vaut que ce que tu dois faire, ça soit devenu des automatismes. Tu fais sans réfléchir ce qu'il faut. Le capitaine, il a raison : pour ça, il faut répéter et répéter, faire et refaire.

Je ne souhaite qu'une chose, ne jamais me retrouver dans cette situation. Mais ça, même le sorcier de Groléjac ne saurait pas le prévoir.

La troupe regrette la sécurité de la muraille de Sétif. La nuit, il a fallu renouer avec les gardes à tour de rôle. Ce n'est pas que dormir sur le sol, même une fois retirés les plus gros cailloux, soit bien agréable, mais être sentinelle c'est, outre l'inconfort du manque de sommeil, la responsabilité de la vigilance. Le moindre frémissement de vent dans l'alfa, la plus minuscule pierre tombant au fond d'une ravine sous le pas d'un mulot, le plus lointain jappement d'un chacal qui ressemble à une plainte, mettent les nerfs de la sentinelle en tension. Pour distraire mon attente au cœur de la nuit de veille, je repense à la famille d'éleveurs que nous avons croisée. Nous n'avons pas vu d'autres tentes depuis, mais Barthes comme le Calife l'affirment : il y en a beaucoup d'autres, accroupies au fond d'un vallon. Il est vrai que parfois, j'ai cru entendre l'aboiement d'un chien, de ceux qui gardent le campement, et nous avons aperçu des dromadaires en train de paître. Leur propriétaire n'était sans doute pas très loin. Le Calife dit qu'il y a vingt-cinq ou trente ans, quand Sétif n'était encore qu'un village construit par l'armée française, presque tous les indigènes étaient nomades. Il dit que les colons que l'on voit à Sétif et aux environs sont arrivés il n'y a pas longtemps, en 1870. Toutes ces choses que me racontent les deux vétérans occupent mon esprit et chassent le sommeil les nuits de garde. Cela m'empêche aussi de penser à ma vie de là-bas en France.

Nous franchissons enfin à nouveau la porte de Constantine, les pieds martyrisés par nos godillots et les épaules par nos havresacs. Nos yeux éblouis par la réverbération du soleil sur la terre se reposent à l'ombre des allées d'arbres. Et nous retrouvons la sécurité des murailles de la ville et le confort d'un dortoir à l'abri du froid nocturne. Je vais écrire un mot à mes parents, mais je ne leur parlerai pas de ces manœuvres hors les murs. Inutile de les inquiéter pour rien.

10

Me parviennent quelques rares bruits étouffés, comme si Sétif était recouverte d'un édredon de plumes. Cela fait maintenant quatre jours que la neige a fait son apparition, comme l'avait prédit Barthes. L'eau des fontaines est gelée et le soleil de l'après-midi ne parvient pas à triompher du froid. Comme d'habitude, rien n'entame la bonne humeur de mon camarade et quand je lui fais part de ma nostalgie du *cantou*[1] de la maison familiale, il me rabroue :

— Tu le retrouveras, ton *cantou*, va ! Pour le moment, tu es à Sétif et regarde comme la ville est belle, encore plus blanche qu'Alger la Blanche !

Ce matin il est encore tôt mais je décide de suivre les conseils de Barthes et d'admirer les beautés algériennes qui s'offrent à moi. La neige est à nouveau tombée cette nuit et a recouvert toutes les traces de nos godillots et les pas des chevaux de la cavalerie voisine. Le soleil rasant du petit matin teinte de rose la cour, les casernes et la végétation, recouvertes d'une bonne couche de neige figée par le gel. Malgré le froid, je reste là à admirer cette perfection encore intacte à cette heure matinale, quand mon attention est attirée par un bruit du côté de la fontaine des abreuvoirs. Des coups répétés. Quelqu'un essaye de casser la glace. C'est une toute jeune fille, qui parvient à

1. Grande cheminée dans les maisons du Sud-Ouest.

briser la couche d'eau gelée en surface avec un pic métallique avant de remplir un seau et de disparaître. Quand plus tard je repenserai à elle, j'aurai la vision d'une boucle d'oreille battant une de ses hautes pommettes au rythme des coups donnés à la glace, et d'une grosse natte de cheveux noirs frisés prisonnière d'un ruban de couleur tissé.

Comme c'est dimanche, nous avons quartier libre l'après-midi. La plupart des soldats se retrouvent chez les cabaretiers et limonadiers des rues du Centre, du moins dans les établissements que ne fréquentent pas les colons, qui ne veulent pas se retrouver mêlés aux soldats. Barthes m'a expliqué que jusqu'à une époque récente, c'était l'armée qui gouvernait partout avec l'aide des bureaux arabes, ce qui ne plaisait pas du tout aux colons. Mais depuis 1870, avec la République, le pouvoir est en train de passer aux civils. Ça convient aux colons qui sont de plus en plus nombreux et qui continuent à se méfier des soldats. D'après Barthes, ils oublient un peu que, sans l'armée, ils n'auraient jamais pu s'installer sur ces terres. Mon camarade et moi, nous avons nos habitudes dans un café arabe du sud de la ville. Quand ils nous voient partir, les autres ne manquent pas de nous envoyer des quolibets. Ils nous surnomment au mieux les deux indigènes et parfois moins gentiment « troncs de figuier », qui est le nom méprisant que certains colons donnent aux Arabes.

Tant que la météo était clémente, le café servait ses clients assis dehors sur des nattes en alfa sous l'abri d'une toile tendue. Mais depuis que le froid s'est abattu sur Sétif, nous nous entassons dans une pièce de la maison de pisé du cafetier. Les clients, accroupis sur les mêmes nattes, se pressent autour des *kanouns*, ces sortes de braseros de terre cuite que le fils du patron remplit de braises régulièrement et qui, ajoutés à l'entassement des corps, assurent à la pièce une tiédeur bienvenue. On boit du café brûlant et certains fument du chanvre pilé dans une pipe à long tuyau. Le niveau sonore est en général élevé et je commence à capter autour de moi quelques mots d'arabe ou de kabyle que Barthes m'a appris. La première fois que nous avons pris place au milieu des indigènes, les conversations se sont interrompues et on nous a surveillés du coin de l'œil, mais depuis que nous y venons régulièrement, plus personne ne prête attention à nous si ce n'est pour répondre à notre bonjour lorsque nous entrons. Au début, je n'étais pas du tout à l'aise dans cet environnement nouveau pour moi. Et quand je faisais part de mes réticences à Barthes il se moquait :

— Quoi, tes fesses de Périgourdin sont trop tendres pour t'asseoir par terre ? Monsieur le comte a besoin d'un fauteuil ?

Il savait bien que ce n'était pas cela qui me gênait mais c'était sa façon à lui de me détendre et de me faire partager ses expériences que je finissais par apprécier aussi. Et invariablement, quand nous sommes installés avec nos cafés à essayer de capter les conversations autour de nous, à commenter le confort que doit représenter le port des amples djellabas par temps chaud et des burnous de laine l'hiver, Barthes conclut par cette phrase :

— On est pas mieux ici qu'à écouter les conneries de Lambert, Morel et tous les autres couillons ?

Parfois, le Calife nous accompagne et, comme il parle bien mieux l'arabe que Barthes, des conversations s'engagent avec le patron ou des clients autour du kanoun qui réchauffe nos mains à tous. Il s'agit de commentaires sur le temps qu'il fait ce jour-là, qu'il a fait ou qu'il fera et sur son incidence sur la récolte de blé dur des Hautes Plaines ou des fruits et légumes des jardins de la ville. Le Calife parfois s'enhardit à critiquer le comportement de tel ou tel colon qui maltraite ses ouvriers agricoles indigènes. Ou bien il dénonce les autorités coloniales qui ont donné raison à un riche propriétaire européen, lequel a jeté hors de son gourbi une famille avec dix enfants pour un différent minime. Le Calife affirme que cela ne se serait pas passé ainsi du temps où l'armée gérait la colonie avec les bureaux arabes. Quand le Calife lance la conversation, qu'il nous traduit, sur ce type de sujet, ses interlocuteurs indigènes ne font pas de commentaires ni ne renchérissent. Tout au plus hochent-ils presque imperceptiblement la tête. Quelle confiance peuvent-ils avoir en trois soldats venus de France, le pays qui occupe le leur ?

— Tu vois bien que tu les embarrasses, lui réplique Barthes quand le Calife lui traduit ses propos. Comment veux-tu qu'ils aient confiance en nous ?

— N'empêche que j'ai raison, insiste le Calife, ça se passait mieux quand il n'y avait pas beaucoup de colons.

— Oui, enfin les soldats, ils ont pas fait que de bonnes choses, je crois…

Barthes et le Calife se sont tournés vers moi, surpris de ma remarque car en général je n'interviens pas dans ce type de conversation.

— Eh ben Faure, tu commences à t'intéresser à ce pays ?

Le Calife poursuit :

— Je suis d'accord y'a des chefs qui ont fait des saloperies, Bugeaud et sa politique de la terre brûlée et Cavaignac avec ses « enfumades ». Il tuait des villages entiers réfugiés dans des grottes en les enfumant comme des putois dans leur terrier. Tout le monde mourrait asphyxié, femmes, enfants… Comment on peut faire des choses pareilles ?

Je réagis au nom évoqué par le Calife :

— Cavaignac… pas loin de chez moi, dans la ville de Gourdon, une rue porte le nom de Cavaignac.

— Ça doit être son père, précise Barthes, très au fait de la politique. Il était député.

Cette nuit-là, le froid me réveille, la température a dû chuter dehors. J'essaie d'imaginer la caserne, sa cour et toute la ville, immobiles et figées sous la neige gelée, seulement éclairées par un croissant de lune qui commençait à se lever quand nous avons regagné la caserne hier soir. Je me plais dans cette ville. J'aime ses grandes avenues bordées d'arcades qui abritent les commerces, les rues Sillègue, Constantine ou Saint-Augustin, la grande école de la République près de l'église Sainte-Monique, la fontaine d'Aïn el Fouara, les ruines romaines du jardin d'Orléans, les aqueducs qui permettent d'irriguer toutes les cultures de l'oasis. Depuis que je suis ici, j'ai appris que de nombreuses civilisations s'étaient succédé sur cette terre, à commencer par les Romains. Avant les premiers grands froids, nous sommes sortis en patrouille vers le sud-ouest de la ville et nous avons bivouaqué près des restes d'une ville romaine. Le Calife a dit qu'elle s'appelait Djemila. J'étais émerveillé de voir encore intact un grand arc de triomphe, moi qui pensais qu'il n'y en avait un qu'à Paris, les gradins d'un amphithéâtre et des colonnades. Tout cela bâti en pierre à l'épreuve du temps. Et la France, que laisserait-elle en héritage à cette terre ?

Recroquevillé sous ma couverture, le sommeil me fuit toujours. Et brutalement, une image chasse toutes les autres, celle de la jeune indigène qui cassait la glace de l'abreuvoir. Je ne me souviens pas des traits de son visage, seulement de sa boucle d'oreille captant les premiers rayons du soleil et de sa chevelure nattée. Mais je suis certain que cela suffirait pour que je la reconnaisse. Que faisait-elle, dans la cour de la caserne ? Elle doit faire partie du personnel indigène rattaché à la cavalerie car elle est entrée dans les écuries avec son seau d'eau. C'est surprenant, je n'ai jamais vu jusqu'ici de femme dans la cour des casernes. Peut-être que si je me rends demain matin à l'abreuvoir des chevaux, je la verrai, occupée à la même tâche ? Mais à quoi cela m'avancerait-il ? D'ailleurs, elle ne doit même pas parler français.

11

La ville de Sétif vit et prospère autour de ses casernes, comme aime à le répéter Barthes :

— Sans nous, les commerçants peuvent mettre la clé sous la porte !

Quand l'armée française s'installa ici en 1838, il n'y avait rien, comme nous l'a expliqué le Calife. Juste les restes d'un ancien fort byzantin. Mais la France repéra tout de suite l'intérêt stratégique de carrefour du lieu, le croisement entre l'axe ouest-est d'Alger à Constantine et la route nord-sud, du port de Bougie vers Biskra, la porte du désert et des grandes étendues sahariennes. C'est ainsi que Sétif est devenue une ville de casernes. Pour les édifier, ainsi que tous les bâtiments officiels et infrastructures qui concrétisaient l'occupation française, sont arrivés des artisans et puis des commerçants qui ont ouvert boutique et ont commencé à faire de bonnes affaires. « Des mouches à merde sur le crottin », ne cesse de répéter Barthes. D'origine paysanne, il professe un profond mépris pour les commerçants, ces parasites qui selon lui s'enrichissent sur le dos de ceux qui travaillent vraiment, qui produisent. Les commerçants de Sétif n'échappent pas à sa vindicte. Nous les croisons le dimanche en famille, allant ou revenant de la messe dominicale à l'église Sainte-Monique et Barthes ne se prive pas d'exprimer son dédain :

— Regarde-les, ces bourgeois ! Ils sont arrivés sans un sou

sur cette terre, ils sont devenus riches grâce à nous tous et ils méprisent tout le monde, les soldats et bien sûr les indigènes. Ils ne se saluent qu'entre eux, mais dis-toi bien que pour une bonne affaire, ils sont prêts à dévorer leurs confrères. C'est des requins !

Je n'ai qu'une très vague idée de ce qu'est un requin, mais désormais j'associe cet animal à la bourgeoisie commerçante de Sétif.

C'est d'ailleurs un de ces bourgeois qui est à l'origine des troubles qui ont eu lieu dans la ville et auxquels l'armée française a dû faire face. Il s'agissait du plus gros marchand de bois de la place qui a fourni portes, fenêtres et mobilier à presque tout Sétif. C'était un homme corpulent, dans la quarantaine, qui circulait en ville avec une badine à la main, prompt à distribuer des coups de droite et de gauche. Barthes se demandait même si sa femme et ses enfants n'en tâtaient pas aussi, car dans la rue ils marchaient tous tête basse, à quelques pas derrière lui. Il avait tout du tyran domestique et ses employés du magasin filaient doux aussi. C'est cet homme qui un jour a mis le feu aux poudres. Au moment où il sortait de l'hôtel du Trésor il s'est trouvé bloqué à la porte par un groupe de plusieurs Arabes arrêtés sur le trottoir et qui discutaient âprement. Nous n'avons pas su quel était le sujet de leur discussion mais, occupés à leurs différends, ils n'ont sans doute pas entendu l'injonction peu aimable du commerçant qui a dû être quelque chose comme : « Poussez-vous, sales Arabes ! »

Agacé, il leur a envoyé une volée de coups avec sa badine, s'acharnant même sur l'un d'eux qui était tombé à terre, les insultant copieusement, comme pris d'une hystérie enragée. Tous les indigènes qui assistaient à la scène, choqués par sa violence, ont riposté aussitôt en portant secours à leurs congénères et en agressant violemment le commerçant qui s'est retrouvé à l'hôpital militaire avant de succomber quelques jours après. Cet événement a marqué le début de plusieurs semaines de peur et d'incertitude. Toutes les garnisons de la ville ont vécu cette période sur un qui-vive permanent. Plus de flâneries dans les rues ou les allées verdoyantes de l'oasis de la ville. Plus de café arabe le dimanche et plus de manœuvres hors de la ville. On en venait presque à regretter les marches d'entraînement et les nuits à la dure dans la campagne environnante, tant l'atmosphère à l'intérieur des remparts était tendue. Nous devions patrouiller à tour de rôle dans les rues et surveiller l'extérieur depuis les remparts, car on craignait que, profitant du désordre en ville, les Kabyles ne descendent de leurs montagnes pour nous attaquer. Toutes les casernes de Sétif étaient sur le pied de guerre et nous ne faisions pas exception.

Durant cette période difficile, je pensais avec nostalgie à mon village natal et à sa vie tranquille. Heureusement, mes parents ne savaient rien de ce qui se passait ici. J'en venais à douter d'avoir fait le bon choix quand j'avais refusé que mon père m'achète un remplaçant pour ce service militaire en Algérie. Le jour où l'on a enterré le commerçant mort de ses blessures, tous les soldats de la ville étaient déployés dans les rues, les places, sur les remparts et aux quatre portes qui gardent l'accès de Sétif. Les autorités françaises craignaient un affrontement entre communautés qui aurait pu se terminer par un bain de sang. Mais les indigènes sont restés chez eux et les colons ont enterré leur concitoyen sous la protection de cette armée française qu'ils méprisent. Barthes et le Calife étaient d'accord pour dire que les Kabyles n'attaqueraient pas ; celui auquel s'en était pris le commerçant devant l'hôtel du Trésor, ainsi que ceux qui étaient avec lui, étaient des Arabes. Il ne se produisit en effet aucun autre événement dramatique. Peu à peu, au bout de quelques semaines, la vie a repris son cours normal, mais depuis je ne me sens pas aussi heureux à Sétif. J'ai touché du doigt la difficulté des rapports entre communautés et je me demande même comment tout cela peut fonctionner et jusqu'à quand. J'ai l'impression que l'équilibre entre les différentes populations, les colons, français ou venus d'Italie, de Malte et d'ailleurs, les soldats qui appartiennent à des corps différents eux aussi et les indigènes, Kabyles ou Arabes, est on ne peut plus précaire. Et je suis tenté de penser, comme le Calife et Barthes, que cette cohabitation tient par miracle… et par la force.

Des semaines ont passé depuis cet événement dramatique qui a bouleversé notre paisible vie de caserne. Nous avons repris les manœuvres à l'extérieur, les promenades dominicales en ville mais nous ne fréquentons plus le café arabe, Barthes comme le Calife pensent qu'il faut attendre un peu que l'incident ne soit plus aussi frais dans les mémoires. Avec toutes ces semaines de tension, j'ai oublié la vision de la jeune fille à la boucle d'oreille frissonnante et aux cheveux nattés, jusqu'à ce que je la croise un soir où je rentre de permission dominicale avec Barthes. Après la neige et le froid, nous avons une alternance de jours ensoleillés et de petites pluies. Par chance, ce dimanche, le soleil donne presque un air de printemps aux jardins de la ville. Nous sommes allés jusqu'au jardin d'Orléans où se trouve le buste du duc qui domine les lieux du haut de sa colonne, puis nous avons traversé la grande route d'Alger pour rejoindre l'allée des peupliers, en passant près des établissements de bains. Sétif semble avoir oublié ses peurs des semaines passées et après s'être repliés sur eux-mêmes, ses habitants, poussés peut-être par les prémices du printemps, se retrouvent dehors ; des soldats comme nous qui profitent d'une liberté retrouvée, des familles bourgeoises de la ville, commerçants et représentants de l'administration française, receveur des contributions ou des postes, inspecteurs et directeurs de différents bureaux. Il y a même quelques femmes kabyles près des fontaines et des Arabes occupés à préparer la terre dans les parcelles de l'oasis. C'est donc en rentrant de cette promenade que je revois la jeune indigène. Je reconnais aussitôt sa natte colorée et ses boucles d'oreilles qui tremblent. J'ai raconté à Barthes, des semaines plus tôt, cette étonnante rencontre près des abreuvoirs. Dès que je la reconnais, je ressens cette envie impulsive de lui parler et je le dis à Barthes. Mais il me l'interdit :

— Surtout pas ! Si tu l'abordes comme ça, devant d'autres soldats, tu vas la gêner. En plus, rien ne dit qu'elle comprend le français. Mais on va tenter quelque chose. Elle m'a tout l'air d'être kabyle.

Et au moment où nous la croisons, il s'exclame en me regardant :

— Alors comme ça, tu sors prendre l'air tous les matins vers les abreuvoirs, avant la sonnerie du réveil !

Et il rajoute quelques mots en kabyle.

— Tu as dit quoi ?

— J'ai juste traduit « abreuvoir » et « tôt ». M'en demande pas trop quand même. Je parle pas le berbère comme le patois de chez nous !

Mais quand Barthes a prononcé ces mots dans sa langue, au lieu de le regarder lui, elle m'a regardé moi, comme si elle m'avait reconnu ! A-t-elle compris le message ? Viendra-t-elle au rendez-vous suggéré par mon camarade ? Pourquoi le ferait-elle ? Qui suis-je pour elle ? Un soldat français qui occupe son pays. Je mesure combien j'ai appris et changé d'opinion depuis que je suis arrivé ici. Quand j'ai quitté la métropole, il ne me serait jamais venu à l'idée de remettre en question la présence de la France en Afrique. Il allait de soi que nous leur apportions notre savoir, notre civilisation incomparablement plus avancée, que nous étions leurs bienfaiteurs. J'ai commencé à me questionner assez rapidement depuis que je vis à Sétif et que je vois la place qui est faite aux indigènes. Je sais maintenant comment les colons élèvent leurs enfants dans la peur de l'Arabe et des Kabyles ! Ils rassemblent tous les indigènes dans un même mépris et une même méfiance. La plupart des Français qui vivent ici pensent que, pour accepter leur présence, les indigènes doivent les craindre. Ce qui à mon avis est vrai car ils ne nous acceptent pas pour ce que nous leur apportons.

Mes opinions ont changé sous l'influence de Barthes et du Calife, mais nous sommes bien les seuls dans notre régiment à penser de cette façon, et peut-être même dans tout Sétif. Certes, il est vrai que ce genre d'idées ne s'exprime pas à haute voix n'importe où et devant n'importe qui. Il y a peut-être dans la ville d'autres soldats ou des civils qui partagent ce même point de vue, mais nous l'ignorons. Quand je vois la belle ville de Sétif, ses avenues, ses grands bâtiments, son oasis avec son système d'irrigation là où avant il n'y avait que cailloux, je me dis que la présence de la France a du bon, mais je sais aussi que les tribus se sont battues pour garder les terres où pâturaient librement leurs animaux et que la France a données sous forme de concessions aux colons. Depuis que je suis ici, je mesure aussi à quel point les gens en France ne savent rien de l'Algérie et sans doute de tout l'empire colonial français. Peut-être à Paris, dans quelques bureaux, se préoccupe-t-on de la colonie algérienne, mais dans mon Périgord natal on sait au mieux la situer par-delà la Méditerranée. Dans les très brèves lettres que je reçois de mes parents pour m'informer sur la situation de la famille, ils m'interrogent sur mon état de santé, la dureté ou non de ma vie quotidienne, mais jamais une question sur le lieu où je vis, comme si Sétif n'était ni plus ni moins qu'une ville de garnison de la métropole, en Bretagne ou dans le Dauphiné. Barthes en est persuadé depuis longtemps, plus précisément depuis son bref séjour en Aveyron entre ses deux engagements militaires :

— Les Français de France, ce qui les intéresse, c'est de vivre de leur travail, d'élever leurs enfants, de temps en temps de parler politique et de celui qui les gouverne, mais leur demande pas de se poser des questions sur l'Algérie. Pour ceux qui sont allés à l'école on leur a bien fait colorier en bleu blanc rouge la carte de toutes ces terres lointaines conquises par leur pays, mais aucune réalité derrière. Ils ne savent pas qui y vit ni comment. Jusqu'au jour où ça leur pétera à la gueule.

Quand je lui ai demandé de quoi il voulait parler, il m'a juste répondu :

— Demande au Calife. Il t'expliquera que tous les grands empires n'ont jamais duré éternellement.

C'est vrai que le Calife est beaucoup plus instruit que nous. Je ne sais pas ce qu'il faisait avant la vie militaire, il n'en parle jamais, mais il a des livres et on le trouve parfois, aux heures de permission, installé dans un coin reculé des jardins de la ville, en train de lire. Barthes sait que dans ces cas-là il ne faut pas le déranger. Et moi aussi, c'est quelque chose que je respecte, le savoir. Je ne suis pas allé beaucoup à l'école mais lire et écrire, c'est important et je m'efforce de lire régulièrement des almanachs, des journaux que me prête Barthes. Et quand je pense à tout ce que j'ai appris depuis que j'ai quitté mon village et à tout ce que j'ai encore à découvrir dans les années qui me restent à vivre ici, je me sens rempli d'une grande fierté. Il m'arrive de me demander avec qui je pourrai partager toutes ces découvertes, ces connaissances quand je rentrerai chez moi. Barthes me dit que lui n'a pas réussi, que les villageois de son Aveyron natal, ses anciens camarades qui avaient tiré un bon numéro et n'étaient pas partis, au mieux ne l'écoutaient pas quand il évoquait l'Algérie, au pire se moquaient de lui, le traitant d'ancien combattant qui radote.

Mais je ne veux pas penser au retour, je vais profiter de mes années à Sétif et peut-être revoir la jeune fille kabyle.

12

Hier j'ai été surpris de recevoir à nouveau une lettre. Cela ne faisait guère plus d'une semaine que j'avais eu des nouvelles de mes parents et habituellement nos échanges de courrier étaient plus espacés. Je n'avais même pas encore répondu à leur dernière missive ! Quand le soldat chargé de distribuer le courrier a appelé mon nom, je n'y ai même pas prêté attention car à part mes parents, personne ne m'écrivait. Ce n'est qu'au deuxième appel que j'ai réagi et, quand j'ai pris la lettre, j'ai tout de suite pensé qu'elle contenait une mauvaise nouvelle, et c'était vrai. Ma grand-mère Mélanie était morte. Un matin, elle ne s'était pas réveillée, expliquait la lettre que ma mère avait dû dicter à quelqu'un, peut-être à son neveu Paul qui comme moi avait un peu fréquenté l'école.

Ma grand-mère Mélanie, je l'avais toujours vue porter le deuil d'un grand-père que je n'avais pas connu, piétiné dans un pré par un taureau furieux qu'il n'avait pas réussi à fuir. Au moment où je lisais la lettre m'annonçant sa mort qui avait eu lieu des semaines plus tôt, elle était depuis longtemps dans la tombe du cimetière de Groléjac, près de son mari. Mais pour moi elle était encore chez nous, où elle vivait depuis qu'elle était veuve, juste après ma naissance, occupée dans le jardin ou la cuisine, me consolant quand je tombais et m'égratignais un genou ou un coude, plus tendre que ma mère, plus compatissante, d'humeur égale malgré les revers de la vie. Il m'est impossible de l'imaginer dans un cercueil, reposant dans la terre du cimetière. La distance rend cela impossible. Pour que cette disparition devienne réelle, il faudrait que je revienne à la maison de Groléjac et que je voie qu'elle n'est plus là. L'éloignement rend sa mort abstraite et inimaginable.

J'ai tout juste eu le temps de répondre à la funeste lettre mais pas celui de songer vraiment au chagrin de ma famille. On nous a réveillés ce matin bien plus tôt que d'ordinaire, avec des ordres hurlés d'un bout à l'autre de la caserne. Nous devons préparer nos paquetages. Nous ne savons pas encore ce qui se passe, mais il ne s'agit pas de banales manœuvres, l'atmosphère est beaucoup trop tendue. Il faut s'attendre au pire. Ce n'est pas ce matin ni les jours à venir que j'aurai l'occasion de rencontrer la jeune fille kabyle à l'abreuvoir. Même Barthes me l'a fait remarquer tandis que nous nous mettions en rangs dans la cour :

— C'est pas ce matin que tu vas voir ta belle, Faure.

— De toute façon, c'est pas sûr qu'elle ait compris ce que tu as dit.

— Oh que si ! Tu as pas vu comment elle t'a regardé ! Crois-moi, ça trompe pas, tu l'intéresses.

Les commentaires de Barthes m'ont rendu encore plus furieux contre ce départ précipité de la caserne. Quand nous sommes sortis par la porte d'Alger, certains ont commencé à plaisanter en disant qu'on allait reprendre le bateau pour la France. Mais lorsque, assez vite, nous avons bifurqué vers le nord et la chaîne des Bibans, les plaisanteries se sont tues. Nous allions vers le territoire des Kabyles insoumis qui avaient dû encore une fois se rebeller contre la France. Alors, au chagrin de la disparition de ma grand-mère et à la frustration de laisser derrière moi la jeune fille qui me faisait rêver, s'est ajoutée la peur.

— Je ne comprends pas pourquoi c'est nous et pas les zouaves ou les tirailleurs qu'ils envoient là-haut !

Le Calife s'est retourné pour me répondre :

— T'inquiète pas, Faure, ils y sont aussi. Les tirailleurs sont partis avant nous mais par la porte de Bougie, directement vers le nord. On va prendre les Kabyles en tenaille.

Plus personne n'a rien ajouté et nous marchons en silence. Le terrain commence à être accidenté et on nous a donné l'ordre de tenir nos fusils prêts à tirer. En décrochant le mien de mon épaule, je me suis rendu compte que mes mains tremblaient. Je ne suis pas spécialement religieux, mais je me surprends à réciter les quelques prières que je connais et je termine par la formule que disait toujours ma grand-mère Mélanie quand elle priait avec moi, pour vérifier si je connaissais bien le *Pater Noster*, l'*Ave Maria* ou le *Credo* : « Notre-Dame de Rocamadour, priez pour nous. » C'est à ce moment-là que je sursaute au bruit d'un coup de feu tiré depuis nos rangs, vers l'arrière de la colonne. Le sergent, furieux, nous invective :

— Quel est le couillon qui a tiré sans ordre ? Il veut nous faire repérer !

Il remonte les rangs à la recherche du coupable qui écopera sans doute de quelques jours aux arrêts au retour. Si nous rentrons un jour à la caserne. Je m'aperçois que, contrairement à Barthes qui a réagi au coup de feu immédiatement en se mettant en position de tir et en évaluant du regard les environs, je suis resté figé, mon fusil pendant dans les mains. Il avait raison, Barthes, les manœuvres ne sont pas inutiles, et visiblement je n'ai pas eu assez d'entraînement. Mais je crois que cette fois, je suis sur le qui-vive pour de bon. Pas question non plus de tirer à tort et à travers. Pas facile, le métier de soldat, quand on est en campagne. On regrette vite l'ennui de la vie à la caserne.

Nous bivouaquons le premier soir sans avoir rencontré l'ennemi. La garde de nuit est à son maximum de vigilance. L'air nocturne est tiède en ce début d'été mais je n'arrive pas à trouver le sommeil. Trop de questions se bousculent. Où allons-nous rencontrer nos ennemis ? La lutte se fera-t-elle aussi corps à corps ? Et si les tirailleurs arrivaient avant nous et se chargeaient de les anéantir ? J'aimerais que cela se passe ainsi mais je n'en ai rien dit. La plupart des soldats fanfaronnent, comme si ça les excitait de massacrer des indigènes. Barthes me dit qu'en fait, ils se donnent l'air de celui qui est sûr de soi pour cacher leur peur. N'empêche, je veux pas passer pour un lâche. Alors je ne dis rien. Et je finis par m'endormir en convoquant l'image de la jeune fille kabyle qui m'a peut-être attendu ce matin à l'abreuvoir. Je ne veux pas penser que ce sont ses frères de race contre qui nous allons nous battre, peut-être demain.

À l'approche d'un village, le lieutenant envoie quelques éclaireurs, des hommes expérimentés qui connaissent le terrain. Le Calife en fait partie. À leur retour, ils affirment que le village semble vide. Le capitaine qui commande notre bataillon décide de s'assurer qu'il n'y a effectivement personne. Nous avançons donc lentement entre les gourbis, d'un coup de godillot les plus hardis enfoncent une porte, puis une autre. Je finis moi aussi par pénétrer dans l'obscurité d'une de ces chaumières. Il nous faut un certain temps pour que nos yeux s'habituent à la pénombre de l'intérieur et un homme qui y serait caché pourrait nous planter un couteau dans le ventre facilement. Je me rends compte que la peur me tord les boyaux et que j'ai du mal à contenir les spasmes de mes intestins. Barthes, qui est rentré en même temps que moi, constate :

— Ça fait pas bien longtemps qu'ils sont partis.

Et il montre près d'une cruche en terre une tache humide. Quelqu'un a renversé quelques gouttes d'eau qui n'ont pas encore eu le temps de sécher. Le village est vide. On sonne le rassemblement. Et ce n'est que lorsque nous avons tous quitté l'abri des ruelles du douar pour reprendre le chemin que l'on nous tire dessus. Je vois un camarade non loin de moi s'effondrer. Son cou est déchiqueté et du sang coule à gros bouillons sur sa veste militaire.

— Reste pas là, me hurle Barthes, en me tirant à nouveau vers l'abri d'une rue.

Obéissant à Barthes, deux autres gars et moi courons à travers le village, protégés par les murs des gourbis, jusqu'à atteindre l'autre extrémité. De là nous avons une vue latérale sur l'amas rocailleux d'où les Kabyles nous ont tiré dessus et continuent à échanger des coups de feu avec nos camarades qui ont trouvé un abri précaire dans le village ou ses abords. À notre tour nous prenons position et continuons à suivre les conseils de Barthes.

— Vous tirez quand nos camarades tirent aussi. Ça va les surprendre. Le temps qu'ils comprennent d'où ça vient...

Nous ne voyons pas nos ennemis, tout au plus parfois un morceau de canon de fusil qui pointe de derrière un rocher, mais nous tirons dans leur direction. Ils comprennent assez vite qu'il y a un autre point de tir et répliquent dans notre direction. Les échanges de coups de feu se poursuivent, sans faire de nouvelles victimes, chacun retranché sur sa position. Barthes s'impatiente :

— Ça peut durer longtemps comme ça... Le capitaine a pas l'air d'avoir beaucoup d'idées pour en finir.

À ce moment-là, un impressionnant bruit de fusillade résonne sur le flanc de la montagne où est accroché le village. Ce ne sont pas uniquement nos coups de feu. Nous apercevons des indigènes qui tentent de fuir. Ils sont fauchés par nos balles au moment où ils sortent de leur abri. Barthes sourit.

— Les Tirailleurs. Ils les ont pris à revers.

Quelques rares rebelles kabyles ont réussi à s'échapper mais la plupart sont morts. Les plus gravement blessés sont achevés sur place, les autres, faits prisonniers. Le capitaine des tirailleurs ordonne à ses hommes de brûler le village et de détruire tout ce qu'ils pourront trouver comme cultures à proximité. Je demeure euphorique pour le reste de la journée, tout à la joie d'avoir survécu, ainsi que mes camarades. Ce n'est que le lendemain que je me demande de quel droit nous, habitants de la Dordogne, de l'Aveyron, de Lyon ou de n'importe où en France, avons détruit un village et tué des gens qui ne nous avaient rien demandé.

Nous ne regagnons pas immédiatement l'abri des murailles de Sétif. Nous devons poursuivre notre mission de « pacification » de la montagne. Depuis l'épisode du village détruit, je comprends les réticences de Barthes et du Calife concernant ce terme et ce qu'il recouvre. Il me semble bien que le mot « destruction » conviendrait mieux. Les jours qui suivent ne sont que fatigue et peur. La crainte d'être attaqué et de mourir, mais aussi l'angoisse de devoir tuer peut-être. La journée, nous grimpons des éboulis et descendons des ravines, toujours sur le qui-vive, et la nuit j'ai du mal à trouver le repos, me demandant ce que je fais ici, à essayer de tuer des gens qui ne m'ont rien fait. Dans ces nuits d'insomnie, le pays revient occuper tout mon esprit, la nostalgie de la vie tranquille de Groléjac, l'odeur de la mique cuisant dans le bouillon que préparait ma grand-mère Mélanie, les parties de cartes au café du Port avec les autres jeunes de la même classe que moi mais qui eux ont tiré un bon numéro et ne sont pas partis. On disait que la mère d'Émile Fargues était allée voir un sorcier avant le tirage au sort. Et ça avait marché : il continue à vivre tranquillement sa vie de paysan. Je l'imagine dansant au bal de carnaval avec toutes les filles du coin, surtout avec Augustine, qui me plaisait particulièrement et ça me met en rage. Mais après tout, je suis bien responsable de ma situation, j'aurais pu accepter que mon père emprunte pour m'acheter un remplaçant, mais j'ai voulu venir ici. Et maintenant, que puis-je faire d'autre que de suivre les ordres que l'on me donne ? Je m'agite tellement, pris dans les contradictions de mes réflexions, que Barthes, qui dort près de moi, m'envoie un coup de coude en me demandant de me calmer et de dormir.

Le lendemain, alors que nous faisons une pause au début de l'après-midi avant de reprendre notre marche, Barthes m'interroge :

— T'as pas l'air en forme, ces jours-ci, tu as une tête aussi fatiguée que si tu passais tes nuits à faire le tour des bordels à soldats ! Qu'est ce qui va pas ?

— Ce qui va pas, c'est que je me demande ce que je fous là !

Tout à ma colère, j'ai presque crié, oubliant la prudence de mise quand on parle de ce genre de sujet. Heureusement, nous nous sommes dispersés dans l'ombre de crevasses, sous des balcons rocheux et des belvédères pour prendre quelque repos. Nous nous sommes comme d'habitude regroupés par affinités. Mais Barthes me réprimande :

— Faure, tu te crois où, là ! Tu veux passer en conseil de guerre ? T'as de la chance que seulement le Calife et moi on t'ait entendu. Enfin, j'espère. N'oublie pas qu'il y a toujours des lèche-cul qui, pour se faire bien voir, vont raconter des choses au sergent.

— Oui, excuse-moi mais c'est que ça va pas du tout…

— Ça, j'avais compris. Le Calife et moi, on n'est pas toujours d'accord avec ce qu'on nous fait faire ici, mais on a signé, on est là et il faut faire avec. On peut juste ne pas faire trop de zèle quand c'est quelque chose qui nous plaît pas. Va falloir t'habituer, si on continue à pacifier.

— Mais moi, j'étais venu faire mon service militaire. Pas la guerre.

— Ben oui, tu t'étais pas assez renseigné, mon vieux. Ici, on tue des hommes, on brûle des villages, on viole des femmes.

— On viole des femmes ?

— T'as jamais entendu des vétérans s'en vanter ?

Me revient une conversation captée par hasard un jour dans la cour de la caserne, au cours de laquelle un vétéran expliquait à des jeunes recrues comme moi que les femmes arabes avaient le sexe entièrement épilé. Barthes poursuit :

— Pendant ma première campagne, j'ai pu voir que les femmes indigènes, c'était du butin. On les violait et ensuite, on comparait d'un village à l'autre, trop maigres ici, ou sentant la chèvre, ou au contraire bien rondes et parfumées au benjoin.

La pause est terminée, nous reprenons en silence notre marche dans les éboulis pierreux et je me demande comment je vais supporter les années qu'il me reste encore à passer ici.

Cela fait plusieurs jours que nous marchons ainsi. Combien ? J'en ai perdu le compte exact. Il n'y a pas eu d'autres échauffourées avec les Kabyles. Nous avons traversé plusieurs villages désertés par les hommes, sans doute repliés dans une des nombreuses grottes du massif. Mais heureusement, notre capitaine n'a pas ordonné de brûler maisons et récoltes et, à ma connaissance, il n'y a pas eu de viol non plus. Mais un jour où nous arrivons en haut d'un pic rocheux, nous apercevons dans le lointain, vers l'ouest, un nuage de fumée. Sans doute les tirailleurs qui ratissent cette zone.

Quelques jours plus tard, nous amorçons une dernière descente vers les Hautes Plaines et quand nous atteignons la route nationale 5 pour reprendre la direction de Sétif, des chansons spontanées jaillissent de notre colonne en marche. Nous rentrons à la caserne, laissant derrière nous la peur et, pour certains d'entre nous, la honte de participer à ça.

13

Ce matin, je suis descendu très tôt près de l'abreuvoir. Malgré la fatigue de l'expédition dont nous rentrons juste, j'ai eu un sommeil agité, préoccupé que je suis par cette rencontre que j'espère et que je crains à la fois avec la jeune fille. Que vais-je lui dire ? Et d'ailleurs, me comprendra-t-elle ? J'ai attendu en vain, le regard rivé vers la porte où je l'avais vue disparaître des semaines plus tôt. Mais rien, elle ne s'est pas montrée. Quand le clairon a sonné le réveil, j'ai dû abandonner à regret mon poste de surveillance près de l'abreuvoir aux chevaux.

Cet après-midi, nous avons une permission exceptionnelle après les dures journées passées dans les montagnes des Bibans. Avec Barthes et le Calife, nous partons à la recherche d'un peu de fraîcheur dans les jardins de la ville car les chaleurs d'été commencent à étouffer Sétif. Avant d'arriver à la place Joffre, nous entendons des cris stridents. Je suis aussitôt sur la défensive mais mes camarades me rassurent :

— C'est rien, c'est des youyous de femmes.

Et en effet, sortant du hammam de quartier, un groupe de femmes forme cortège, lançant leur cri de gorge qui manifeste la joie, car, comme me l'explique le Calife, elles accompagnent une future mariée :

— Elles vont au hammam pour la préparer à sa nuit de noces.

— Lavée, épilée, massée, parfumée… renchérit Barthes, jovial, tu vois à quoi tu auras droit avec ta Kabyle.

— Se marier avec une indigène, je ne pense pas que ça plairait beaucoup à la hiérarchie. S'amuser avec elles, c'est une chose, mélanger notre sang au leur, c'en est une autre ! – commente le Calife.

Barthes est plus d'humeur à plaisanter qu'à traiter de sujets sérieux :

— Bon ils sont pas encore sur le point de se marier, pas vrai Faure ?

J'acquiesce mais je garde quelque part en moi cette inquiétude éveillée par le Calife. Et si je voulais un jour me marier avec elle ? Mais aussitôt je me reprends. Je ne la connais même pas, elle ne parle sans doute pas ma langue, nous n'avons rien en commun.

L'après-midi se passe en flâneries sous les mûriers, à écouter le frémissement de l'eau dans les canaux d'irrigation. Nous fumons, tantôt silencieux, tantôt évoquant des souvenirs. Il semble que Barthes comme le Calife n'en ait pas d'autres que ceux vécus sur cette terre algérienne, comme si leur vie avait commencé là. Quant à moi, je me rends compte, en convoquant les années de jeunesse passées dans mon village, que je suis comme extérieur à ces souvenirs. Quand je raconte cette vie à mes camarades, c'est comme si je parlais d'un autre, comme si un autre Aimé Faure était né depuis que le bateau m'a amené sur la rive sud de la Méditerranée. Le continent africain est comme une embarcation qui dérive doucement et m'éloigne de la France et de mon passé, de plus en plus inaccessible.

— J'irais bien m'en jeter un au fond du gosier, s'exclame Barthes alors que nous sommes restés silencieux depuis un moment, plongés dans nos pensées respectives. Vous avez pas soif ?

Pour repartir vers les rues du centre et ses cafés, nous traversons la route d'Alger et suivons l'ombre de l'allée de peupliers. Les indigènes s'affairent dans leurs jardins, irriguant, ôtant les mauvaises herbes, cueillant les légumes mûrs et, un instant, j'ai la vision de ma grand-mère dans son grand tablier noir, tellement courbée vers la terre du potager que son front effleure les tiges de haricots verts ou de pommes de terre. Je suis ramené au présent par un coup de coude de Barthes :

— Dis voir, c'est pas elle, là ?

Une jeune fille quitte la zone des jardins et remonte sur l'allée de peupliers, une corbeille remplie de cosses de petits pois calée sur la hanche. Les boucles d'oreilles frissonnantes, la natte tressée de rubans et ce regard si intense qui se pose sur moi.

— Allez Faure, laisse pas passer ta chance, vas-y ! Va lui parler.

J'hésite encore, pris d'une panique qui ne ressemble pas à la peur connue lors de l'affrontement dans le village, mais qui m'empêche d'avancer. Je jette un coup d'œil au Calife, attendant peut-être qu'il me dissuade de me lancer dans une relation avec une indigène, mais il m'encourage au contraire :

— Eh ben, allez, tu vois pas qu'elle t'attend !

Mes deux camarades s'avancent sur l'allée, tandis que je m'approche de la jeune fille qui ne détourne pas ses yeux de moi.

— Bonjour, je m'appelle Aimé.

— Moi Dihya, et avec son accent indigène, elle ajoute : Moi berbère.

— Oui, je vois, et je montre sa coiffure et sa robe colorée sur laquelle est noué un tissu rayé de noir et doré.

Lorsqu'elle comprend que je sais faire la différence entre une Arabe et une Berbère, elle ramène sur moi le regard qu'elle avait posé droit devant elle, sur l'allée de peupliers que nous suivons côte à côte, et me sourit fugacement. Je remarque à nouveau ses hautes pommettes et, pour la première fois, ses yeux intensément sombres. Nous continuons à marcher en silence. Quelques mèches de cheveux en tire-bouchon soulignent son visage et bouclent dans son cou doré, échappées à la rigidité de sa natte, prisonnière d'un ruban tissé qui s'enroule autour d'elle. Il me semble percevoir un léger effluve de musc, je suis tenté de me rapprocher d'elle mais je n'ose pas, je ne voudrais pas effleurer sa main qui se balance le long de son corps au rythme de sa marche et l'effrayer. Nous entrons dans le quartier des casernes. Elle me jette à nouveau un bref coup d'œil et avant de s'éloigner en hâtant le pas elle me lance :

— Au revoir, monsieur Aimé.

Pris au dépourvu et soudain paniqué à l'idée de ne plus la revoir, je lui crie :

— Demain, l'abreuvoir ?

Elle hoche la tête avant de s'éloigner. Je suis tellement bouleversé par cette première vraie rencontre que je ne sais pas à quel moment je rejoins Barthes et le Calife. Peut-être se sont-ils arrêtés pour m'attendre ? Évidemment, j'ai droit aux plaisanteries de Barthes :

— Ma parole, on dirait qu'il a vu la Vierge noire de Conques ! À moins que ça soit celle de Rocamadour ?

Je ne réponds pas à ses moqueries, tout à l'excitation de ce qui m'arrive :

— Elle sera à l'abreuvoir demain matin !

— Elle parle français ? veut savoir le Calife.

— Elle comprend et connaît quelques mots. Elle a été contente de voir que je savais qu'elle n'était pas arabe.

— Ça, c'est sûr. Les Berbères ont résisté un siècle à la conquête arabe, ils ont fini par être islamisés mais cela reste leurs ennemis. Dans leur langue, ils s'appellent *Imazighen*, c'est-à-dire les hommes libres. Et leurs femmes étaient connues pour résister aussi avec courage.

Les connaissances du Calife me surprennent toujours, mais là, je l'écoute avec un intérêt encore plus grand que d'habitude.

— Tu sais comment elle s'appelle, ta belle ? me demande-t-il.

— Oui, Dihya.

— Alors, elle porte le nom d'une reine berbère qui, si je me souviens bien, a résisté dans les Aurès à la conquête arabe.

— Tu es incollable, le Calife ! s'exclame Barthes. Et toi Faure, tu as intérêt à bien la traiter, ta reine !

Pourquoi revoir Dihya ? Qu'est-ce que je cherche au juste ? Est-il raisonnable de vouloir fréquenter une indigène ? En plus, elle est beaucoup plus jeune que moi, elle est à peine sortie de l'enfance. Le Calife m'avait expliqué un jour qu'ici, les filles deviennent très vite des femmes, beaucoup plus tôt que chez nous. Et puis je ne vois vraiment pas quels attraits je peux avoir pour elle. Je suis grand et maigre, beaucoup plus grand que tous ceux de mon village et c'est d'ailleurs une plaisanterie que ma mère a dû souvent entendre depuis que j'ai commencé à grandir : « D'où tu l'as sorti, celui-là ? » Mes parents comme mon frère sont plutôt râblés, à l'image de la plupart des gens de chez nous. De plus, comment Dihya pourrait-elle m'aimer, moi qui fais partie de ceux qui tirent sur les gens de son peuple ? Quand nous nous reverrons à l'abreuvoir, je lui expliquerai tout ça, que cela ne sert à rien de se voir. Qu'il n'y a pas d'avenir pour nous ensemble, qu'une fois mon service terminé, je vais retourner en France. Je reprendrai mon travail de charpentier et je me marierai. Mais je me rends compte que tous les visages des jeunes filles à marier autour de chez moi se sont estompés. Je n'en vois plus aucun distinctement, j'ai dérivé loin de Groléjac et de ma vie d'avant. Et si, comme Barthes, je n'étais plus capable de vivre en France ? Non, moi, c'est différent, j'ai une famille qui m'attend, la succession de mon père à assurer à l'atelier. Mais aujourd'hui le seul visage aimable qui me fait rêver, c'est celui de Dihya.

Dans l'inquiétude de ne pas me réveiller assez tôt pour descendre à l'abreuvoir avant l'heure du clairon, je passe une nuit entrecoupée de réveils où le visage de Dihya ne me quitte pas. Pourtant, je dois lui dire que nous ne pouvons pas nous voir régulièrement, que cela ne mènera à rien.

Nous sommes aux jours les plus longs de l'année et, malgré l'heure matinale, j'apprécie l'ombre des mûriers près de l'abreuvoir. Je suis à peine arrivé que j'entends le bruit discret d'un loquet de porte du côté des écuries de la cavalerie. Et Dihya est là, avec son seau en fer-blanc à la main. Cette fois, elle me regarde franchement dans les yeux et me sourit.

— Bonjour Dihya. Je te trouve… – je cherche le mot le plus adapté – … tu me plais beaucoup mais…

— Toi m'apprends le français ?

Elle me fixe de son regard intense, la boucle d'oreille frémit sur sa joue et je ne finis pas ma phrase. Je ne dis rien de tout ce que j'avais préparé dans ma tête. Je ne parviens qu'à répondre :

— Oui, bien sûr.

Elle sait que quand nous ne sommes pas en manœuvres, nous avons l'autorisation de circuler en fin d'après-midi dans la partie nord de la ville où se concentrent les casernes, et elle me propose que nous nous retrouvions derrière la caserne des zouaves. Il y a effectivement un espace un peu broussailleux à l'écart où personne ne va. Comment connaît-elle l'emploi du temps de mon régiment ? M'a-t-elle déjà épié ? La rencontre de dimanche au sortir des jardins de l'oasis n'était-elle pas fortuite ? Elle insiste avant de remplir son seau et de s'échapper :

— Toi m'apprends le français.

— TU m'apprends le français.

Elle répète la phrase, sans erreur cette fois, ajoute un merci soutenu par l'éclat de son regard et retourne à sa vie dont je ne sais rien. La journée va me sembler interminable. Espérons que nous n'allons pas repartir en manœuvre ou en mission dans les jours à venir.

14

Hier a été notre première vraie rencontre sans témoins. Quand pourrons-nous nous revoir ? Je suis arrivé le premier à notre lieu de rendez-vous, après avoir rusé comme le chasseur sur la piste du gibier pour m'éloigner de notre caserne et m'écarter, sans me faire repérer, des rues de la zone nord de la ville. Je me suis glissé comme convenu dans cet espace abandonné aux épineux et à la poussière, derrière la caserne des zouaves. Il faisait encore chaud en cette fin d'après-midi et je ne sais pas ce qui me faisait transpirer le plus, la fournaise de ce début d'été ou l'apparition prochaine de Dihya. Sétif a vraiment un climat impossible. Après avoir subi la neige et le gel, nous commençons à cuire alors que l'été va tout juste commencer. Les grandes fenêtres des chambrées ont beau rester ouvertes toute la nuit, la brise nocturne a du mal à rafraîchir les rangées de lits. Par malchance, le mien se trouve loin d'une ouverture et, quand le souffle d'air extérieur arrive jusqu'à moi, il est déjà chargé de la chaleur de tous les corps endormis près de moi. J'en viens presque à souhaiter des manœuvres à l'extérieur de la ville pour dormir à la belle étoile. Et malheureusement, il semble bien que mon vœu va être exaucé.

Accroupi à l'ombre d'un buisson, je n'ai pas entendu arriver Dihya. J'ai été alerté par le tintement de bracelets s'entrechoquant au moment où elle s'apprêtait à s'asseoir près de moi. Elle m'a souri et a répété sans commettre d'erreur :

— Tu m'apprends le français.

Je lui ai demandé comment elle comprenait aussi bien ma langue. Je n'ai tout d'abord pas saisi le sens de sa réponse, mais peu à peu je me suis habitué à sa façon de prononcer et de construire bizarrement les phrases. J'ai ainsi appris qu'elle était née à Mezloug, un village pas très loin d'ici, et que son père travaille pour le régiment de cavalerie, où il s'occupe des chevaux. C'est comme ça qu'elle connaît un peu le français. Il semble que sa mère soit morte. Au fur et à mesure qu'elle m'expliquait tout ça, je corrigeais ses erreurs de français et elle répétait scrupuleusement la phrase correcte. Si les gars de Groléjac me voyaient, moi, en train d'enseigner le français à quelqu'un, ils n'en reviendraient pas. Mais il est vrai que depuis que je suis à Sétif, j'ai appris plus de cette langue que pendant les vingt premières années de ma vie, où le patois était d'usage quotidien avec à peu près tous les gens autour de moi.

Assez vite, elle a dû retourner à ses occupations. Peut-être son père la surveille-t-il, même si elle n'en a rien dit. Nous nous sommes séparés, debout face à face en nous souriant. Je ne sais pas quand nous pourrons nous revoir, car ce matin nous avons quitté la caserne et Sétif. Mais je ne suis pas trop inquiet : elle comprendra mon absence, elle saura que nous sommes partis en mission. Quand je me remémore notre rencontre, je me demande comment elle peut ne pas avoir de défiance envers moi, l'ennemi. Je repense à mon père qui me disait souvent que j'aurais toujours des commandes à l'atelier parce que les gens me faisaient confiance. Pourquoi ? Je n'en ai aucune idée. Ma grand-mère Mélanie prétendait que c'était parce que j'étais le plus gentil, mais elle n'était pas vraiment objective. Je sais bien, moi, que j'ai des mauvais côtés, que je ne suis pas très courageux par exemple, qu'il m'arrive de mépriser les indigènes pour leur comportement ou de détester les colons de Sétif.

Nous avons quitté Sétif par la porte de Constantine et le bruit a couru dans les rangs que cette fois, il ne s'agit pas des Kabyles mais d'un autre ennemi, les criquets. Je suis incrédule :

— Comment ça, les criquets ? On envoie les soldats pour des sauterelles ?

— On fait ça pour les colons, explique le Calife. Il y a vingt ans, ils ont sacrément été secoués par la peste et le typhus. Maintenant, les criquets vont leur bouffer tout le blé dur, l'orge et l'herbe qui nourrit leurs animaux.

— Ils avaient qu'à rester chez eux, au lieu de venir s'installer ici, tranche Barthes.

— Tu sais bien que c'est pas aussi simple. S'ils sont venus ici, c'est qu'ils crevaient de faim chez eux. Sans parler des « transportés ».

Devant mon air interrogateur Barthes m'explique :

— C'était dans les années 1850, la France se débarrassait comme ça de ses déportés politiques. On les débarquait au port de Bône et en avant, allez défricher ! Avec les maladies y'a eu pas mal de morts. Ils étaient pas habitués et ils buvaient n'importe quelle eau. Après, il y a eu une amnistie et certains sont repartis en France, mais pas tous.

— Oui, c'est des coriaces, de vrais pionniers, pas comme ces fonctionnaires et ces commerçants de Sétif qui s'engraissent sans rien foutre, s'exclame le Calife, alors je veux bien leur donner un coup de main contre les criquets.

Nous avons fait un premier bivouac et j'ai apprécié, comme je le supposais quelques jours plus tôt, la fraîcheur de l'air sous les étoiles, même si la couche était plus que dure.

Au matin, le capitaine nous fait un discours avant de reprendre la marche :

— Soldats, nous avons affaire aujourd'hui à un autre ennemi. Certains ne l'ont encore jamais rencontré, mais ils ne tarderont pas à comprendre que c'est une véritable armée organisée que nous allons devoir affronter ! Oui messieurs, le criquet est l'ennemi à abattre, nous devons l'arrêter, l'écraser, le détruire. Nous devons aider nos compatriotes à sauver ce qui peut l'être. Je vous demande de faire preuve dans cette guerre de la même bravoure que vous avez manifestée dans les Bibans. En avant !

Je me tourne vers mes camarades :

— Il en fait pas un peu trop là ? C'est quand même que des insectes !

— Crois pas ça. L'année dernière, ils ont carrément bloqué un train entre Orléansville et Blida.

— Quand tu en auras trouvé dans ton café, dans ta soupe du soir, dans tes chaussures et même dans ton caleçon, tu auras un autre avis sur la bête, raille Barthes.

Nous apportons quelques vivres aux colons, de nouvelles graines pour ensemencer mais surtout, nous allons devoir les aider à lutter contre l'envahisseur.

Après avoir marché encore une bonne partie de la journée, nous avons aperçu dans le ciel, vers le sud-est, un drôle de nuage compact, marron tirant sur le rouge brique.

— Ennemi en vue, m'a dit Barthes, en montrant la partie du ciel assombrie par les criquets progressant en vol serré.

Je commence à prendre la mesure de la quantité d'insectes que cela peut représenter et des dégâts qu'ils occasionnent. Peu après, nous faisons une halte. On nous distribue des morceaux de tissu, de ceux que les indigènes appellent chèches, avec ordre de les utiliser pour protéger ce qui n'est pas couvert par l'uniforme. J'imite en tout point les gestes du Calife et de Barthes qui retirent carrément leur calot pour enrouler la bande de tissu de sorte que seuls leurs yeux restent à découvert. Nous voilà presque déguisés en indigènes, mais personne ne plaisante, même les novices comme moi pressentent que ce n'est pas une mission à prendre à la légère. Sur ordre du sergent, nous montons les tentes que nous n'utilisons pas normalement quand la température nocturne est clémente.

— Il faut bien fermer l'ouverture, parce que si le nuage vient par ici, ils vont pas se gêner pour entrer sans être invités, conseille Barthes.

On se répartit des pelles, des pioches et de longs balais faits de broussailles, et munis de ces armes insolites, nous marchons vers le nuage. Quand nous en approchons, le ciel s'assombrit comme si un orage de grêle menaçait soudain. Notre première mission consiste à effrayer les criquets par des détonations. Le capitaine déploie une rangée de soldats au sud du nuage. Le Calife nous explique :

— Ils viennent du Sahara et on essaie de les faire partir le plus vite possible vers le nord, pour qu'ils finissent dans la mer.

La rangée de soldats qui tirent progresse vers la côte, lâchant une salve de temps en temps. Quant à nous, nous nous jetons dans la bataille derrière eux, pour écraser le plus possible de bestioles avec nos outils. Quand nous pénétrons sous l'ombre du nuage, si compact qu'il cache le soleil, le fléau s'abat sur nous. Nous sommes bientôt prisonniers de ces ennemis innombrables qui recouvrent la surface de la terre, bombardent de leur carapace craquante nos visages et nos corps et s'insinuent sous nos vêtements. Nous travaillons le plus vite possible : il ne faut pas leur laisser le temps de pondre dans la terre. Nous frappons le sol, écrasons, foulons aux pieds cette bouillie gluante de corps broyés. Sans répit, la respiration courte sous le tissu de nos chèches, nous luttons sans relâche, pris d'une espèce de folie de destruction, comme si notre vie dépendait de l'extermination de cet ennemi incommensurablement plus nombreux que nous. La lutte cesse à la tombée de la nuit ; le nuage a fui vers le nord. Aussitôt notre pitance avalée, épuisé par la lutte, je m'endors mais un cauchemar me réveille au milieu de la nuit : je suis couché dans une ravine et les corps bruissants des criquets s'amoncellent sur moi et m'étouffent.

Le spectacle qu'offre la campagne le lendemain est de désolation : plus aucuns végétaux ne subsistent, tout a été broyé par les mandibules ! La grêle que connaissent nos campagnes de la métropole est une bien petite calamité comparée aux criquets. Notre mission du jour est double. Certains aident les colons et leurs employés indigènes à rassembler les corps morts sous des touffes de broussailles qu'ils brûlent ensuite. D'autres, dont je suis, participent à la recherche des œufs pondus dans le sol pour les détruire. Ce sont des espèces de larves blanchâtres enterrées à environ dix centimètres de profondeur. Nous retournons la terre avec nos pelles, et même les enfants participent. Munis de bâtons, fils de colons et d'indigènes mêlés, ils fouillent la terre aride ravagée par le nuage dévastateur. Barthes dit qu'il a vu dans la plaine de la Mitidja des indigènes faire bouillir les criquets dans de l'eau salée avant de les mettre à sécher sur les terrasses pour les manger. Rien que d'y penser, mon estomac se soulève. Un colon collecte les récipients remplis d'œufs pour les vider dans une fosse où ils seront détruits.

Je remarque sur son visage couvert de poussière la trace de deux larmes qui ont coulé de ses yeux. Je n'ai aucune sympathie pour les colons arrogants de Sétif, mais je ne peux pas m'empêcher d'avoir pitié de cet homme qui vient de perdre le fruit d'années de labeur. J'ai entendu sa femme dire qu'il fallait partir, qu'elle n'en pouvait plus, que cette fois c'était trop, mais lui ne veut pas. Il refuse de quitter cette terre en laquelle il a dû mettre tous ses espoirs. Et d'ailleurs, si j'en crois ce que disait le Calife, il n'a sans doute nulle part ailleurs où faire vivre sa famille. Ils n'ont pas d'autre choix que de tenter de survivre jusqu'à la prochaine récolte. Le capitaine a remis aux familles sinistrées réunies des provisions et surtout des semences, puis nous les avons abandonnées à leur sort. Quand nous levons le camp, passent non loin de nous des nomades qui poussent leur troupeau de moutons et de chèvres devant eux, tournant le dos à cette steppe dénudée et privée de toute vie végétale.

— C'est ça, la sagesse, dans ce pays, commente le Calife. Être nomades, quitter les zones dévastées et aller chercher les pâturages plus loin.

Je crois bien qu'arrivé à Sétif, je vais en apprécier les arbres et les jardins comme jamais. Je me rends compte que, pris dans la tourmente de la guerre contre les criquets je n'ai plus pensé à Dihya, ou très peu. Et je m'en veux un peu. Je suis impatient de rentrer à Sétif et de la retrouver derrière la caserne des zouaves.

15

Cela fera bientôt un an que je suis à Sétif, et je repense à tous les préjugés qui circulaient sur le bateau qui nous amenait vers Alger. Des histoires véhiculées par quelques vétérans qui repartaient pour cinq ans comme Barthes, ou par des nouvelles recrues comme moi, mais dont le frère, le cousin, le voisin avait connu avant eux l'Afrique du Nord. Je me rends compte maintenant, avec l'expérience que j'ai de la vie ici, à quel point la plupart de ces idées que j'accueillais, tout comme mes compagnons de bord, avec complaisance et une pointe d'inquiétude, n'étaient qu'un ramassis de sottises. On nous disait que le climat était insupportable, trop de soleil ! C'est vrai qu'il peut faire excessivement chaud, en particulier dans le Sahara, mais à Sétif nous avons connu la neige et j'ai appris par Barthes qu'à Alger, il peut faire très humide pendant les mois de janvier et de février. Je sais maintenant que l'Algérie est si vaste que le seul mot « soleil » ne peut pas suffire à résumer tous les climats de ce pays. C'est vrai que, comme le disaient nos informateurs improvisés pendant la traversée, nous mangeons de la poussière souvent, mais les fontaines, les canaux et la verdure de l'oasis et des jardins de la ville nous la font oublier. Une autre idée reçue voulait que les colons soient tous brutaux et obsédés par le gain. Je ne nie pas que certains soient ainsi, l'attitude haineuse du marchand de bois qu'il a payée de sa vie le prouve bien, mais je pense aussi aux larmes de ce cultivateur ruiné par les criquets, luttant au coude à coude avec ses employés indigènes. Quant à ces derniers, on nous les avait présentés comme indolents, voleurs et répugnants. Certes, les hommes passent du temps dans les cafés maures, tout comme nous, mais on les voit aussi s'activer dans les jardins et je les ai vus à l'œuvre contre les criquets ! Je n'ai pas assisté à un seul vol depuis que je suis là et le Calife prétend qu'il n'y en a pas plus que dans n'importe quelle ville de France. Quant à être répugnants, ceux qui disaient ça ne connaissaient pas Dihya ! Et elle n'est pas la seule femme indigène à être belle, en tout cas chez les Kabyles car les femmes arabes sortent toujours voilées. Mais certaines danseuses que j'ai pu voir dans des cafés maures avaient aussi leur charme, avec leur costume saharien, ce voile bleu sombre attaché aux épaules et leurs cheveux tressés de laine rouge. Mais ce dont je me souviens maintenant avec une pointe d'inquiétude, c'est de ce conseil que donnait un vétéran :

— Surtout pas de liaison avec une indigène ! C'est mal vu des deux côtés. J'en sais quelque chose. J'étais à Tlemcen à l'époque et j'ai dû renoncer à la voir. Le capitaine me l'a interdit et le père de la jeune fille l'a très vite mariée à un cousin. Dans les bordels, tant que vous voulez, mais c'est tout !

Et je me retrouve aujourd'hui dans cette situation. Mais je ne peux pas m'empêcher d'espérer. Peut-être la femme dont parlait ce soldat n'était-elle pas kabyle ? De plus, nous sommes dans l'est de l'Algérie et le Calife m'a expliqué que Tlemcen était à l'ouest. Et puis quelques années ont passé, je me prends à espérer que les mentalités ont changé, que les indigènes et les Européens se sont habitués à cohabiter. Je n'ai pas l'intention de cesser de voir Dihya.

Nous avons enfin quelques heures de permission depuis notre retour à la caserne. J'espère que Dihya en aura été informée et je me précipite à notre lieu de rendez-vous, derrière la caserne des zouaves. Je suis si pressé que cette fois, je ne prends aucune précaution pour m'y rendre discrètement. Je suis impatient comme je ne l'ai jamais été, le rythme de mon cœur s'accélère de façon inhabituelle. Ce sont pour moi des sensations nouvelles, que je n'avais jamais expérimentées. Je crois que Barthes a raison, chaque fois que j'ai évoqué Dihya devant lui ou le Calife, il a déclaré : « Faure, tu es amoureux ! » J'ai beau chercher dans mes souvenirs d'avant Sétif, repenser aux cavalières que j'ai pu faire danser à la fête de la Saint-Léger ou pour le bal de carnaval, aux jeunes voisines qui participaient aux veillées hivernales, aucune jamais n'a provoqué un tel émoi, un tel besoin d'être toujours auprès d'elle. Je crois bien que Barthes a raison : je suis tombé amoureux d'une jeune Kabyle. Que vais-je devenir ?

Dihya m'a devancé, elle est déjà assise à l'ombre d'un épineux et je l'entends avant de la voir. Elle chante doucement une mélopée dans sa langue et je m'arrête pour écouter cette voix à la fois fraîche et chaude qui me donne des frissons de bonheur. Dès qu'elle me voit, elle bondit sur ses pieds et s'immobilise face à moi :

— Bonjour monsieur, comment allez-vous ?

Elle récite sans faute la formule que je lui ai apprise avant notre départ en mission.

— Non Dihya, ne m'appelle pas monsieur. Je suis Aimé.

— Bonjour Aimé, comment allez-vous ?

Je soupire. Il va falloir que je lui explique qu'elle peut me tutoyer. Je ne sais pas comment je vais m'y prendre, moi qui ne suis pas beaucoup allé à l'école.

Nous nous asseyons côte à côte et reprenons la conversation que nous avons dû abandonner depuis presque deux semaines. Je lui parle de ma vie dans mon village de Groléjac, de mes parents et de mon frère, de mon travail. Avec ses mots maladroits, elle me demande si je suis marié. Quand je lui dis que non, elle se tourne vers moi et son visage s'illumine d'un sourire dont je dirais qu'il exprime le bonheur satisfait. Elle me semble bien jeune pour avoir déjà un mari, même si c'est fréquent chez les indigènes, mais peut-être a-t-elle un promis ? Je lui pose la question. Et à mon grand soulagement, elle fait non de la tête. Sa boucle d'oreille effleure sa joue et lance des éclats dans la lumière. Je m'enhardis à caresser d'un doigt ce bijou qui avait attiré mon regard ce matin de l'hiver dernier, puis je suis la courbe de sa joue et de son menton. Elle ne bouge pas et sourit. À ce moment-là, je ne pense plus aux montagnes et aux abîmes qui nous séparent, à nos cultures si différentes, à nos deux peuples ennemis, le mien étant en train de soumettre le sien. Elle m'a appris que son père était venu de l'Ouest et qu'il avait vécu avec sa mère chez les Aït Abbas des Bibans. Sa mère était berbère chaouia des Aurès. Elle est morte. Le temps passe si vite avec elle que j'en oublie presque l'heure du retour à la caserne. Elle m'a indiqué un autre lieu de rendez-vous où nous serons plus tranquilles, à l'extérieur des remparts : en sortant par la porte de Bougie, si on bifurque tout de suite vers l'est, on trouve une ravine avec un petit oued au fond. C'est là que nous devons nous revoir. Je n'ose pas l'embrasser pour prendre congé. Je prends seulement ses deux mains que je serre dans les miennes.

En arrivant à la caserne j'ai droit aux quolibets de plusieurs soldats qui se moquent en me désignant : « Celui-là, il aime les bicottes ! » Je ne réplique rien même si Barthes m'a appris que le terme méprisant « bicots » désigne les Arabes alors que Dihya est kabyle. Je n'ai pas été assez discret tout à l'heure quand je suis parti et ils ont dû nous repérer. Par chance, ils ne sont pas intervenus quand j'étais avec elle. Heureusement que nous avons changé notre lieu de rendez-vous.

Nos rencontres se sont poursuivies au fil des semaines, des mois et des saisons, sauf quand nous en étions empêchés l'un ou l'autre. Comme ce fut le cas à la fin de l'été dernier lorsque, à cause du choléra, les médecins attachés au pavillon des officiers ont interdit toutes sorties pour éviter la contamination. Nous sommes restés cinq semaines cantonnés dans la caserne avec interdiction de sortir de la cour. J'ai moi-même été pris de diarrhées qui m'ont affaibli pendant plusieurs jours, mais cela s'est avéré sans gravité. Le Calife disait que ce n'était pas une vraie épidémie de choléra. Il en avait connu une quelques années plus tôt, au moment de la campagne de soumission des Aurès. Il n'avait survécu que grâce à sa robuste constitution, mais les pertes, y compris chez les gradés français, avaient été importantes. D'après lui, ce qui s'était produit à Sétif était plutôt une dysenterie. Mais l'armée ne voulait prendre aucun risque et j'ai dû interrompre mes rendez-vous clandestins. J'apercevais souvent Dihya dans la cour de la caserne mais je ne voulais pas la mettre dans l'embarras en lui parlant devant les autres. Certains auraient été capables de l'importuner, de l'insulter ou Dieu sait quoi. J'ai mesuré pendant ces semaines à quel point elle me manquait.

Après le confinement, nos rencontres ont repris dans la ravine hors les murs. La plupart du temps, nous ne voyons personne. S'il arrive qu'un berger vienne faire boire ses chèvres dans le filet d'eau du minuscule oued qui coule au fond, Dihya les entend toujours arriver assez tôt. Nous quittons alors le bouquet d'arbres rachitiques qui nous met à l'ombre l'été, pour remonter la ravine et nous cacher au-delà du premier virage. Dans ces cas-là, je reste sur le qui-vive mais Dihya semble s'amuser beaucoup à se cacher. Je mesure alors combien elle est jeune.

Elle progresse très vite en français et m'a raconté un jour que son père s'était réfugié à l'Est après le massacre de sa famille. Quand je lui ai demandé des explications, redoutant que l'armée française y soit pour quelque chose, elle m'a raconté, et ce fut pire que ce que j'avais imaginé. Ses grands-parents paternels, son père, son oncle et ses tantes vivaient dans la région du Dahra. À cette époque-là, son père était encore un jeune garçon et on l'avait envoyé dans la montagne pour la journée, faire paître le troupeau de moutons. C'est ce qui l'a sauvé. Il a été le seul survivant de la famille. Un certain général Pélissier a massacré tout le village. Les Ouled Riah qui vivaient là s'étaient réfugiés dans des grottes, l'armée française a barricadé les entrées et mis le feu, ils les ont enfumés comme on fait chez nous avec les terriers de blaireaux ! Je me suis souvenu des « enfumades » dont m'avait un jour parlé le Calife. Et Dihya me l'a confirmé, ils sont plusieurs à avoir fait ça, Cavaignac, Bugeaud et Pélissier. Quand le père de Dihya avait ramené le troupeau le soir à l'heure habituelle, les soldats étaient partis et il n'y avait plus dans les grottes qu'un mélange noirâtre de restes calcinés, hommes et animaux confondus, et une odeur insoutenable de chairs brûlées. Son père est alors parti le plus loin qu'il a pu de cette horreur et s'est réfugié chez ses frères kabyles des Bibans. Il a lutté avec eux contre les Français et a épousé une Chaouia. Dihya est née mais sa mère est morte en couches. Après, son père n'a plus jamais été le même. Quand les Français ont mis fin à l'insurrection des Mokrani en 1872, de façon assez incompréhensible il a décidé de se mettre au service de l'armée coloniale. Il aime passionnément les chevaux et s'occupe de ceux de la cavalerie depuis ce moment-là.

Plus je découvre ce pays, plus j'y vois des choses qui me semblent inimaginables. Comment un homme qui a vu toute sa famille odieusement massacrée peut-il travailler et vivre avec l'ennemi ? Comment sa fille peut-elle apprécier la compagnie d'un Français ? Par quel miracle Dihya m'aime-t-elle, moi, un soldat français ? Car je suis presque sûr maintenant qu'elle m'aime aussi.

Aujourd'hui, veille de Noël, nous avons une permission de la journée. Nous en profitons avec Barthes et le Calife pour aller faire quelques achats dans les rues commerçantes. Encore une fois, Sétif est enneigée depuis hier et je me souviens que l'hiver dernier, un matin de neige, j'avais vu Dihya pour la première fois. Je sais que demain nous allons nous revoir, dans la ravine, comme d'habitude à l'abri des regards, même si notre relation est, comme le dit Barthes, un secret de polichinelle. Mais je ne veux pas la mettre mal à l'aise face aux autres soldats, les nôtres de l'infanterie, mais aussi les chasseurs d'Afrique pour qui travaille son père. À moins que, comme me le dit Barthes, ce soit moi qui n'assume pas mon choix d'aimer une indigène. Et il a peut-être raison. Ce n'est facile ni pour elle ni pour moi.

Aujourd'hui nous ne ferons pas la promenade favorite de Barthes, remonter le ruisseau de Bou Sellam avec ses quatre moulins à farine. La couche de neige est épaisse et il doit être difficile de progresser en dehors des trottoirs piétinés et balayés de la ville. Je pense souvent aux nomades qui ont rejoint les pâturages d'hiver, dans des zones certes moins exposées au froid, mais qui doivent affronter la neige et les gelées nocturnes sous leur tente. Par comparaison, le dortoir bien barricadé et le réfectoire où on nous sert des soupes bouillantes me semblent d'un confort inestimable.

Tournant le dos aux casernes, nous descendons vers la partie commerçante du sud de la ville. Nous croisons quelques bigotes vêtues de noir qui reviennent de l'église Sainte-Monique baiser les pieds de l'Enfant-Jésus installé dans sa crèche, comme dit Barthes en se moquant. Quant au Calife, il n'hésite pas à imiter le cri du corbeau quand nous les croisons. Barthes lui envoie une bourrade :

— T'exagères l'anticlérical !

Mais nous savons tous qu'il partage ses opinions. Barthes veut aller à la pâtisserie européenne de la rue de Trajan. Habituellement, il se goinfre de cornes de gazelle ou de makrouts, mais pour Noël il a décidé qu'il voulait déguster un éclair au chocolat ou une religieuse. Il a précisé que celles-ci, il ne les aimait que sous forme de gâteaux ! Malgré le froid et la neige, les rues sont remplies de *yaouleds* avec leur attirail de cireurs de chaussures et de porteurs de couffins qui proposent leurs services aux nombreuses Européennes qui font leurs courses avant la fête. Sur la place Barral, le Calife entre dans la librairie où il a ses habitudes pour voir les nouveautés reçues par le libraire. Je ne vais pas rester dehors, il fait trop froid. J'avise des cartes postales de Sétif et je décide d'en acheter une pour l'envoyer à mes parents. Je choisis celle qui représente « L'hôtel de ville et la porte d'Alger ». Je vais leur dire que nous avons de la neige. Elle sera peut-être fondue quand la carte leur parviendra, mais ils verront où je vis. Je crois qu'ils ne l'imaginent pas du tout.

Une fois rentré à la caserne, je trace au dos de la carte ces quelques mots : « *Je vé bien. Vous aussi j'espaire. Ici il fé froid beaucoup de neige. Votre fils Aimé.* » Bien sûr je ne parle pas de Dihya. Que dire ? Que je vois régulièrement en cachette une toute jeune fille indigène, que nous nous aimons ?

Cela fait plus de deux ans que je suis ici et j'ai parfois fugacement l'impression de ne pas avoir eu de vie avant. Que va-t-il se passer quand mon service sera terminé ? L'idée de quitter Dihya pour toujours m'insupporte. Mais alors, rester ici, devenir un colon ? C'est facile d'avoir des terres. Ou alors, m'installer à Sétif comme menuisier-charpentier ? Ne jamais revoir ma famille ? Également impossible ! Chaque fois que mon esprit peut divaguer librement, je me pose ces mêmes questions. Les nuits d'inconfort dans le bivouac, quand nous partons en manœuvres, j'écoute les glapissements des chacals qui m'inquiétaient à mon arrivée ici, en pensant qu'ils me manqueront quand je serai rentré. Je n'ai pas envie, comme Barthes ou le Calife, de rester dans l'armée. Je ne peux pas me battre contre les frères de Dihya ! D'ailleurs, le souvenir de l'expédition dans les Bibans est là pour me rappeler que je n'ai aucune des qualités du soldat. Je suis plutôt peureux, facilement impressionné, lent pour me servir d'une arme. Mais je pourrais m'installer à Sétif. C'est une ville prospère et tranquille où je trouverais du travail. Lors des nuits d'insomnie ou des longues marches d'entraînement, je me prends à imaginer ce que serait ici ma vie avec Dihya. Nous aurions une maison. Près de la porte de Constantine, ce serait bien.

Nous pourrions avoir un jardin dans l'oasis. Je suis sûr que Dihya saurait faire pousser de beaux légumes. Nous aurions des enfants, bien sûr. Un jour où nous avancions en rangs par deux dans les collines de poussière au sud de la ville, Barthes m'a ramené à la réalité :

— Oh, Faure, t'es pas causant aujourd'hui. On s'ennuie ! Qu'est-ce que tu rumines ?

— Je pensais à la vie qu'on pourrait avoir ici, Dihya et moi…

— Dihya et toi ? Ici ? Tu débloques, Faure. Ici vous serez acceptés par personne, rejetés par tout le monde.

Voyant que je ne réagis pas, Barthes explique :

— Ben oui, les Européens vont pas accepter que tu sois marié à une indigène. Et les Kabyles, tu crois qu'ils vont t'accueillir à bras ouverts ? Mieux vaut encore que vous partiez en France.

— En France ? Tu veux dire, ramener Dihya chez moi ?

— C'est sûr que c'est pas facile non plus… La tête de la belle-mère, si tu lui ramènes une indigène à la maison !

Barthes rigole un bon coup mais, voyant que ça ne m'amuse pas du tout, il redevient sérieux.

— Faut que tu y réfléchisses, Faure. Mais peut-être que quand tu auras terminé ton service, dans un peu plus de deux ans, ce sera fini avec Dihya…

— Oui, tu as raison.

Je dis ça mais je n'en crois pas un mot. Comment pourrais-je ne plus être amoureux de Dihya dans deux ans ?

16

Nous venons de dépasser le village de Mezloug quand le sirocco se lève. C'est la première fois que nous sommes en manœuvres avec une telle tempête. Depuis mon arrivée à Sétif, j'ai déjà connu souvent ce vent qui se déchaîne périodiquement sur les Hautes Plaines, mais j'ai toujours réussi à être à l'abri le temps qu'il se calme. Barthes est furieux :

— Ces cons, ils nous mettent dehors avec ce sirocco ! Ils peuvent pas demander aux indigènes avant. Eux, ils connaissent les signes qui annoncent le sirocco !

Nous n'avons rien dans notre barda pour nous protéger le bas du visage et le sable ne tarde pas à s'acharner sur nous. Nous avons débouché il y a peu sur une *hammada* pierreuse où nous avions déjà du mal à marcher et voilà que le sable gravillonneux s'en prend à nous avec une violence que rien n'arrête sur cette surface dénudée. Nous avançons dans un univers ocre dont l'air se densifie au fur et à mesure que la tempête empire. Dihya m'a expliqué que Sétif signifiait « noire » en berbère car la terre y est fertile, mais autour de nous, c'est un univers minéral, vide et hostile. J'ai entendu un jour au café deux colons nouvellement arrivés qui n'en pouvaient plus. On leur avait parlé d'un pays de Cocagne et ils passaient d'un fléau à l'autre, les criquets, la neige, les gelées, la sécheresse, le sirocco, et maintenant s'annonçait une épidémie de charbon qui risquait de décimer les troupeaux. Je m'étais dit que s'installer comme agriculteur ici n'était sans doute pas une bonne idée.

L'ordre a circulé dans les rangs de ne pas perdre de vue les camarades qui marchent devant nous, mais, peu de temps après, Pouzigues et Rascayrol, qui nous précèdent quand nous sommes en ordre de marche, s'arrêtent et se retournent vers nous, affolés :

— On voit plus ceux de devant, on les voit plus, hurle Pouzigues, pris de panique et essayant de faire passer sa voix par-dessus le sifflement des bourrasques.

Nous nous arrêtons à notre tour pour écouter leurs explications hurlées. Le Calife nous rassure :

— Je passe devant avec Barthes, marchez derrière en tenant le barda de celui qui vous précède.

Mais au moment de transmettre l'information derrière nous, nous nous apercevons qu'il n'y a plus personne. La suite de la colonne, tout comme le début, s'est évanouie dans les rafales jaunâtres qui nous cernent. Il ne nous reste qu'à faire confiance à l'expérience du Calife. Nous progressons difficilement mais inutile de s'arrêter, pas le moindre relief pour se mettre un tant soit peu à l'abri. Après un temps qui me semble interminable, durant lequel je me raccroche à l'image de Dihya pour continuer à avancer, nous notons sous nos pas une déclivité : nous avons atteint le rebord de la *hammada*. Le Calife va peut-être nous trouver une anfractuosité de terrain où nous pourrons récupérer un peu. Mais quand il s'arrête et que nous nous portons à son niveau, c'est devant l'ouverture fermée d'une tente de nomades que nous sommes. Pouzigues et Rascayrol sont toujours aussi nerveux et ne veulent pas entendre parler d'aller chez les Arabes :

— On se jette dans la gueule du loup ! Je veux pas finir égorgé moi ! hurle Rascayrol.

Mais le Calife fait comme s'il n'avait rien entendu. Il frappe d'abord dans ses mains pour signaler notre présence puis crie en langue berbère quelques mots que je ne comprends pas. La fente de la tente s'entrouvre à peine et un œil apparaît. Le Calife se met en devoir d'expliquer la situation tantôt en berbère, tantôt en arabe, auquel il ajoute quelques mots de français.

Ils nous ouvrent.

— Maniez-vous d'entrer, les gars, c'est pas la peine de leur remplir la tente de sable !

Nous nous faufilons à l'abri. Dans la pénombre ocre, je devine toute une famille assise sur des tapis. Une femme qui se retire dans le coin le plus éloigné de la tente et quatre enfants dont les yeux noirs nous dévisagent, entre curiosité et inquiétude. Le Calife intervient à nouveau et je comprends au ton de sa voix qu'il les tranquillise. L'homme nous fait signe de nous asseoir et donne un ordre à la femme dans lequel je reconnais le mot « thé ». Voilà qui serait le bienvenu après tout ce sable avalé ! Pourquoi nous ont-ils fait entrer ? Par crainte de représailles, ou simplement pour respecter cette tradition de l'hospitalité dont parle toujours le Calife ? Comme s'il avait deviné mes pensées, Barthes commente en forçant sa voix car la tempête tourne autour de la tente sans lâcher prise :

— Chez moi non plus, on laisse pas le voyageur dehors par mauvais temps. Y'a toujours une soupe et un coin de grange pour lui.

La nuit commence à tomber et le sirocco ne faiblit pas. Nous sortons notre ration de nourriture de notre barda et nous en proposons à nos hôtes mais ils refusent même si je vois le regard curieux des enfants qui auraient volontiers goûté à la nourriture des *roumis*. Eux se nourrissent de galettes de blé dur et de lait de chèvre. Le père de famille en remplit un grand bol de terre cuite à notre intention et le Calife nous indique que nous ne pouvons pas refuser sous peine d'impolitesse. Quand le bol a fini de circuler, notre hôte nous montre l'endroit où nous pouvons dormir. Je me rends compte qu'il nous désigne le plus beau tapis de sa tente, agrémenté de quelques coussins de cuir colorés. Lui et sa famille se regroupent à l'autre extrémité. Je me sens profondément reconnaissant envers ce nomade de me permettre de me reposer à l'abri du vent et du sable après cette marche épuisante. Nous ne savons pas où nous sommes ni ce que nous ferons demain, mais je me sens serein dans cet îlot protégé. Et contrairement à ce que dit Barthes, je ne pense pas que mes parents offriraient l'hospitalité à des étrangers de passage – en tout cas certainement pas leur meilleure chambre ! Mais sans doute les gens se montrent-ils plus accueillants dans les coins les plus reculés, dans les montagnes ou les déserts, alors que la vallée de la Dordogne où je suis né a toujours été un lieu de grand passage. Nul ne s'y perd plus depuis longtemps.

Au matin, toute trace de tempête a disparu et un soleil paisible éclaire le moutonnement des collines où les nomades ont installé leur campement dans un repli protecteur de terrain.

— Y'a que l'armée française pour être assez bête et nous faire traverser la *hammada* par temps de sirocco ! Quand je vois comment les nomades ont utilisé au mieux l'environnement naturel pour s'installer et se protéger des tempêtes !

— Alors Faure, tu te lâches, se moque gentiment le Calife. Tu as raison, profite tant que les gradés et les balances sont loin et peuvent pas t'entendre.

Et il regarde avec insistance Pouzigues et Rascayrol, mais ceux-ci baissent la tête sans rien ajouter. Quant à son compagnon de colonne, Picard, le Calife est sûr de lui, il n'ira pas moucharder. De toute façon, c'est sûr que personne n'a rien à redire : le Calife nous a sauvés. Il décide que le plus simple est de reprendre la direction de Sétif en se fiant au soleil, et c'est ce que nous faisons. Nous prenons congé de nos hôtes et je donne au père ma dernière ration de biscuits en lui faisant comprendre que c'est pour les enfants. Je ne devrais peut-être pas car nous ne savons pas quand nous serons de retour en ville et il se peut qu'ils me fassent défaut, mais je tiens à faire ce maigre cadeau et le Calife ne m'en a pas dissuadé. Après avoir marché toute la journée en rationnant nos gourdes d'eau, nous apercevons au loin le reste de la compagnie qui fait halte. Le lieutenant vient à notre rencontre, visiblement soulagé de ne pas avoir à annoncer la disparition de six de ses hommes. Barthes et moi expliquons bien, avec force détails, comment le Calife nous a sauvés, mais le lieutenant ne le remercie même pas. Il ne fallait pas qu'il s'attende à une récompense, sa réputation « d'arabophile » est bien connue et c'est mal vu dans les rangs de l'armée française !

Le lendemain, alors que nous faisons une dernière halte avant de rejoindre la caserne, j'entends Pouzigues et Rascayrol se vanter auprès d'une cour d'appelés d'avoir passé la nuit chez des Arabes. Cela fait trois ans que nous sommes là, et ils ne font toujours pas la différence entre Arabes et Berbères ! Et bien sûr, ils ne font pas mention de la trouille qu'ils ont eue avant d'entrer dans la tente qui nous a pourtant sans doute sauvé la vie.

Hier était le premier rendez-vous avec Dihya depuis notre retour de manœuvres et elle n'est pas venue. Je ne sais pas quoi penser. S'est-elle lassée de moi ? Est-elle malade ? À moins que ce ne soit son père ? Son absence de plusieurs jours crée comme un vide en moi. Je suis dans l'attente de la prochaine permission où je pourrai me précipiter dans la ravine. Et rien d'autre ne peut occuper mon esprit. J'effectue toutes les tâches et corvées habituelles sans y penser, je n'entends pas les plaisanteries ni les histoires de mes compagnons, préoccupé par la disparition de Dihya. Et quand enfin, un matin, je l'aperçois de loin, occupée à mettre à sécher du linge près des écuries des chasseurs, je suis prêt à courir vers elle. Barthes coupe mon élan en me retenant par le bras. Je ne me reconnais plus, avant je n'aurais jamais été capable d'un tel comportement. Je ne suis plus le jeune garçon qui a débarqué trois ans plus tôt en ignorant où il posait le pied. Jamais je n'aurais imaginé tomber amoureux à ce point, et d'une Berbère ! Cela m'effraie mais en même temps je ne regrette pas d'être venu en Algérie.

À Groléjac, ma vie aurait été toute tracée, entre travail à l'atelier, veillées et fêtes votives où j'aurais rencontré ma future épouse. Je ne me serais jamais préoccupé de savoir comment l'armée française « pacifiait » l'Algérie, et je n'aurais pas rencontré Dihya.

Je suis très en avance et je patiente, assis sous les maigres arbustes dont les racines pompent l'humidité du filet d'eau qui court au fond de l'oued. Au début du printemps, période où il pleut le plus à Sétif, je l'ai vu parfois gonfler au point de remplir la ravine jusqu'à mi-hauteur de ses eaux marron et tourbillonnantes. Et soudain, elle est là. Ses cheveux ne sont plus tressés mais relevés sous un foulard rouge et or. La même boucle d'oreille tremble toujours sur sa joue mate. Je suis incapable de me contrôler. Au risque de l'effrayer, je me précipite et la serre dans mes bras. Elle est beaucoup plus petite que moi et mon menton se pose sur sa tête. Je lui dis qu'elle m'a manqué. Elle ne cherche pas à s'éloigner de moi et quand je la lâche, elle me sourit et me dit simplement :

— Toi aussi.

Nous nous asseyons côte à côte et elle m'explique, avec son français chaque fois meilleur, que son père a entendu dire qu'elle voyait un *roumi*, un soldat, et que ce n'était pas possible. Il le lui a interdit. Il faudra dorénavant que nous fassions très attention. Je ne dois pas m'étonner si un jour elle ne vient pas au rendez-vous, c'est qu'elle en sera empêchée.

— Je dois parler à ton père. Je vais lui dire que nous nous aimons. Que mes intentions…

— Non, non, attends. Je le prépare.

— Qu'est ce que tu veux dire ?

— Il ne faut pas le prendre…

Elle cherche ses mots pour m'expliquer. Je lui propose :

— … à rebrousse-poil ?

Je vois à son air surpris qu'elle ne connaît pas cette expression. Et aussitôt elle éclate de rire :

— Tu me parles de poils ?

Je ris à mon tour :

— Non c'est une expression. Tu veux dire, le prendre… par surprise ?

— Oui c'est ça. Je vais lui faire comprendre petit à petit, tu vois ?

— D'accord, je te laisse faire pour le moment. Mais tu sais que tu peux compter sur moi.

— Oui. Et j'ai besoin de toi tout de suite pour m'apprendre à écrire le français.

— T'apprendre à écrire ? Mais…

— Tu ne sais pas ?

— Si un peu, même si je ne suis pas allé à l'école très longtemps. Et tu sais, je fais des fautes.

— Mais tu m'apprendras.

— Oui, je t'apprendrai ce que je sais.

J'ai acheté un cahier et un crayon pour Dihya et chaque fois que nous parvenons à nous voir, il y a toujours un temps consacré à l'écriture. Elle me montre ce qu'elle a recopié de journaux qu'elle a pu glaner ici ou là, pour s'entraîner. Elle apprend incroyablement vite. Si elle pouvait fréquenter une vraie école, ce serait une très bonne élève. Mais elle est indigène et en plus une femme.

Les mois se succèdent, le temps s'écoule entre les corvées de la caserne, les manœuvres, les permissions où je parviens à voir Dihya de temps en temps. Heureusement, nous n'avons pas fait d'autres expéditions punitives contre les Kabyles des montagnes. Il semble qu'ils se tiennent tranquilles. Le nombre de colons augmente sans arrêt dans les environs. Rien ne semble les rebuter, ni les étés torrides, ni la neige de l'hiver, ni les criquets. Il faut croire qu'ils ont quitté des situations pires que celle qu'ils trouvent ici ! Sétif ne cesse de grandir, les magasins se multiplient, nous avons même des Galeries de France et il est question que le chemin de fer arrive bientôt et que nous ayons une gare. Mais je pense que je ne la connaîtrai pas, je serai rentré chez moi avant. Chez moi justement j'y pense de moins en moins. Je me sens si loin de la vie que j'avais là-bas. C'est comme si c'était un autre Aimé Faure qui l'avait vécue. Je commence à comprendre Barthes qui n'a pas pu rester en Aveyron et qui s'est engagé pour revenir ici. Cinq ans, c'est long. Ça vous change. Peut-être aussi mes parents, mon frère ne seront-ils plus tout à fait les mêmes ? Mais ce qui me semble le plus douloureux, c'est qu'à mon retour je ne pourrai parler avec personne de ce que j'ai connu ici, de la vie de Sétif, des cafés arabes, des montagnes et des *hammadas*, des musiciens du désert avec leurs derboukas et leurs flûtes, des mariées transportées jusque chez leur époux dans un panier d'osier, cachées par des tentures. Qui, à Groléjac, pourra partager avec moi les souvenirs de la fraîcheur de l'oasis l'été et le gargouillis de l'eau des fontaines courant dans les séguias ? Dihya le pourrait. Avec elle, c'est le souvenir vivant de Sétif que je ramènerais chez moi.

17

Chaque fois que nous nous voyons, Dihya me dit que je ne peux pas encore rencontrer son père, qu'il n'est pas prêt. Je commence à douter vraiment qu'il le soit un jour. Plus le temps passe, plus il me semble impossible qu'il accepte de me donner sa fille. Pourquoi le ferait-il, surtout si je lui annonce qu'elle part en France avec moi ? Elle est sa seule famille. Quand j'explique à Dihya que je veux l'épouser et la ramener chez moi, elle dit oui mais je sens bien une réticence. Cela signifierait pour elle abandonner son père. Je ne vois pas d'issue à notre histoire. Tout est si difficile que j'en perds de plus en plus souvent le sommeil, car je n'ai plus qu'une année à passer ici avant de reprendre le bateau pour la France. Et je me retrouve aussi dans une situation inconfortable par rapport à mes supérieurs. Pour l'instant, heureusement, c'est seulement le sergent Laforêt qui m'a mis en garde l'autre jour :

— Faure, j'ai entendu dire que tu courais derrière une indigène. Tu devrais arrêter, ça va te créer que des problèmes. Va coucher au bordel avec elles si tu veux, mais c'est tout.

— Mais sergent, c'est que… je voudrais me marier avec elle.

— Quoi ? Mais tu es fou ! Le soleil t'a tapé sur la tête ! Ici personne acceptera ça.

— Oui, je sais, je voudrais la ramener chez moi.

— En France ?

À son silence et son regard, j'ai compris qu'il me prenait effectivement pour un détraqué.

— Oui, je tiens à elle. Et elle aussi.

— Et sa famille ?

Je n'ai rien répondu, je n'avais rien à dire. Je savais que là se trouvait l'obstacle majeur.

— Allez, arrête tes conneries, rentre chez toi et trouve-toi une fille là-bas qui te fera oublier celle d'ici.

J'ai répondu « Oui sergent » en saluant, mais tout en moi disait non.

Les nouvelles de Groléjac sont toujours aussi rares. Depuis la mort de ma grand-mère il ne s'est rien passé d'important, ni en bien ni en mal. Mon frère est parti apprenti chez le boulanger Castan rue du Port, et ma place m'attend dans l'atelier de menuisier-charpentier de mon père. D'ordinaire, c'est ma mère qui va dicter la lettre, en général à mon cousin Paul, pour me donner les quelques menues nouvelles de la maison et du village. Dans le dernier courrier elle a fait rajouter : « Ton père te fait dire qu'il t'attend à l'atelier et que tu seras le chef. » Je ne crois pas que mon père ait utilisé le terme « chef », c'est Paul qui a dû traduire ça du mot patois que lui disait ma mère. Je suis certain que mon père a lui aussi compté d'abord les années puis maintenant les mois qui restent avant mon retour. Pour lui, un soulagement de voir finir ces cinq ans durant lesquels il a été contraint de se passer du travail de son fils aîné. Pour moi, une angoisse dans l'incertitude où je me trouve. Comment vais-je reprendre ma place à la maison et à l'atelier ? Je ne crois pas que mon père me laissera vraiment être « le chef ». De mon côté, je ne suis plus le même et je soupçonne que là-bas, rien n'a vraiment changé. Les mêmes gabares qui descendent la Dordogne quand les eaux sont marchandes, les mêmes conversations au café sur les récoltes, les eaux trop hautes ou trop basses de la rivière. Les mêmes médisances sur les voisins. Les mêmes bals où les jeunes filles attendent, assises sur un banc près de leur mère, qu'un garçon vienne les inviter à danser une bourrée ou une mazurka. Et il ne s'agit pas seulement de plaire à la fille, il faut aussi que la mère, après vous avoir jaugé de la tête aux pieds, donne son assentiment d'un léger hochement de tête ! Je ne sais pas comment je vais pouvoir remettre mes pieds dans ma vie d'avant comme on les glisse dans des sabots. Parfois, j'essaie d'imaginer Dihya dans ce monde si différent de Sétif. C'est une fille intelligente et qui apprend vite, mais comment ma famille va-t-elle la recevoir ? Mais je m'emballe, nous ne sommes pas encore sur le bateau et je n'ai toujours pas la moindre idée concernant son père. Nous suivre en France ? Il trouverait sans doute du travail. Mais que dirait la famille ? Ramener une épouse est une chose, mais son père en plus ! D'ailleurs, je n'aurai pas assez d'argent pour payer deux voyages alors que déjà pour un, ce sera difficile.

Pourtant, Barthes et le Calife m'encouragent. Ce dernier m'a cité l'autre jour une phrase du garde des Sceaux qui, en 1871 avait déclaré à propos des mariages mixtes : « Le peuple conquérant ne peut s'incliner devant le peuple vaincu. Le Français domine. » Sur le moment je n'ai pas compris en quoi c'était positif pour moi.

— Réfléchis, m'a demandé le Calife. Dans un couple, qui domine ?

— L'homme.

— Voilà. Donc un Français qui se marie avec une indigène, c'est pas aussi grave que le contraire. Dans leur logique, continue le Calife, c'est forcément une joie et un honneur de servir un mari français !

— J'avais pas pensé à ça.

— Évidemment, toi tu aimes Dihya, tu vois pas les choses sous cet angle. Mais t'attends pas pour autant à des félicitations ni de la hiérarchie militaire, ni de l'administration coloniale. Pour eux, chacun doit rester dans sa case.

Ce que m'a expliqué le Calife m'a un peu rassuré, mais troublé aussi. Dihya pourrait-elle se sentir honorée d'épouser un *roumi* ? Cela expliquerait qu'elle se donne à l'ennemi. Il faut que je lui en parle et que je sache un peu mieux ce qu'elle ressent.

Depuis la création de la sous-préfecture, deux ans après mon arrivée, en 1874, une fois l'an le sous-préfet de Sétif offre un bal qui se tient dans la salle des fêtes attenante à l'hôtel de ville. Y sont invités tous les hauts gradés des casernes qui occupent le nord de la ville. D'après ce que m'ont expliqué Barthes et le Calife, les relations entre l'armée et l'administration ne sont pourtant pas des meilleures depuis que la nouvelle République a retiré à l'armée le pouvoir administratif qu'elle partageait avec les bureaux arabes au moment de l'Empire. Mais comme preuve de bonne volonté et pour éviter que les relations ne s'enveniment encore, nos chefs se mélangent ce soir-là avec les représentants de l'administration française. Les jeunes Européennes de la ville, filles de fonctionnaires, de riches commerçants ou de gros colons propriétaires de bordjs, peuvent alors admirer l'allure gaillarde des chasseurs d'Afrique sanglés dans leurs vestes à brandebourgs et faisant sonner leurs bottes sur les parquets. Sans le dire à leurs parents, toutes rêvent d'une danse partagée avec l'un d'eux. Bien sûr, nous, les deux mille hommes environ qui formons la troupe, ne sommes pas conviés, mais nous avons une permission pour assister à un bal moins chic, sur la place Joffre, où nous dansons au son d'un violon et d'un accordéon qui ne jouent que des airs français.

Cette année je n'ai pas envie d'y assister et pourtant les distractions sont rares pour les simples soldats comme nous. Barthes insiste :

— C'est notre dernier bal ici. Dans quelques mois, chacun repartira de son côté. Le Calife et moi, on va demander à être affectés au Sahara, pour voir du pays, et toi tu seras dans ton Périgord !

Mais c'est le Calife qui trouve l'argument convaincant :

— Tu sais ce que tu devrais faire ? Tu viens avec nous, tu te montres au début de la soirée et ça permet de voir si le père de Dihya fait partie des indigènes curieux qui viennent voir le bal. Et il me semble bien que l'année dernière, il y était. Et toi, tu peux aller retrouver ta reine berbère, tranquille. Moi, tu me connais, les fêtes entre *roumis* c'est pas ce que j'aime le plus. Quand j'y serai resté une heure, ça ira, après je peux te servir de *chouf*[1].

— Merci Calife, tu es quelqu'un de bien.

— Attention Calife, tu es en train de virer sentimental, se moque Barthes.

Mais je vois bien qu'il apprécie aussi le geste de son camarade envers moi.

C'est étrange, nous avons passé presque cinq ans avec lui et nous ne savons à peu près rien de son passé. Il a vécu et étudié à Paris où il a eu d'après Barthes des embrouilles politiques avant de servir en Algérie, contre son gré, du moins au début. C'est ici qu'on lui a donné ce surnom de Calife et il s'est tellement attaché à ce pays qu'il y est resté. De nous trois, c'est de loin le plus instruit. Même si Barthes connaît beaucoup de choses sur l'Algérie, il n'a pas la même intelligence et cette capacité à analyser les situations. Le Calife est sans doute issu d'un milieu aisé et cultivé, quelqu'un que je n'aurais jamais fréquenté en France. Mais le hasard nous a réunis à Sétif, sur les Hautes Plaines de l'Est algérien. Barthes a essayé au début d'en savoir un peu plus sur son histoire mais il a toujours refusé d'en parler, disant que le passé ne l'intéressait pas.

— Alors c'est d'accord Faure ? On fait comme ça ce soir ?

Barthes ne dit rien mais je le vois m'encourager en opinant du chef. C'est certainement une occasion unique de voir un peu longuement ma bien-aimée, alors je n'hésite plus.

— C'est d'accord. C'est vraiment généreux à toi de m'aider, Calife. Tant que je vivrai, je me souviendrai de toi.

1. Guetteur.

— C'est pas beau, ça !

Comme à son habitude Barthes intervient sur le ton de la plaisanterie et nous presse :

— Allez, il est temps d'aller nous préparer. Et toi, Faure, oublie pas de te raser de près !

En arrivant sur la place Joffre, nous nous séparons pour inspecter la foule et voir si le père de Dihya est là. Il y a bien quelques indigènes assis à l'écart qui regardent de loin les couples se lancer dans des valses ou des scottishs, mais le palefrenier kabyle n'est pas là. Le temps passe et je commence à désespérer. Mon envie de voir Dihya est telle que je ressens une sourde colère contre celui qui m'empêche d'être avec elle autant que je voudrais. Toute ma bonne humeur du début de soirée s'est envolée.

— Les amis, excusez-moi, je viens de voir la petite couturière assise là-bas. Je vais aller lui faire un brin de causette et l'inviter à danser.

Il y a quelques semaines de cela, Barthes, avec son bagout habituel, a courtisé la jeune apprentie couturière qui revenait de livrer une robe à une cliente. Si je n'étais pas fou amoureux de Dihya, je pourrais la trouver jolie avec son visage gracieux et ses cheveux d'un blond très clair. Au moment où le Calife et moi nous apprêtons à regagner la caserne, car je n'ai aucune envie de m'amuser au bal et ce genre d'endroit ennuie notre camarade, il me pousse du coude et me désigne du menton la rue de Constantine par où arrive le père de Dihya. Il s'avance jusqu'au groupe d'hommes assis en retrait de la place, salue en portant la main à sa poitrine comme font les musulmans et s'installe pour discuter. Le Calife et moi filons discrètement vers les casernes. Nous entrons dans la cour par-derrière, là où se trouvent les écuries. Le Calife se poste non loin de l'entrée, caché dans l'ombre d'un bâtiment.

— Prends ton temps, je vais regarder les étoiles. Si je siffle trois fois, c'est que quelqu'un arrive.

Au bout des écuries se trouve le logement où vivent Dihya et son père. C'est une simple pièce bâtie en terre comme les gourbis, même si le toit est de tuiles, appuyée au mur des écuries de la cavalerie. Je frappe doucement à la porte en appelant Dihya :

— C'est moi, Aimé.

En entrouvrant la porte elle n'en croit pas ses yeux ! Le *roumi* chez son père !

— Aimé, tu dois pas… tu peux pas…

— Ne t'inquiète pas. Ton père est au bal sur la place Joffre et mon camarade, le Calife, surveille l'entrée.

Je vois alors son regard brillant se lever vers moi, un peu craintif et embarrassé :

— Tu ne veux pas que j'entre ?

Elle nie légèrement de la tête et ses boucles d'oreille battent doucement ses joues.

— Je comprends, on va rester là.

Nous nous asseyons sur un banc de bois rudimentaire près de l'entrée où j'ai déjà aperçu souvent son père en train de faire les ablutions préalables à la prière. Je sens la tiédeur de son corps tout près du mien. Je lui prends la main qu'elle ne retire pas. Je n'ai pas beaucoup d'expérience avec les jeunes filles et encore moins avec une Berbère. Barthes saurait quoi faire, lui. Je ne veux pas l'effrayer, elle est si jeune.

— Je t'aime Dihya. Je veux que tu sois ma femme et t'emmener avec moi.

Elle ne répond pas mais elle serre un peu plus ma main et je sens son regard confiant sur moi. Pendant un moment, nous ne disons rien, puis elle me demande de lui parler encore de ma famille, de ma maison et de mon village. Et au fur et à mesure que je raconte, Dihya prend sa place dans cet univers inconnu d'elle. Elle est dans le potager près de la Germaine, elle attise le feu sous la marmite où cuit la soupe dans la cheminée, elle est assise près de moi un soir d'été à écouter le hululement des chouettes dans les arbres derrière la maison. Elle est enfin dans ma chambre. Nous partageons ce lit double dont j'ai appris que mes parents l'ont installé en prévision de mon retour. « Tu vas bien te marier quand tu reviendras », a fait écrire ma mère. Ils ont aménagé la chambre de la grand-mère Mélanie pour mon frère, pour que je puisse disposer de celle que nous avons partagée, lui et moi, toute notre enfance. Je repense tout à coup à ma conversation avec le Calife et peut-être un peu brusquement j'interroge Dihya :

— Tu veux te marier avec moi parce que tu es honorée d'épouser un *roumi* ?

Son regard interrogateur se tourne vers moi :

— Honorée ?

— Oui, fière.

Elle semble ne pas bien comprendre et, me fixant résolument de ses yeux lumineux dans la semi-obscurité :

— Je ne suis pas fière. Moi je t'aime, Aimé.

À cet instant retentissent les sifflements du signal. Sans réfléchir, je dépose un léger baiser sur ses lèvres. Je ne l'ai jamais fait avant avec aucune femme et c'est Barthes qui m'a dit que je devais essayer de l'embrasser. Dihya ne proteste pas et j'ai même l'impression fugace qu'elle a appuyé ses lèvres contre les miennes. Elle se précipite à l'intérieur et referme sans bruit pendant que je disparais derrière les écuries pour regagner ma propre caserne. Il faudra que je remercie encore le Calife. Sans lui, cette rencontre aurait été impossible.

18

C'est mon dernier été à Sétif. Je suis d'un côté impatient de revoir les miens mais je sais que je ne suis plus le même. Après ces cinq ans passés ici, bien plus que le maniement des armes, j'ai appris à connaître une autre terre, d'autres gens finalement pas si différents de nous, même s'ils ne prient pas le même Dieu et parlent une autre langue. Quand je suis monté dans la diligence qui commençait à m'éloigner de chez moi, jamais je n'aurais imaginé ce que j'allais vivre ici. Je partais pour voir autre chose, et cela a dépassé tout ce que j'attendais ! La colonie algérienne, même pacifiée, est un monde si éloigné du mien, une terre de mélange, de contrastes, parfois violente mais si loin de la vie routinière de ma campagne. Ici, on a l'impression que tout s'invente au fur et à mesure. De mois en mois, les colons nouvellement arrivés s'installent sur les terres noires, fertiles, autour de Sétif, qui ont donné leur nom à la ville. Ils produisent du blé dur et de l'orge qu'ils envoient vers la France par le port de Bougie. Le Calife nous a dit que déjà à l'époque de l'occupation romaine, cette terre produisait beaucoup de blé. L'armée française a créé Sétif, en a fait une place sûre, tenant à l'écart la rébellion kabyle, les ouvriers sont arrivés pour bâtir, les commerçants ont proliféré en ville, se nourrissant de la présence des casernes et des fonctionnaires et enfin les colons ont investi la campagne, remplis de l'espoir d'arriver dans un pays de Cocagne. Mais quelle place reste-t-il pour les nomades et leurs troupeaux, pour les Arabes de la ville, pour les frères de Dihya ? J'ai entendu plusieurs fois, durant mes cinq années ici, notre sergent, le capitaine Vallont et des gradés des tirailleurs ou des zouaves rendant hommage à leurs ennemis kabyles. Ils parlaient d'eux comme d'hommes vigoureux et sobres, et surtout des résistants. De ravines en *hammadas*, de montagnes escarpées en gorges étroites, ils ont défendu pied à pied leur terre. Ils ont gagné des batailles mais il est évident aujourd'hui qu'ils ont perdu la guerre. Si des soldats français n'étaient pas venus conquérir ce territoire, ils continueraient à mener leur vie selon leurs règles et leurs croyances en toute liberté, mais je n'aurais jamais connu Dihya. Quand l'incertitude de mon avenir m'étreint, je me dis que ce serait mieux pour moi, que je ne me retrouverais pas dans cette situation inextricable. Mais aussitôt après je m'en veux d'avoir eu cette pensée et je ne parviens pas à imaginer la suite de ma vie sans elle.

Le 38e régiment d'infanterie de ligne auquel j'appartiens ne restera plus à Sétif. À Paris, on considère que la zone est pacifiée et que les chasseurs, les tirailleurs et les zouaves suffiront à surveiller les Kabyles refoulés dans leurs montagnes. Les conscrits comme moi qui ont terminé leurs cinq ans de service vont être démobilisés, ceux comme Barthes et le Calife qui ont opté définitivement pour la vie militaire seront affectés ailleurs. Les nouveaux conscrits du régiment ne franchiront pas la Méditerranée, ils feront leur service en métropole. Mais avant de nous renvoyer dans nos foyers, comme pour un adieu à ces terres que nous avons parcourues pendant cinq ans, nos gradés nous offrent une dernière opération d'entraînement en rase campagne. Ma première réaction est la colère. Nous allons devoir abandonner la tranquillité de la vie de caserne en ville et de plus nous allons crever de chaleur, comme l'a fait remarquer Barthes, en ce début d'été. Et surtout, je vais être privé de la présence de Dihya pendant près d'une semaine. Mon camarade me dit que cela me permettra de prendre un peu de distance et de réfléchir à ce que j'envisage pour l'avenir. Comment fait ce foutu Barthes pour voir toujours un côté positif aux choses ?

Finalement nous ne souffrons pas de la chaleur car nous marchons surtout de nuit en profitant de la période de pleine lune. « Entraînement aux déplacements nocturnes », a expliqué le sergent. On a entendu la voix au ton sarcastique du Calife :

— À ce jeu-là, on battra pas les Kabyles ni les Chaouias, ils sont bien plus forts que nous pour se glisser dans l'obscurité et ils connaissent chaque repli de terrain. Eux, même les chacals ne les entendent pas arriver, alors que nous, c'est comme si on s'annonçait avec tambours et trompettes.

— Silence dans les rangs ! a crié le sergent en entendant les rires qui fusaient autour du Calife.

— Eh voilà, les chacals sont tous partis, a rajouté le Calife à voix basse, déclenchant à nouveau des rires étouffés.

Quand nous ne trouvons pas d'arbres rachitiques pour faire un somme aux heures les plus chaudes de la journée, nous tendons des toiles sur des piquets que nous transportons dans nos paquetages. J'ai du mal à trouver le sommeil dans la journée et mon regard circule sur ces paysages que je ne reverrai plus jamais. Je les observe intensément comme pour les fixer à jamais en moi. Barthes, qui ne dort pas non plus, murmure pour ne pas réveiller nos camarades assoupis dans la chaleur diurne qui nous martèle les tempes :

— Quand tu feras la sieste au bord de ta Dordogne, tu penseras à nous, au Calife et à moi, en train d'avaler le sable du Sahara.

— Pourquoi tu ne rentres pas chez toi ? Ou alors tu viens t'installer en Périgord. Pourquoi pas ?

— Non, tu vois, cette terre, maintenant c'est ça mon pays,

je ne saurais pas vivre ailleurs. Je sais pas te dire pourquoi mais je dois rester en Algérie. C'est mon destin sans doute.

— Tout ça va me manquer aussi.

— Oui, sans doute au début et puis tu oublieras petit à petit, tu retrouveras les habitudes de là-bas. Je suis sûr que depuis que tu es ici, tu penses souvent à ce que tu as laissé au pays.

Explosent dans ma tête toutes les images de ma terre natale, le vert intense du printemps, les odeurs de feu de bois rabattus par les vents les soirs d'automne, les parties de cartes au café du Port, la messe de Noël.

— Quelle place Dihya aurait-elle dans ce monde ?

— Celle que tu lui feras. Si tu tiens vraiment à elle, tu dois la ramener.

— Des fois, je me dis que c'est de la folie.

— C'est de la folie. L'amour, c'est toujours fou, non ?

Quelques heures avant d'avoir atteint la porte de Constantine par laquelle nous sommes sortis six jours plus tôt, un messager arrive de la caserne : interdiction de rentrer dans la ville pour cause de risque d'épidémie de typhus. On va nous livrer des vivres et de la boisson et nous resterons confinés à distance tant que les mesures d'hygiène n'auront pas été mises en œuvre pour éviter la propagation de la maladie, qui ne touche pour l'instant presque que des indigènes. Une angoisse telle que je n'en ai jamais connu me saisit à la gorge : Dihya ! Me reviennent tout à coup les mots du médecin civil des colonies. Il y a trois ans de cela, il a informé à tour de rôle tous les régiments stationnés à Sétif sur les risques de maladies dans ces contrées algériennes. Leur a expliqué comment reconnaître les premiers signes du choléra et bien sûr du typhus, avec ses éruptions sous forme de points rouges qui apparaissent d'abord sur le thorax avant de couvrir tout le corps. Le médecin nous a suffisamment inquiétés pour que nous ayons pris l'habitude avec mes camarades de surveiller ces symptômes. Et maintenant je ne peux m'empêcher d'envisager la belle peau ambrée de Dihya attaquée par l'infâme maladie. Mais rien à faire pour avoir des nouvelles, impossible d'entrer dans la ville, aucun moyen de la joindre. Les tentatives de mes camarades pour me rassurer sont vaines et me traverse l'esprit l'idée que je préférerais que l'un de mes parents meure plutôt que Dihya. À peine cette pensée a-t-elle effleuré ma conscience qu'elle me fait horreur. Quel fils suis-je donc devenu ? Quel homme a fait de moi cette terre ! Mais demeure une certitude qui s'impose : je suis définitivement attaché à Dihya, plus encore que je ne le croyais.

Enfin, après une attente de quarante-huit heures qui me semble sans fin, on nous donne l'autorisation de rejoindre la caserne. Les morts ont été enterrés sous de la chaux vive, les malades regroupés à l'écart dans un hôpital de crise et toutes les casernes récurées et désinfectées au mieux. Je n'ai pas peur de la maladie, seule m'obsède la santé de Dihya. Dès que nous avons quartier libre, avec toutefois interdiction de sortir de la zone des casernes, sans plus me préoccuper de ce que pourraient penser la hiérarchie militaire ou les autres soldats, je me précipite vers le logement du père de Dihya. Personne aux alentours, la porte est fermée et je reconnais sur le bois de l'ouverture le signe peint en blanc. La maison a été désinfectée pour cause de typhus. Mes jambes ne me tiennent plus et je m'effondre sur le banc près de l'entrée. Comment savoir ? À qui m'adresser ? Je n'aperçois aucun soldat de la cavalerie que je pourrais interroger. L'inquiétude me fait suffoquer, je n'arrive plus à réfléchir et je ne vois même pas approcher un indigène, que je reconnais ensuite comme étant un autre palefrenier que j'ai souvent vu avec le père de Dihya.

— Buna, il est mort. La maladie.

— Le palefrenier, le père de Dihya ?

— Oui, celui-là.

— Et sa fille, Dihya ?

J'ai l'impression que les battements fous de mon cœur vont me tuer dans l'instant.

— Elle est partie. Ils ont fermé la maison. Je crois qu'elle dort chez des Chaouias qui ont leur tente vers là-bas.

Et il me montre la direction de la porte de Constantine. Je dois me rendre dès que possible à notre lieu de rendez-vous. J'ai besoin de la voir, d'être sûr qu'elle va bien.

J'ai pu enfin sortir hier de la ville et voir Dihya après des jours et des jours d'une attente remplie de questions et de doutes. Allait-elle bien ? Le palefrenier qui m'avait renseigné ne s'était-il pas trompé ? Après le décès de son père, pourrais-je encore la rencontrer, n'était-elle pas partie avec des Chaouias, le peuple de sa mère ? En même temps, je ne pouvais m'empêcher de penser que le principal obstacle à mes projets n'existait plus : son père était mort. J'ai couru jusqu'à notre ravine et elle était là, assise sur un rocher. D'ordinaire, elle chantonnait en m'attendant mais hier, elle était silencieuse. Quand elle m'a vu, elle s'est jetée dans mes bras en pleurant.

— Ne pleure pas, je te protégerai. Tu me connais, Dihya, tu sais que tu peux compter sur moi.

Elle n'a rien répondu mais est restée accrochée à moi comme une enfant apeurée. Quand elle a fini par retrouver un peu de sérénité, je me suis assuré que sa santé était bonne et je lui ai demandé où elle vivait puisqu'elle n'avait plus de logement à la caserne.

— Les Jermouni, des Chaouias comme ma mère me laissent dormir chez eux.

— Ils te permettront d'épouser un *roumi* comme moi, un soldat en plus ?

— Ils doivent partir bientôt vers l'est. Je ne veux pas les suivre. C'est pas ma famille. C'est toi que je veux suivre.

— Je te le promets. Je vais tout faire pour qu'on se marie et que tu viennes avec moi en France.

Dihya est seule, elle n'a plus de famille, je ne peux pas envisager de la laisser. Quand Barthes a appris que le typhus avait tué son père, il a formulé à haute voix ce que je n'osais pas dire :

— Le bon Dieu, il t'a fait un sacré cadeau en te débarrassant du père. Qui va s'opposer maintenant au fait qu'un couillon de trouffion ramène en France une petite orpheline berbère ? À mon avis, personne.

19

Je viens d'écrire à mes parents pour qu'ils m'envoient au plus vite de l'argent car il va falloir payer la diligence de Dihya, le bateau, puis le train et à nouveau la diligence jusque chez nous. Elle m'a montré les économies de son père, qu'elle a emportées avant que leur logement ne soit interdit d'accès. Mais cela suffira à peine pour le voyage jusqu'à Alger. Pour l'instant, je n'ai pas dit à mes parents à quoi était destinée cette somme. Je redoute leur réaction. Je devine leur incompréhension le jour où on leur lira la lettre annonçant que j'arrive avec une jeune épouse berbère, car il faudra bien que je les prévienne avant notre arrivée.

Peut-être auront-ils le temps de se faire à cette idée. Sans cesse, j'imagine la scène : « Dihya, voici mes parents », « Papa, maman, je vous présente Dihya ». Mais ça, il faudra que je le dise en patois, pas en français. Une autre langue que ma femme va devoir apprendre, mais je lui fais confiance, je sais qu'elle y arrivera.

Sur les conseils du Calife, j'ai demandé à rencontrer le commandant de l'infanterie de ligne à laquelle j'appartiens. Mon camarade m'assure que je vais devoir me marier, du moins civilement, si je veux ramener légalement et sans difficulté Dihya en métropole. Moi, Aimé Faure, natif de Groléjac, simple soldat, me retrouver dans le bureau du commandant ! Ce n'est pas la même peur que lorsque nous avons été attaqués par les Kabyles dans la montagne, mais cet homme m'impressionne et plus encore je crains ce qu'il va me dire. Et s'il essaye de me dissuader d'épouser Dihya, quels arguments à part le fait que je l'aime, vais-je pouvoir avancer ? Barthes n'est pas vraiment rassurant :

— C'est sûr qu'il va tenter de te faire renoncer à elle. Les unions comme ça, personne n'en veut en ce moment.

Le Calife m'a été d'une meilleure aide :

— Insiste bien sur le fait qu'elle n'est pas arabe mais berbère, à leurs yeux c'est un peu moins pire. Dis-lui aussi qu'elle est seule, qu'elle n'a plus aucune famille. Si c'est un bon chrétien, il peut penser que tu fais œuvre de charité et qu'en plus elle va se convertir à la religion chrétienne dès que vous serez en France. C'est positif ça, une âme sauvée par la conversion.

Je sens bien toute l'ironie des propos de notre camarade mais je retiens soigneusement la leçon car je sais qu'il a raison.

L'aide de camp du commandant m'a fait asseoir dans l'entrée sur une banquette de bois en attendant d'être introduit dans son bureau. Je suis tellement crispé que je n'en ressens même pas l'inconfort. Les fenêtres sont largement ouvertes, car après la période de fortes chaleurs, l'air est plus respirable. Je suis monté jusqu'à ce bâtiment qui se trouve un peu à l'écart des casernes, sur la partie la plus haute de la ville où s'élevait autrefois le fort byzantin, m'a expliqué le Calife. La vue depuis le jardin qui l'entoure est effectivement la plus plaisante de Sétif ; on domine toute la ville vers le sud avec en fond les montagnes du Djebel Boutaleb, tandis qu'au nord le regard porte jusqu'aux sommets du djebel El Babor. L'état-major a bien choisi son lieu de travail et de résidence ! Je pénètre enfin dans le bureau du commandant, essayant de me souvenir de tous les conseils du Calife. Je salue et me présente :

— Soldat Aimé Faure, 38e régiment d'infanterie de ligne, mon commandant.

— Repos, soldat, me répond-il sans lever les yeux des feuilles placées devant lui sur son bureau, et sans m'autoriser à m'asseoir sur la chaise qui se trouve devant moi.

Étrangement, la pièce est divisée en deux espaces, la partie européenne où se trouve la grande table de bois aux pieds chantournés sur laquelle il travaille, accompagnée d'un fauteuil du même style, que mon père qualifierait de « bien ouvragé », avec derrière lui une bibliothèque remplie de beaux livres reliés. Mais dans un renfoncement de la pièce à ma droite est installé un salon arabe avec plateau de cuivre et divan bas recouvert de coussins de cuir ! Cette vision me redonne un peu confiance. Après tout, le commandant n'est peut-être pas hostile aux populations indigènes et ne verra rien à redire à mon union avec Dihya ? Il lève enfin la tête :

— Je vous écoute, soldat.

Tout à coup la peur m'a presque quitté et je lui expose avec calme et, me semble-t-il après coup, détermination, ma volonté d'épouser Dihya. Il écoute mes explications avec une moue de dédain puis finit par demander :

— Vous voulez épouser une orpheline berbère, la ramener chez vous et la convertir, c'est ça ?

— Oui mon commandant, c'est bien ça.

— Vous savez que là-bas, ce ne sera facile pour personne, ni pour elle ni pour vous.

— Oui mon commandant. Elle le sait aussi mais elle est d'accord.

— Après tout, ça fera une rebelle de moins dans les montagnes, marmonne-t-il, avant de rabaisser les yeux sur les documents éparpillés sur son bureau.

Puis, sans m'adresser un regard, il appelle son aide de camp.

— Rédigez pour ce soldat une autorisation d'épouser une indigène et qu'il revienne la chercher quand elle sera signée.

— Merci mon commandant. Bonne journée, mon commandant.

Il ne me répond pas, ne lève pas la tête. En sortant de son bureau, je me dis que finalement, malgré son salon il n'est peut-être pas « arabophile », mais ça m'est égal, je vais pouvoir épouser Dihya. Rien d'autre n'a d'importance.

Fort du papier qui m'autorise à épouser « mademoiselle Dihya de la famille des Ouled Riah par son père et de la famille des Kherchaoui par sa mère », j'ai réussi à obtenir pour elle un réduit où elle peut dormir en attendant que nous quittions Sétif, dans l'annexe des cuisines. Notre mariage est prévu à la mairie de la ville dans une semaine. Le bureau de la caserne m'a fourni tous les documents nécessaires. Pour Dihya, c'est le bureau de la cavalerie des chasseurs d'Afrique qui lui a délivré une attestation disant qu'elle était « fille de Buna Ouled Riah, palefrenier de la caserne, décédé du typhus ». J'ai appris à Dihya tout ce que je savais et maintenant, elle lit presque plus vite que moi et se débrouille assez bien pour écrire, c'est même elle qui signale mes fautes d'orthographe parfois. Je serai fière d'elle à Groléjac !

Avant notre mariage, Dihya tient à se rendre au hammam pour y accomplir les rituels auxquels les femmes d'ici se soumettent avant de convoler. Même si ce n'est pas très cher, je lui suggère de faire cette économie sur notre maigre budget et de ne pas s'y rendre. Mais elle réagit en me demandant sur un ton un rien moqueur :

— Tu ne veux pas que j'y aille ? Tu as peur ?

— Comment ça, peur ? Peur de quoi ?

— Tu ne sais pas… le risque quand on va au hammam ?

— Je ne sais pas de quoi tu parles, Dihya…

— On dit qu'il ne faut pas aller aux bains juste après le passage des hommes, qu'on peut attraper un bébé. Tu as peur que j'attrape un bébé et que ça te fasse des problèmes avec tes chefs ? Moi tu sais, je suis intacte. Et je ferai attention au hammam.

Je suis tout à coup très mal à l'aise et je ne sais pas quoi répondre à Dihya. Elle m'a déjà dit qu'elle n'a pas connu d'homme et je la crois. Mais elle me surprend parfois par sa façon très libre de parler de certains sujets que chez moi, nous n'avons pas l'habitude d'évoquer. Est-ce dû à son jeune âge ou au fait qu'elle vient d'une autre culture avec d'autres habitudes ? Moi, je l'aime et ne lui en tiens pas rigueur, et puis j'ai vécu cinq ans ici, mais ma famille, comment réagira-t-elle au comportement inhabituel de Dihya ? Je finis par lui répondre :

— Oui, oui, va au hammam, si c'est important pour toi.

Quand je la revois deux jours plus tard, après son passage aux bains maures, elle me semble préoccupée.

— Ça ne s'est pas bien passé au hammam ? Les filles ne t'ont pas accompagnée ?

Je savais que quelques jeunes filles et femmes kabyles ou chaouias devaient partager ce rituel avec elle.

— Si, mais elles se sont moquées de moi parce que je ne vais pas me donner à mon mari le soir du mariage.

C'est vrai que j'ai demandé à Dihya que nous soyons mari et femme seulement quand nous serons arrivés chez nous. Je ne souhaite pas attendre qu'elle soit convertie, car je sais que ce serait long, et ni elle ni moi ne sommes prêts à ce sacrifice. Je suppose que nous serons amplement critiqués par le voisinage pour cela, mais tant pis. Non, je veux juste qu'entre Dihya et moi, pour la première fois, cela ne se passe pas à la sauvette, derrière un buisson. Je la prends dans mes bras pour la consoler :

— Elles ne savent rien, ces idiotes, ne t'occupe pas de ce qu'elles disent.

— Elles m'ont dit aussi que je ne devrais pas devenir chrétienne, parce que votre religion est faible.

— Comment ça ?

— Elles disent qu'elle est faible parce que les Français eux-mêmes ne la respectent pas.

— Elles comprennent rien, ne les écoute pas Dihya. Dans trois jours, on se marie.

Nous sommes à peine rentrés dans le bureau de la mairie que nous sommes ressortis, la cérémonie terminée. Nous avons échangé nos consentements devant quelqu'un qui n'était pas le maire, même s'il portait les couleurs de la République. Sans doute avait-il jugé qu'il n'allait pas perdre son temps à marier un simple trouffion qui convolait avec une indigène ! Son adjoint n'était guère respectueux non plus, et il a bâclé les formalités et nous a mis dehors sans le moindre mot de félicitations. Je me suis juré que notre mariage religieux à Groléjac, une fois que Dihya serait convertie, serait une grande et belle cérémonie. Nous nous retrouvons sur le trottoir avec mon témoin Barthes et le Calife, celui de ma femme, ne sachant trop quoi faire. Nous savons tous que Dihya ne peut entrer dans aucun café, pas plus indigène que *roumi*, pour célébrer notre union. Alors le Calife a une bonne idée. Nous achetons des gâteaux, des fruits encore variés en cette fin d'été, de la limonade pour Dihya et du vin pour nous, et nous sortons de la ville pour nous installer dans la ravine de nos rendez-vous clandestins, à l'abri des regards réprobateurs, pour fêter notre union. Le Calife soupire :

— Le jour où les Français et les indigènes pourront partager une table dans un local public, l'humanité aura fait un grand pas en avant !

J'ai l'impression que les dernières semaines passées à Sétif s'écoulent presque trop vite. J'ai pourtant hâte de ramener Dihya chez nous, de la présenter à ma famille, que nous soyons enfin mari et femme. Mais je sens bien que j'ai du mal à accepter cette idée que plus jamais je ne reviendrai ici, que ces cinq ans de ma vie auront été une parenthèse qui se referme pour toujours. Parfois il me vient une angoisse : et si, comme Barthes, je ne parvenais pas à reprendre pied sur ma terre natale ? J'aurais alors la possibilité de revenir à Sétif comme menuisier-charpentier. Il m'arrive parfois d'essayer d'imaginer ce que serait notre vie ici. Pas facile sans doute. Quelle communauté nous accepterait ? Pourtant, je me raccroche parfois en pensée à cette possibilité car elle me permet de tenir à distance la tristesse qui m'étreint de quitter à jamais cette terre. Dihya n'évoque jamais ses craintes face à l'avenir, ou son chagrin de devoir laisser son pays, alors un jour, je lui pose la question :

— Ça doit être difficile pour toi de partir ?

— Je suis heureuse de partir avec toi.

— Mais… quitter la terre où tu es née…

— Je n'ai plus personne ici. Ma famille maintenant, c'est toi et les tiens.

J'hésite à lui dire les choses aussi durement :

— Tu sais que… tu ne reviendras sans doute jamais ici.

Elle me fait face, ses yeux chargés d'incompréhension braqués sur moi :

— Pourquoi tu me dis ça, Aimé ? Bien sûr que je le sais. Mais maintenant, toi et les tiens, vous êtes ma famille, la France est mon pays et ton village est mon village.

Je ne réponds rien mais je me dis à part moi que son jeune âge doit la rendre inconsciente des difficultés qui l'attendent là-bas. Il est vrai aussi que dans sa situation, elle n'a pas d'autre choix que de se trouver un mari rapidement. Alors, pourquoi pas le *roumi* ? M'aime-t-elle vraiment autant que je l'aime ? Peut-être m'aime-t-elle différemment ? Je ne sais rien des liens amoureux chez les Berbères. Je me sens investi d'une énorme responsabilité : aider Dihya à s'habituer à la France, la rendre heureuse, faire que ma famille et le village l'acceptent. Vais-je y parvenir ? Comme Barthes me le répète souvent, je ne choisis pas la facilité. Mais j'ai l'habitude de lui répondre que je n'ai rien choisi, que les choses sont arrivées comme ça. Quand je repense à l'Aimé Faure qui quittait Groléjac cinq ans plus tôt, je le trouve naïf, inexpérimenté, fermé sur sa petite vie dans son coin de campagne et, pour tout dire, assez bêta.

Mes parents m'ont fait parvenir l'argent que je leur demandais et je suis allé le chercher à la banque. Avec l'aide du Calife, j'ai fait les démarches pour retenir la place de Dihya dans la diligence qui la conduira à Alger puis le passage sur le bateau. Nous savons quel jour nous allons quitter Sétif et le commandement a bien voulu me communiquer le nom du bateau sur lequel je dois voyager et le jour d'embarquement. Ainsi Dihya et moi devrions quitter Alger le même jour pour la même traversée. J'ai reçu également une lettre de mes parents s'étonnant que j'aie besoin d'argent car ils pensaient que l'armée payait la traversée de retour. « Ils te doivent bien ça, non ? » avaient-ils fait rajouter au neveu qui rédigeait les lettres pour eux. Cette fois, je ne peux plus reculer, je dois les prévenir que je rentre avec une épouse et c'est ce que je fais aussitôt pour être sûr que la lettre arrivera un peu avant mon retour. Je leur explique qui est Dihya, quelle est sa situation. Je les assure que c'est une personne intelligente qui sait déjà écrire le français, travailleuse, aimable et qui saura se faire apprécier de tous. Je ne dis rien concernant la religion. Je précise que nous sommes déjà mariés mais sans parler de mariage civil et pour calmer ma mère, je parle d'une fête que nous pourrons organiser pour célébrer l'événement avec la famille et les proches. J'imagine aisément la colère de ma mère : avoir été tenue à l'écart à ce point de la vie de son fils, n'avoir pas eu son mot à dire ! J'espère seulement que nous aurons bientôt des enfants, c'est quelque chose qui apaisera sans doute sa rancœur. Je fais corriger ma lettre par le Calife pour être sûr que tout est bien dit, et clairement compréhensible.

Ce qui aurait dû être une période de bonheur, la fin de mon service militaire, le retour chez moi, s'avère un temps qui oscille entre le chagrin de quitter Sétif et l'inquiétude de ma vie future avec Dihya à Groléjac. Je me réveille en sursaut la nuit, préoccupé par l'idée de Dihya vivant dans la maison familiale. Je vais reprendre mon travail à l'atelier auprès de mon père, me déplacer pour un chantier chez les clients pour des journées entières et laisser Dihya seule avec ma mère. Et si elle ne la traitait pas bien ? Je me souviens de cette conversation avec Barthes il y a plusieurs années, à l'époque où je connaissais à peine Dihya, où il affirmait que les mères sont toujours jalouses des femmes qui leur volent leur fils. Et moi, en plus, je ramène une étrangère !

20

Est arrivé le jour où j'ai dû dire au revoir à Dihya. Nous, les soldats du 38e d'infanterie de ligne, nous faisons le trajet de retour à pied jusqu'à Alger, et mon épouse attendra quelques jours avant de quitter Sétif car son voyage en diligence sera plus rapide que le nôtre. Tout à coup, je doute. Et si elle revendait le billet, restait à Sétif ou bien rejoignait ses frères kabyles dans les Bibans ou la tribu chaouia de sa mère, en route vers les Aurès ? Si, au moment décisif, elle changeait d'avis, incapable d'affronter l'avenir que je lui propose, si plein d'inconnu pour elle ? Nous devons quitter la caserne demain matin, j'ai vu Dihya tout à l'heure, elle m'a assuré qu'elle serait à Alger pour embarquer avec moi, mais je ne peux pas m'empêcher de douter. Tous les adjectifs dont se gargarisent les colons pour qualifier les indigènes, menteurs, fourbes, incapables de droiture, me reviennent. Si seulement elle avait pu accompagner le convoi de soldats qui va suivre la même route empruntée cinq ans plus tôt en sens inverse… Après tout, Dihya est robuste, capable de marcher de jour comme de nuit, à l'image de ses frères kabyles. Mais le règlement interdit qu'un civil circule avec la troupe, à plus forte raison une femme indigène. Et Barthes s'est moqué de moi : « Tu as besoin de l'entraîner, tu vas t'en servir comme bête de somme au pays ? » Cette remarque m'a profondément vexé, j'aime et je respecte trop Dihya pour seulement imaginer que je puisse la traiter ainsi. Je dois lui faire confiance. Je la retrouverai à Alger, près de la caserne Pélissier. Le sommeil me fuit durant cette dernière nuit à Sétif et le premier appel à la prière de l'aube, précédant de peu la sonnerie du clairon, me surprend déjà éveillé. À aucun moment je n'avais imaginé que ce serait si dur de laisser pour toujours le quartier des casernes avec ses avenues arborées, ses grandes cours derrière leurs murailles, ses bâtiments imposants édifiés en si peu de temps ! Je ne pensais pas que j'aurais les larmes aux yeux quand je laisserais derrière moi les rues commerçantes où, malgré l'heure matinale, se croisent charrettes tirées par des ânes, riches calèches, passants vêtus de djellabas, femmes arabes voilées voisinant avec des Européennes chapeautées à la dernière mode de Paris. Quand nous avons franchi la porte d'Alger, je me retourne pour voir encore une fois cette ville où ma vie a basculé, où j'ai connu Dihya. Même Barthes n'a pas l'humeur à la plaisanterie :

— Je ne crois pas qu'on retrouve jamais un cantonnement aussi sûr et plaisant.

— C'est certain que dans le Sahara, nous n'aurons pas ça, répond le Calife, désignant l'allée de peupliers que nous longeons en nous éloignant de la ville.

Mon regard se perd tantôt d'un côté tantôt de l'autre de la route, vers l'oasis, et ses jardins tant de fois parcourus dans le gargouillis des séguias avec mes camarades ou Dihya. Mesurant mon émotion, ils ne disent rien et nous marchons en silence.

La vie militaire m'a endurci et je parcours les Hautes Plaines puis les défilés d'un pas égal, sans ressentir de fatigue, tantôt tourné vers le passé – tous ces souvenirs restés prisonniers des murailles de Sétif –, tantôt vers l'avenir. Je fais et refais sans cesse la scène de notre arrivée à la maison de Groléjac, je tente d'imaginer ce que sera notre existence là-bas. Cinq ans, ce n'est pas si long que ça à l'échelle d'une vie, et pourtant tellement de choses ont changé. La grand-mère Mélanie n'est plus là, mon jeune frère ne dort plus à la maison mais chez son patron où il doit se lever très tôt pour apprendre à pétrir le pain. Pour l'instant, mes parents sont seuls dans la maison familiale et bientôt nous serons quatre. Quels seront mes rapports avec mon père ? Quand je suis parti il décidait de tout, je n'étais qu'un jeune garçon qui ne connaissait rien et celui qui revient est un homme qui a connu bien d'autres choses que son village, qui a appris, qui sait maintenant plus que son père. Avec le recul, la vie que nous menions là-bas avant mon départ me semble étriquée. Comment faire changer les choses sans brusquer mes parents ? Chaque soir au campement, j'écoute le hurlement du chacal et je sais que, rentré dans mon Périgord, le soir, je tendrai l'oreille en vain. Jusqu'au jour où j'en aurai oublié le son. C'est ce que me dit Barthes. Mais pourtant lui n'a pas oublié le tintement des sonnailles des troupeaux de son Aveyron natal qu'il n'a pas entendu depuis des années. Durant les heures de marche, je reste taciturne et Barthes s'adresse au Calife pour avoir un peu de conversation :

— Tu crois pas qu'on aurait dû demander un cantonnement sur la côte ? Avec notre ancienneté, on l'aurait eu.

— À Alger ? Non, ça ne me dit rien, il y a trop d'Européens.

— Non, je voulais dire quelque chose de plus petit, comme Bougie ou Bône. Il paraît que le climat y est bon, tu as la mer. Il fait un temps doux toute l'année.

— Moi, la mer, ça me rappelle la France qui est juste de l'autre côté. Et j'ai pas envie d'y penser. Je préfère aller vers le sud, m'en éloigner encore.

— Si ça continue, on finira chez les Nègres, au sud du fleuve Sénégal...

— Et pourquoi pas ?

— Oui, tu as raison, pourquoi pas, ça doit être quelque chose à voir, là-bas aussi.

Un instant je les envie d'avoir encore autant de découvertes devant eux. Mais ce n'est pas mon destin. Je suis marié, je dois subvenir aux besoins de ma femme et reprendre l'atelier de mon père. Il n'y a pas d'autre avenir pour moi.

Quand nous sortons de la caserne Pélissier pour nous diriger vers le port et prendre le bateau, le soulagement et le bonheur me font quitter le rang, oubliant que je suis encore un soldat, pour me précipiter vers Dihya qui est là à m'attendre. Un instant j'ai du mal à la reconnaître car elle porte les vêtements européens que je lui ai achetés et qui la vieillissent, une jupe froncée, un chemisier à rayures boutonné jusqu'au cou et un gros châle bleu que pour le moment elle garde sur le bras car l'automne est clément à Alger. Près d'elle, une petite valise qui doit contenir les quelques souvenirs des premières années de sa vie qui vont prendre fin sur ce quai du port d'Alger. Nous descendons vers la mer, Dihya suivant la colonne d'appelés du contingent qui regagnent la France. Barthes et le Calife, qui attendent à la caserne Pélissier le départ vers leur nouvelle affectation, ont promis qu'ils seraient sur le quai pour le départ. Et ils sont déjà là quand nous approchons de la passerelle d'embarquement. Les choses se précipitent, un sergent nous presse de monter. J'embrasse mes camarades plusieurs fois très vite, nous nous promettons de nous écrire. En me retournant, je les vois embrasser aussi Dihya qui sourit. Depuis le bastingage, je surveille qu'elle embarque sans encombre et c'est le cas. Elle est sur le même bateau que moi ! Dans le joyeux désordre qui précède le départ, elle parvient à se faufiler près de moi. Les sirènes du paquebot le *Ville d'Alger* retentissent une dernière fois, puis on enlève les passerelles. Je regarde furtivement Dihya qui reste fascinée par le spectacle de la ville, les beaux bâtiments du front de mer édifiés par la colonie, la mosquée de la Pêcherie sur la droite et la cascade de maisons blanches de la Casbah. Elle ne semble pas triste ni même émue, juste curieuse et émerveillée. Tout à coup, j'ai envie de la protéger : elle me paraît si jeune, si fragile.

TROISIÈME PARTIE

Dihya Jeanne

21

Madame Joséphine m'a demandé de vider et de nettoyer les tiroirs du grand meuble de la cuisine. « Pas celui où on met la vaisselle, l'autre », a-t-elle précisé. Tout le monde l'appelle la Phine mais moi, je lui dois le respect, c'est ma belle-mère. Je commence à assez bien comprendre le patois et je le parle même un peu. Au début, ça l'agaçait de ne pas pouvoir me donner ses ordres directement et de devoir passer par Aimé car, elle, elle ne parle pas le français. Je comprenais bien au ton de leurs conversations que mon mari ne me traduisait pas tout ce qu'elle disait sur moi, qui ne devait pas être toujours très aimable, mais j'acceptais la situation. Après tout, son fils lui avait ramené une étrangère à la maison. Alors je faisais de mon mieux, je travaillais, je faisais tout ce qu'elle me disait sans jamais protester. Et il me semblait lire parfois dans son regard comme un étonnement, quelque chose comme : « Cette fille, elle est solide quand même et obéissante, elle ne rechigne jamais. » Mais elle n'allait pas jusqu'à me féliciter ou faire preuve d'une quelconque affection, elle ne me remerciait même pas pour toutes les tâches que j'accomplissais. Je devais oublier que j'étais une Berbère, une Imazighen qui avait appartenu à un peuple libre, et devenir une Française.

J'ouvre les tiroirs. C'est un meuble que je n'ai jamais touché alors que cela fait presque trois ans que j'habite Groléjac. Il contient des papiers, certains pliés plusieurs fois sur eux-mêmes, attachés par une ficelle. Je déchiffre au passage les mots « maître », « notaire », et une date. Je suppose qu'il s'agit d'actes de propriété mais je n'ose pas les déplier. La famille d'Aimé est relativement prospère comparée à certains petits propriétaires ou, pire, aux ouvriers agricoles qui s'emploient à la saison dans les fermes. Tous les Français ne sont pas riches. Aimé me l'avait dit et c'est vrai que j'ai trouvé le village de Groléjac assez démuni comparé à la belle ville toute neuve de Sétif. Et mon mari m'affirme qu'il y a en France des régions bien plus pauvres que ces bords de Dordogne relativement ouverts et prospères. Il affirme que les vallées ont toujours été plus riches.

Je continue à déposer le contenu des tiroirs sur la table avant de les débarrasser de leur poussière. J'ai encore du temps devant moi, notre fils Henri fait sa sieste de bébé dans notre chambre. Le dernier que j'ouvre ne contient presque rien. Sur le dessus, une feuille que je déchiffre. Je saisis toutes les occasions de lire pour ne pas oublier ce que j'ai déjà appris. Le papier s'intitule « Certificat de bonne conduite ». Il est au nom d'Aimé Faure dont je reconnais la description : « né à Groléjac, canton de Domme, cheveux, sourcils et yeux châtains, front étroit, nez long bossu, bouche moyenne, menton rond, visage ovale. Signe particulier : teint clair ». Quand nous nous sommes rencontrés, il avait l'habitude de me dire : « Comment je peux te plaire, je ressemble à un grand dindon déplumé ! » À cette époque-là, je ne parlais pas assez bien le français pour comprendre vraiment et je n'avais jamais vu de dindon ! Le certificat a été établi par le 38e régiment d'infanterie de ligne à Sétif. Et tout à coup, je suis là-bas. La feuille tremble un peu dans mes mains. Depuis que nous sommes à Groléjac, Aimé évoque assez souvent cette ville et ces années où nous nous sommes connus, comme s'il ne voulait pas les oublier. Moi, je m'y refuse. Je veux vivre dans mon présent. Il me semble plus enviable que mon passé. Mais là, tout à coup, je pourrais presque entendre les conversations et les appels dans les rues où se mêlent français, arabe et kabyle, ma langue. Les odeurs d'épices et de crottin, la brûlure du soleil d'été, le clapotis des fontaines. Tout cela me submerge et me noie comme une vague que j'aurais maintenue à distance et qui briserait une digue brutalement.

Je ne sais pas combien de temps je suis restée perdue dans mes souvenirs. C'est madame Joséphine qui me ramène au présent : « Comment, tu n'as pas encore fini ! Après, il faut que tu désherbes les salades et que tu les arroses. » Au début, je ne comprenais pas toujours les mots de patois qu'elle utilisait et je voyais bien que ça l'agaçait. Elle haussait les épaules et soufflait d'un air impatient. Mais je ne parvenais pas à lui en vouloir de ne pas parler le français. Après tout, c'était comme pour nous, les Berbères, on voulait nous obliger à parler arabe ou français mais ce n'était pas notre langue. Pendant que je m'occuperai du jardin, elle surveillera Henri qui commence à se traîner sur le ventre et bientôt sera sur ses deux jambes. Elle l'installe sur une couverture à l'ombre et tout en faisant du travail de raccommodage le surveille pour ne pas qu'il aille au soleil ou pour l'empêcher de se rapprocher des rives de la Germaine, même si en ce moment il n'y coule pas beaucoup d'eau. Si je me dépêche d'en terminer avec les corvées je pourrai peut-être les rejoindre et profiter un peu de mon fils. Je sais que j'ai marqué des points, c'est l'expression qu'a utilisée Aimé, quand Henri est né. Un fils, c'est comme chez nous, c'est toujours une bénédiction. Même le père d'Aimé qui ne m'adressait guère la parole avait souri ce jour-là. Au moins, l'étrangère avait été capable de faire un garçon ! Par chance il était né assez vite et était venu améliorer la situation à la maison.

La première année de notre arrivée, les choses ne se passaient pas bien. J'avais compris, même si je ne connaissais pas encore leur langue, que ma belle-mère ne voulait pas que nous habitions la même maison qu'elle. Elle me fixait parfois avec une mine de dégoût, comme si j'avais été sale ou puante.

Je baissais les yeux. J'avais connu des situations bien pires dans ma vie, Aimé me donnait une sécurité que je n'avais jamais connue auparavant. À Groléjac on mangeait à sa faim, on dormait au chaud, il n'y avait pas de danger et les seuls coups de feu que l'on entendait étaient ceux des chasseurs de bécasses, de palombes ou de lièvres. Mon mari était un homme doux, qui ne me battait pas, qui était respectueux. Pour rien au monde je n'aurais voulu changer de vie.

Un soir où nous étions dans notre chambre, peu de temps après notre arrivée, Aimé était soucieux et avait fini par m'avouer que sa mère ne voulait pas vivre sous le même toit que moi. Soit il me renvoyait chez moi, soit nous allions habiter ailleurs. Un grand froid s'était abattu sur moi. Aimé allait céder à sa mère. Je l'avais déjà senti faible devant elle. Mais à mon grand soulagement, il m'affirma que jamais il ne se séparerait de moi et qu'elle allait s'habituer. Et puis, selon ce qu'Aimé me rapporta plus tard, son père avait mis en avant l'intérêt financier qu'il y avait à poursuivre la cohabitation dans la maison qui était assez vaste pour la famille, même si elle s'agrandissait avec des enfants. Si nous partions, il fallait louer ou construire un autre logement. Des frais inutiles, selon le père d'Aimé. Je crois qu'il ne m'aimait pas non plus, qu'il aurait préféré une autre épouse pour son fils, mais nous n'avions pas l'occasion de nous voir beaucoup. Avec Aimé, ils passaient leurs journées dans l'atelier ou chez les clients. Après le dîner, l'hiver, il s'asseyait près du feu dans le *cantou*, l'été devant la porte ou bien dans l'herbe près de la Germaine, les soirs de canicule, et il somnolait, fatigué par sa journée de travail. Le dimanche, il allait jouer aux cartes dans les cafés de la rue du Port.

Par contre nous étions, avec madame Joséphine, toute la journée ensemble à la maison. Aimé avait protesté quand elle avait exigé que je l'appelle ainsi, avec cette excessive politesse, « madame Joséphine ». Mais elle avait déjà perdu la guerre face à moi puisque je vivais chez elle, elle n'allait pas perdre une bataille de plus. Aimé m'avait traduit la formule de politesse en français pour que je comprenne bien quel traitement elle exigeait de moi. Il trouvait que c'était déplacé et méprisant pour moi : « Tu n'es pas sa servante », m'avait-il dit Je l'avais calmé. « Toi, tu ne me traites pas comme une servante et c'est tout ce qui compte. » Les choses s'étaient apaisées. Peut-être aussi que le curé a joué un rôle là-dedans car c'est le moment où j'ai commencé à aller au catéchisme pour préparer ma conversion, afin que nous puissions nous marier religieusement, car c'était pour ma belle-mère un grand sujet de honte : nous dormions dans le même lit sans être vraiment mariés, du moins devant Dieu, puisque nous l'étions devant les hommes depuis Sétif. Je sentais bien que le sujet chagrinait aussi mon mari depuis que nous étions à Groléjac. Je me rendais compte qu'à Sétif, sous l'influence de ses amis Barthes et le Calife qui n'étaient pas croyants, il n'avait pas vraiment réfléchi à ce que serait la vie maritale avant que nous ne puissions passer ensemble à l'église. La religion chrétienne est pour cela bien différente de la mienne, il fallait plus d'un an de préparation avant que je ne puisse être vraiment une chrétienne ! À notre arrivée à Groléjac, je savais que cela poserait un problème, nous en avions parlé avec Aimé. La maison possédait assez de pièces pour que nous ne dormions pas dans la même tant que leurs croyances ne m'y autorisaient pas vraiment. Mais mon mari refusa tout net cette solution qui aurait amadoué sa mère. Il préféra affronter sa désapprobation et, je suppose, celle de tout le village au courant de la situation. Son envie de mon corps était telle qu'il ne voulait plus attendre. Nous nous connaissions depuis plusieurs années, pendant le voyage nous avions été comme frère et sœur et jamais il n'avait essayé de posséder mon corps. Mes camarades de Sétif qui m'accompagnaient au hammam avaient bien ri de moi pour cela. Je n'étais qu'à moitié mariée, disaient-elles ! Mais en arrivant chez lui, mon mari était décidé à le devenir totalement et c'est ce qui se passa. Nous partageâmes la chambre dès le premier soir et ma belle-mère en fut choquée pour le restant de ses jours.

Je crois pouvoir affirmer, maintenant que je la connais mieux, que sa préoccupation n'était pas tant Dieu que le qu'en-dira-t-on. Je remarquai qu'une expression, que je ne comprenais pas au début, revenait souvent dans ce qu'elle disait : « Mais qu'est-ce qu'on va dire ! » Et puis, quand j'ai commencé à connaître le patois, je me suis souvenue que cette même préoccupation existait chez nous, à l'intérieur d'un clan ou d'un village. Nous n'étions pas si différents sur certains plans. Nos habitudes en revanche n'étaient pas toujours les mêmes. Elle m'avait interdit par exemple de nettoyer le sol à grande eau. J'avais toujours vu les femmes déverser un seau d'eau sur la terre battue des gourbis, ou à la caserne sur les carrelages et je faisais de même. Madame Joséphine avait hurlé la première fois qu'elle avait vu les flaques sur le plancher de bois de la cuisine. Elle s'était précipitée sur moi et j'avais cru qu'elle allait me battre. Mais non, elle avait crié un bon moment et, une fois sa colère un peu calmée, elle m'avait expliqué que tous les jours on ne passait que le balai. Frotter le plancher avec une brosse et du savon ne se faisait qu'une fois par an, l'été, quand il faisait chaud et que ça séchait facilement. Je m'étais bien gardée de répondre, mais je m'étais dit qu'à Sétif il faisait bien aussi froid qu'ici. Je trouvais le sol dégoûtant et je surveillais pour qu'Henri ne s'y traîne pas trop à quatre pattes.

22

— Ne traîne pas en chemin. Cet après-midi, on a de l'ouvrage. Tu as bien compris, il faut qu'on finisse de préparer les canards gras. Et comme tu sais rien faire et qu'il faut que je te montre tout, ça prend encore plus de temps, grommelle madame Joséphine.

Si je pouvais prendre la jardinière et le cheval, j'arriverais beaucoup plus vite à l'église de Groléjac, mais même quand les hommes ne partent pas avec la charrette chargée de matériel chez un client et que le cheval reste à l'écurie, je ne l'utilise pas. Ça m'est égal, j'ai l'habitude d'aller à pied. Toute ma vie, je me suis déplacée ainsi, à Sétif mais aussi avant quand j'étais enfant chez les Aït Abbas dans les montagnes des Bibans. Suivre le cours de la Germaine puis grimper jusqu'à l'église n'est rien comparé à ce que les enfants berbères gardiens de chèvres et de moutons parcourent chaque jour dans leurs montagnes !

La première fois que j'ai rencontré le curé, madame Joséphine m'a accompagnée pour me présenter et, ce jour-là, nous étions confortablement assises côte à côte sur le banc de la jardinière. Cela ne faisait que quelques mois que je vivais à Groléjac, ou plus exactement au hameau de La Mouline où se trouve la maison d'Aimé. C'était un matin de brouillard mais, enveloppée dans les vêtements chauds que m'avait procurés ma belle-mère, je ne sentais pas l'humidité glacée du matin, tout occupée à observer tout ce qui s'offrait à moi comme nouveautés, les maisons de pierre disséminées le long du chemin, les prairies et les forêts épaisses, les boutiques lorsque nous approchions du port sur la Dordogne. Je serais volontiers ce matin-là retournée sur ses rives. Aimé m'y avait accompagnée un dimanche, peu de temps après notre arrivée. Je n'avais jamais vu auparavant de rivière aussi grande et j'étais restée fascinée par la largeur de son lit et son courant qui s'engouffrait sous la passerelle.

— Et pourtant les eaux sont basses en cette fin d'été, elles ne sont même pas marchandes, m'avait expliqué Aimé en français.

— Qu'est-ce que ça veut dire ?

— Qu'il n'y a pas assez d'eau pour que les gabares, les bateaux qui descendent, puissent circuler et aller jusqu'à Bordeaux, en transportant le bois qui vient de plus haut, de vers la montagne.

Mais le matin où je devais rencontrer le curé pour la première fois, pas question bien sûr d'aller jusqu'au port. Nous sommes montées directement à l'église qui domine la partie la plus ancienne du village. À notre arrivée, il nous a fait traverser le lieu saint pour entrer dans son logement qui est attenant, qui s'appelle un presbytère, je l'apprendrais plus tard.

Je ne sais pas ce que se sont dit le curé et ma belle-mère car je ne comprenais pas encore assez leur patois. Mais je pense qu'elle a dû entre autres lui transmettre le souhait d'Aimé que je sois baptisée sous le nom de Jeanne. Il m'avait expliqué que c'est une sainte mais aussi une guerrière qui avait résisté aux ennemis des Français, tout comme Dihya la Berbère s'était battue contre ses ennemis arabes. Leur conversation s'est déroulée en patois mais à un moment, le curé a dit en français :

— Nous allons lui apprendre le français à travers les Saintes Écritures.

Je n'ai pu m'empêcher de rétorquer :

— Je parle déjà français.

Le prêtre, éberlué, a regardé, interrogatif, ma belle-mère qui a pris son air de contrariété maximale. Et j'ai cru bon de préciser :

— C'est Aimé qui m'a appris un peu à Sétif. À parler, à lire et à écrire.

— À lire et à écrire ?

Le curé était interloqué. Je ne comprenais pas pourquoi. Cela allait plutôt, me semblait-il, faciliter la tâche pour l'apprentissage du catéchisme. Ma belle-mère, vexée d'être exclue de la conversation, nous a laissés pour la première leçon. Elle descendait au village pour quelques emplettes et repasserait me prendre ensuite.

Le curé m'a expliqué alors qu'il aurait aimé m'apprendre le français lui-même avec ses méthodes. J'entrevoyais qu'il aurait pu ainsi choisir ce qu'il m'apprenait et ce qu'il me laissait ignorer, et sans aucun doute ce n'étaient pas les mêmes choses que celles que j'avais apprises en compagnie des amis d'Aimé, Barthes et le Calife. J'étais certes jeune et ignorante, mais je comprenais bien cela. Il a alors ouvert un livre et commencé à me montrer des images, en m'interrogeant :

— Ma fille, est-ce que tu as déjà entendu parler de Jésus ?

— Oui, c'est celui que dans le Coran, on appelle Isä, le fils de Maryam.

— Mon Dieu, est-ce possible ? Tu connais aussi la Vierge Marie !

— Oui bien sûr.

Je n'ai pas dit au curé que dans mon pays je n'étais pas une grande pratiquante, je le sentais déjà très déstabilisé. J'ai écouté la suite de la leçon sur les dix commandements sans broncher, bien décidée à me plier à tout ce qu'il demanderait car je sentais que tant que je ne serais pas baptisée et mariée religieusement à Aimé, les relations dans la famille, et même dans le village, resteraient difficiles.

Depuis, tous les jeudis, je me rends à l'église où le curé me reçoit. Après avoir donné leur leçon de catéchisme aux enfants, il s'emploie à m'éclairer sur la foi chrétienne. Durant la semaine, j'apprends des passages entiers du livre de prières que me prête madame Joséphine et le jeudi, le curé m'interroge et me commente la vie des saints, la bonté de la Vierge Marie ou les miracles de Jésus. Avant de commencer les leçons, j'ai dû faire mon entrée en catéchuménat. À la demande de ma belle-mère, les questions rituelles ne se sont pas faites en public mais seulement en sa présence à elle. À la question : « Quel est votre nom ? » j'ai répondu : « Jeanne Faure. » Puis, toujours en français, il m'a demandé : « Que demandez-vous à l'Église de Dieu ? » Ce à quoi j'ai répondu, comme il me l'avait indiqué auparavant : « La foi. » À partir de là, a commencé mon initiation chrétienne qui me préparait au baptême, à la confirmation et à l'eucharistie. Je ne me sentais pas plus attirée par la religion chrétienne que je ne l'avais été en Algérie par l'islam, mais je donnais le change, je m'appliquais dans mon apprentissage et le curé était content de mes progrès. De fait, ce qui m'apportait la plus grande satisfaction, c'était de pouvoir lire. Avoir accès au livre de prières de ma belle-mère dès que j'avais un instant de libre dans la semaine, sous le prétexte de me préparer à la leçon de catéchisme, me permettait de ne pas oublier ces bases de la langue française que j'avais apprises avec Aimé et ses camarades, et même d'améliorer mes connaissances. Quant aux prières en latin, je les mémorisais facilement, ce qui surprenait le curé. J'étais habituée à jongler depuis toujours avec plusieurs langues et cela avait peut-être développé chez moi cette capacité particulière.

J'attends devant la porte de l'église Saint-Léger que les enfants aient terminé leur leçon et sortent. Quand le vantail s'ouvre en grand, le curé se place près de la sortie pour que les catéchumènes quittent la maison de Dieu sans se bousculer ni hurler, ce qu'ils ne se privent pas de faire dès qu'ils sont sur la place. La plupart me regardent avec méfiance ou curiosité, quelques-uns me lancent un timide bonjour en patois.

— Entrez, ma fille.

Comme chaque semaine, je prends place face à l'autel, debout entre la première chaise et le prie-Dieu de la rangée de droite, tandis que le prêtre s'installe de l'autre côté de l'allée centrale. Nous nous agenouillons et commençons par la prière :

— Récitons ensemble un *Pater Noster*.

Il doit être satisfait, je ne commets aucune erreur et n'ai pas même une hésitation. Il se montre toujours très aimable avec moi. Peut-être se sent-il investi d'une mission importante dont Dieu le récompensera un jour : sauver l'âme perdue d'une Infidèle.

— J'ai une bonne nouvelle pour vous Jeanne, vous allez pouvoir être baptisée.

Je sais que c'est la première étape importante vers la totale conversion qui me permettra enfin d'épouser religieusement Aimé, d'être totalement admise dans la famille et dans la communauté du village.

— Et au printemps, vous ferez partie du groupe des confirmés et vous pourrez participer à l'eucharistie. Comme vous le savez, vous devrez avoir un parrain et une marraine. Je vais en parler avec madame Faure, vous lui direz que je souhaite la voir. Ce serait bien qu'elle vous accompagne jeudi prochain.

C'est une belle journée d'automne et je décide de descendre jusqu'au port avant de rentrer à la maison. Si madame Joséphine me demande des comptes, je lui dirai que le curé avait du retard. Le mensonge n'est qu'un péché véniel. Il me suffira de me confesser comme me l'a expliqué le curé pour que ce péché me soit pardonné. Il faut passer par le confessionnal avant chaque communion. Ma belle-mère, qui participe à l'eucharistie presque tous les dimanches, se confesse souvent. Quel genre de péchés avoue-t-elle au curé ? Il me semble qu'elle pourrait s'accuser d'orgueil, elle se croit au-dessus de moi bien sûr mais aussi de ses voisines, Bertille Lacombe ou Eugénie Delbrel qui sont des femmes de paysans, pas assez bien à ses yeux. Peut-être aussi pourrait-elle avouer un peu d'avarice, car elle vérifie toutes les dépenses avec un zèle qui me paraît excessif et ne supporte pas le plus infime gaspillage. Il est même arrivé qu'elle s'en prenne à son petit-fils Henri, car avec la maladresse de son jeune âge il avait laissé tomber sur le sol une châtaigne qu'elle avait épluchée pour lui. À cela on pourrait ajouter la méchanceté, même si elle ne fait pas partie de la liste des péchés fournie par le curé. C'est une femme dure et pas seulement avec moi, ce qu'à la rigueur je pourrais comprendre. Elle n'a jamais pardonné à Aimé d'être parti aussi longtemps pour son service militaire ni à mon beau-père de ne pas s'être débrouillé pour trouver l'argent qui lui aurait permis d'acheter un remplaçant, comme d'autres plus fortunés l'ont fait. En revanche, je ne peux l'accuser ni de gourmandise ni de paresse. C'est une femme dure à la tâche, qui exige la même chose des autres, et qui ne s'abandonne pas aux petits plaisirs de la vie, comme de savourer une bonne pâtisserie. Elle se nourrit, mais je ne l'ai jamais vue déguster, pas même les « merveilles », ces délicieux beignets de carnaval dont je me régale.

Les bords de la Dordogne sont animés en cette fin d'après-midi. Je croise des lavandières qui viennent de rincer le linge et poussent leur lourde brouette chargée de linge humide. Quelques pêcheurs patientent sur la rive, guettant un de ces poissons dont j'ai appris à connaître les noms et la saveur, truites, barbeaux ou cabots. Après les premières pluies de l'automne, le niveau de l'eau a remonté. Tout le monde dit qu'il a dû bien pleuvoir en amont sur les monts d'Auvergne où naît la rivière. Je laisse glisser mon regard vers la droite, au-delà du rocher sur lequel est construit le château. J'essaye d'imaginer ces montagnes où je n'irai jamais mais qui nous envoient leur eau qui s'écoule là devant moi, dans un léger froissement d'étoffe, moirée en surface. S'y reflètent les couleurs dorées de ce soir d'automne ensoleillé et tout semble à sa place, calme et éternel. Mon attention est attirée par les cris d'un gardien de troupeau. Ses vaches refusent de s'engager sur la passerelle qui est suspendue là-haut au-dessus de la rivière et du port. Après force coups de bâton, les animaux effrayés finissent par obtempérer et par traverser en jetant des coups d'œil affolés par-delà la légère balustrade qui sert de garde-fou, paniqués par la vision de cette eau qui s'écoule en bas, sous leurs sabots. C'est à ce moment-là que se produit ce que j'espérais, arrive une gabare, une « argentat » comme on les appelle souvent ici, parce que ces bateaux partent d'un port qui porte ce nom en amont, m'a expliqué Aimé. Avant même de l'apercevoir, j'ai entendu les appels qu'échangent les hommes à bord, ceux qui rament à l'avant et celui qui tient le gouvernail, sur le pont surélevé à l'arrière. Quand elle passe à mon niveau, je peux voir l'entassement de la charge au milieu, les merrains, ces planches qui, dit-on, servent à fabriquer les tonneaux là-bas vers l'ouest. J'ai vu un jour sur un almanach une carte qui montrait le cours de la Dordogne. Elle passe par la grande ville de Bordeaux avant de se jeter dans la mer. Il ne s'agit pas de la Méditerranée que nous avons traversée avec Aimée mais d'un océan qui s'appelle Atlantique. Je me demande si, en arrivant jusqu'à cet océan, on pourrait ensuite naviguer jusqu'à l'Algérie. Mais non, inutile de penser à cela. Je ne retournerai jamais là-bas. Je ne dois pas m'abandonner à une nostalgie inutile. D'ailleurs, je suis bien mieux ici. La gabare a disparu vers l'ouest au-delà d'un méandre.

Il faut que je rentre, je vais me faire houspiller par madame Joséphine et si je m'attarde trop, mon mensonge à propos du curé ne sera plus crédible. Je me hâte vers La Mouline.

23

C'est la semaine dernière que la lettre est arrivée. La matinée s'achevait, madame Joséphine préparait le repas et j'étais sortie dans le jardin derrière la maison avec Henri pour étendre le linge que je venais de battre et rincer dans la Germaine. Au moins, je n'ai pas à parcourir de grandes distances pour trouver un lavoir, comme beaucoup de femmes d'ici. Ma belle-mère me laisse toujours accomplir ces tâches car elle dit avoir à son âge des douleurs dans les épaules. Au lavoir de La Mouline, je rencontre parfois quelques voisines avec qui je ne parlais pas au début car elles ne connaissaient que le patois. Quand j'ai commencé à manier cette langue, j'ai senti que la curiosité pour certaines, l'amabilité pour d'autres les poussaient à me questionner sur ma famille ou mon pays d'origine. Une femme en particulier, que les autres appellent la Zélie et qui habite sur la petite route qui part vers le marais se montre particulièrement gentille avec moi et Henri s'il m'accompagne. Ce travail du linge est dur et il faut s'entraider pour tordre les draps quand on fait les grandes lessives du printemps et de l'automne. Les petites lessives d'hiver ne sont pas faciles non plus, quand il faut tremper les mains dans l'eau glacée et rester à sentir le froid de la pierre sous les genoux qui vous pénètre peu à peu et engourdit tout le corps.

— Dans votre pays, les femmes, elles font comme nous

pour le linge ? avait voulu savoir un jour l'épouse de celui qui collecte le chanvre pour la carderie.

— Oui, à peu près. Elles ne gardent pas le linge sale aussi longtemps, elles font la lessive souvent. Mais des fois elles marchent beaucoup pour aller jusqu'à l'eau.

— Au moins il fait pas froid. Elles ont pas des engelures comme nous.

— Dans les montagnes il fait très froid, il peut même y avoir de la neige.

Je sentais que mon auditoire était déstabilisé :

— Ah bon ? Je croyais qu'en Afrique, y'avait que du sable et de la chaleur…

J'essayais de leur expliquer qu'il y avait aussi des climats et des paysages différents mais je les sentais sceptiques. Ce travail du linge est pénible mais pour moi, c'est l'occasion de parler avec d'autres femmes, de mieux connaître les gens d'ici, leurs habitudes. Mais s'il y a quelque chose que les femmes de La Mouline partagent avec les femmes berbères de mon ancien village, ce sont ces rencontres entre voisines où s'échangent nouvelles et potins.

Donc le jour où la lettre est arrivée, je revenais du jardin avec Henri qui avait joué dans l'herbe pendant que je mettais le linge à sécher. En entrant dans la cuisine, j'ai vu Aimé assis à table, tenant dans ses mains une feuille qui tremblait. Madame Joséphine s'est retournée et m'a dit :

— Le facteur vient de l'apporter.

Je me suis approchée d'Aimé qui ne bougeait pas et, par-dessus son épaule, j'ai déchiffré en bas de la lettre le nom du Calife. Ce n'était pas une bonne nouvelle. Aimé m'a tendu la lettre et j'ai vu la mine pincée de ma belle-mère qui n'aimait pas constater que je savais lire.

Mon cher Aimé, mon ami, mon frère

Depuis notre séparation sur le port d'Alger il y a maintenant plusieurs années, nous n'avons pas échangé de

nouvelles. Je suppose que ta vie suit paisiblement son cours dans ton Périgord retrouvé. Pour Barthes et moi, l'aventure s'est poursuivie dans le Sud comme tu le sais et je t'écris d'El Oued. Mais pour notre camarade, elle s'est arrêtée là. Il est mort d'une mauvaise fièvre et le médecin n'a rien pu faire. Je sais que cette nouvelle t'attristera, pour ma part je perds mon seul vrai compagnon. Je ne sais pas ce que je vais faire désormais. Peut-être épouser une autochtone et m'installer définitivement dans le Sahara.
Ton camarade,
Le Calife
P.-S. : Salue bien Dihya de ma part.

Je me suis assise près d'Aimé et, malgré l'œil réprobateur de ma belle-mère, j'ai passé mon bras autour de ses épaules et l'ai attiré vers moi. Je sentais, palpables autour de nous, les années de Sétif que nous étions les seuls à partager ici. Ce passé que je préférais oublier revenait tout à coup et je sentais que mon mari avait besoin de l'évoquer. Parfois, quand il achetait le journal et qu'un article traitait de la pacification de tout le territoire saharien ou des révoltes dans le Haut Chélif, je refusais de m'y intéresser. Lui aurait aimé que nous en parlions, il gardait au fond de lui une nostalgie des années d'Algérie, alors que moi je ne voulais que vivre ma nouvelle vie. La précédente était trop entachée de douleurs. Mais ce jour-là, avec Aimé, nous avons évoqué la vie à la caserne de Sétif, les promenades dans l'oasis de la ville, les fontaines, nous avons convoqué le fantôme de Barthes, nous avons même ri au souvenir de ses plaisanteries. C'était comme s'il ne restait rien des souffrances et des peurs, des maladies et des haines. Pour moi, rien de cela n'était oublié mais Aimé ne paraissait avoir gardé du passé que les bons moments.

Madame Joséphine, contrariée par l'irruption dans notre quotidien de cette Algérie détestée où elle n'avait pas sa place, est sortie de la cuisine en emmenant Henri. Au bout d'un moment, elle est revenue, s'arrangeant pour interrompre notre échange de souvenirs et changer de conversation :

— Ça y est, Jeanne, je vous ai trouvé un parrain et une marraine pour votre baptême.

Aimé et moi ne disions plus rien, attendant la suite. Nous savions que nous n'aurions pas notre mot à dire et qu'elle déciderait seule. Elle a continué :

— Le parrain, ce sera Basile, mon cousin de Cénac, et la marraine, Anastasie. Ils sont d'accord.

Je crois bien que je n'avais jamais rencontré mon futur parrain, ou bien alors l'avais-je croisé brièvement sur un marché ou lors d'une foire en compagnie d'Aimé ou de madame Joséphine. Quant à Anastasie, qui est un peu plus âgée que moi, c'est une cousine d'Aimé et j'ai assisté à son mariage avant qu'elle ne parte s'installer à Bordeaux avec son époux. Elle m'avait semblé une bonne personne et dans mon cœur, je l'acceptai volontiers comme marraine. J'avais pensé, et le curé me semblait-il me l'avait aussi laissé entendre, que ce serait mon beau-frère Pierre qui serait mon parrain, mais ma belle-mère avait dû estimer que ce serait trop bien pour moi. Elle avait été contrainte de me céder son fils Aimé, pas question d'établir le moindre lien entre son deuxième fils et moi.

— Ce matin, Jeanne va prendre la jardinière pour aller à Groléjac.

C'est Aimé qui annonce ça dans la cuisine à ses parents. Avec eux, il m'appelle Jeanne, mais dans l'intimité de la chambre je suis Dihya. Nous sommes autour de la table en train de manger la soupe du matin. Il ne leur laisse pas le temps de répliquer :

— En plus des courses à l'épicerie, je lui ai demandé de passer chez le bourrelier. Le collier de la jument doit être prêt.

Tu as bien vu, père, que Jeanne se débrouille très bien avec Polka, elle sait parfaitement la harnacher.

Un jour, mon beau-père m'a surprise en train d'aider Aimé à atteler la charrette. Ce n'est pas une chose que font les femmes, pas plus chez les Berbères que dans le village d'Aimé, mais j'ai appris en regardant mon père, le palefrenier de la cavalerie, et je n'ai pas peur des chevaux. Je m'entends bien avec eux. Je me suis même surprise à parler à l'oreille de la jument Polka en langue berbère, cette langue que je n'utilise plus avec personne depuis que j'ai quitté Sétif.

Je grimpe sur la jardinière, un petit coup de rênes sur la croupe de Polka, un claquement de langue pour l'encourager et me voici partie au trot vers le village. Je suis heureuse, l'air frais fouette mon visage, je chantonne une chanson à la mode que j'ai entendue lors du dernier bal de la foire. Je salue joyeusement de la main une voisine qui me regarde passer, les poings sur les hanches. Quand j'entre dans l'épicerie de madame Marthe, il y a une cliente devant moi, une petite femme ronde au visage comme la lune sous son mouchoir de tête, que j'ai déjà croisée dans les ruelles entre l'église et la rue du Port. Entre sur mes talons une autre femme qui sans façon me bouscule pour se faire servir avant moi. Elle est grande et laisse tomber un regard de mépris au moment où elle passe à ma hauteur. De son bras gauche où est accroché son panier en osier, elle m'a écartée de son chemin. Ostensiblement, elle frotte la manche de son caraco qui m'a touché comme s'il s'était sali à mon contact. L'épicière a vu son manège mais ne fait aucune remarque et lui demande simplement :

— Qu'est-ce que je vous sers, madame Vosel ?

Je ne connais pas cette femme mais elle doit savoir qui je suis, l'étrangère, celle qui a volé un gars du pays. C'est peut-être quelqu'un de la famille d'Augustine, celle qu'Aimé avait commencé à fréquenter un peu avant son départ. Nous l'avons croisée un jour, peu après notre retour à Groléjac pour la fête de la Saint-Léger. J'avais repéré les regards de haine qu'elle me lançait, qui s'étaient intensifiés quand Aimé s'était approché d'elle pour me présenter. J'avais tout de suite perçu la jalousie de la fille éconduite. Le soir, quand j'en avais parlé avec Aimé, il avait minimisé la chose, m'assurant qu'il ne lui avait jamais rien promis, mais moi je voyais bien que cette fille me détestait parce qu'elle estimait que je lui avais pris ce qui lui appartenait. En plus, une étrangère, une sauvage ! Elle était capable de croire que je l'avais envoûté, ensorcelé ou je ne sais quoi.

Ce soir, je raconterai à Aimé ce qui s'est passé à l'épicerie car il m'a fait promettre de tout lui dire de ce que les gens diraient ou feraient contre moi. À chaque incident de ce genre que je lui rapporte, je lui répète que cela n'a rien de grave. Et je le pense, cela se produit très peu souvent, il s'agit au pire d'une insulte ou d'une bousculade, comme à l'épicerie. Ce n'est rien, comparé au mépris permanent qu'exprimaient les colons européens et que souvent ils accompagnaient de coups. Mais mon époux ne supporte pas que l'on se comporte mal avec moi.

24

Aimé souhaitait que je sois baptisée dans l'intimité, avec seulement ses parents, mon parrain et ma marraine. Mais les deux cérémonies, baptême et confirmation, auront lieu le même jour, quand l'évêque se déplacera. Cela donne satisfaction à madame Joséphine, car ainsi l'église sera remplie et tous les présents pourront attester que désormais, je suis chrétienne, et en répandre l'information.

Je me souviens du curé posant la question rituelle et j'entends ma voix répondre en français :

— Oui, je renonce au mal et confirme ma foi dans l'église.

Concentrée sur la cérémonie, déterminée à ne commettre aucune erreur pour faire honneur à ma nouvelle famille, je ne prête pas attention au murmure de surprise dans l'église quand on m'entend parler en français, alors que le curé s'adresse habituellement à ses ouailles en patois et qu'elles répondent de même. Les femmes les plus pieuses qui se trouvent au premier rang, de l'autre côté de l'allée, me jettent des coups d'œil satisfaits en m'écoutant réciter d'une voix assurée les prières en latin. Quand vient le moment de la confirmation, je dis sans faute ma profession de foi. Puis l'évêque pose ses mains sur le front de tous les confirmés, avant de faire ce que le curé a appelé une onction. Au moment où je me retourne pour regagner ma place, je vois l'ample sourire d'Aimé et quelque chose comme de la fierté dans son regard. Je me dis qu'il a dû vivre des journées d'inquiétude, avec la peur que quelque chose ne se déroule pas comme il convient au dernier moment et que notre mariage soit repoussé. Il doit avoir lieu au mois de mai. Puis j'ai droit à ma première communion. Je m'agenouille à mon tour sur la marche de pierre encore glacée en ce tout début de printemps, face à l'autel. Je pense à celle du lavoir. Drôle d'habitude des gens d'ici, de s'agenouiller sur la pierre ! Quand je lève la tête pour recevoir l'hostie comme on me l'a expliqué, je vois le sourire satisfait du prêtre. Ce n'est pas tous les jours qu'il peut s'honorer d'une conversion dans sa paroisse et, à moins de partir dans les colonies christianiser les impies, il n'en aura sans doute pas d'autres de toute sa vie. Comme on me l'a appris, je prends grand soin de ne pas mâcher l'hostie et de la laisser fondre sur la langue, telle une friandise. Je peux comprendre le rituel de la confession et son utilité, car reconnaître ses erreurs et s'en décharger peut vous alléger le cœur, mais celui de l'hostie me reste étranger. Comment peut-on manger, même symboliquement, le corps du Christ ! *Corpus Christi*, c'est ce que prononce le prêtre chaque fois que l'un des fidèles tend la langue pour recevoir l'hostie.

À la sortie de l'église, je suis sans doute le sujet de conversation du jour car à mon approche tous et toutes se taisent brusquement. La nuit est tombée car les cérémonies ont rallongé la veillée pascale et chacun allume sa lanterne déposée à l'entrée. Devant l'église et sur la place, on n'aperçoit que quelques visages qu'un éclat momentané de lumière tire de l'obscurité. Et brusquement, je ne suis plus à Groléjac mais dans la montagne kabyle des Bibans. Des soldats français grimpent parmi les rochers, tenant des lanternes qui éclairent de brefs instants leurs visages effrayants et ma mère et moi sommes cachées un peu à l'écart. Elle maintient une de ses mains sur ma bouche pour que je ne fasse aucun bruit. Aimé me ramène au présent :

— Tu t'en es très bien tirée. Je te félicite. Barthes aurait été surpris de t'entendre parler français aussi bien.

— N'oublie pas que je suis forte, je suis Dihya Jeanne la Guerrière, lui répliqué-je en riant.

Le lendemain pour déjeuner, ma belle-mère a convié le parrain et la marraine. Anastasie doit regagner Bordeaux et retrouver son époux rapidement. En voyant le cousin Basile engloutir tout ce que contient son assiette et se resservir sans aucune gêne, je comprends pourquoi il a accepté de me parrainer moi, l'étrangère : la perspective d'un bon repas de fête l'a convaincu. C'est un homme maigre, visage et mains osseux, qui ne sourit jamais. Quand ses yeux quittent son assiette, c'est pour vous dévisager de ses prunelles noires inexpressives. Je sais par Aimé qu'il est célibataire et vit avec sa mère très âgée. Je suppose qu'elle ne le nourrit pas convenablement. Quant à Anastasie, je vois à sa mise qu'elle est devenue une dame de la ville. Elle me rappelle ces Européennes qui s'habillaient chez la meilleure couturière de Sétif et qui ressortaient de sa boutique dans des robes à la dernière mode de Paris. Mais Anastasie a conservé sa simplicité et sa gentillesse. Par chance, je suis assise à côté d'elle et quand le service de la table me laisse un peu de temps libre, nous pouvons parler. Elle a voulu savoir comment était Sétif. Je lui ai fait raconter Bordeaux. Et puis, quand Henri s'est approché pour quémander un morceau de massepain, elle l'a pris sur ses genoux et l'a longuement cajolé.

— Malheureusement je n'ai pas d'enfant, j'ai moins de chance que toi Jeanne.

— Ne vous inquiétez pas, ça va venir.

— Dis-moi tu, Jeanne, on est cousines et je suis ta marraine maintenant.

— D'accord. Et ne t'inquiète pas, Dieu va t'envoyer des enfants.

Mais quelques années après je serai bien placée pour savoir que Dieu a été sourd à ses prières.

J'ai fait mes preuves et acquis finalement le droit de conduire la jardinière pour aller jusqu'à Groléjac. Aimé m'a même acheté une petite jument pour que je puisse utiliser la voiture même lorsque lui et son père partent avec la charrette et Polka. Madame Joséphine a fait la grimace et je l'ai entendue faire des reproches à son fils. Elle l'a rejoint dans l'atelier et du jardin, j'ai perçu sa colère :

— Mais enfin, Aimé, tu fais n'importe quoi ! Tu as pensé à ce que vont dire les gens ! Déjà que c'est pas facile, avec une femme comme ça...

— Comme ça comment ? Qu'est ce que tu veux dire ?

— Ben tu sais bien, pas comme les autres...

Aimé n'a pas répondu à cela mais n'a pas cédé pour la jument :

— C'est mon argent et j'achèterai ce cheval. Ce sera pratique pour aller faire les courses à Groléjac.

— Elle pourrait bien y aller à pied...

Comme seule réponse, Aimé s'est remis à scier la planche, reprenant le travail que sa mère avait interrompu.

C'est ainsi que même si je ne vais plus à l'église pour le catéchisme, je garde une liberté de circuler qui m'est chère. J'aime l'animation de la rue du Port avec ses commerces, les barques et les gabarots qui circulent d'une rive à l'autre, le trafic de la passerelle. Parfois, des gabares passent en fin d'après-midi, celles qui sont parties tôt le matin d'Argentat et qui ne s'arrêtent pas pour la nuit à Souillac. Quand les eaux sont calmes, il arrive que l'on entende de loin le chant des gabariers qui résonne sur les falaises et glisse sous la passerelle. On dit que les bateliers n'aiment pas passer sous les arches du nouveau pont de pierre en aval où circulera le train. Ils trouvent que les courants y sont traîtres. Mais ils savent aussi que le train va faire une sévère concurrence aux gabares. Depuis qu'a été annoncée la construction de la ligne Carsac-Gourdon qui se raccordera à celle qui joint Cazoulès et Sarlat, c'est devenu un des sujets de discussion favori autour de la table familiale, lors des veillées et au café. Bien sûr, je ne le fréquente pas, mais mon beau-père et Aimé, quand ils s'y rendent, parlent ensuite de ce qu'ils y ont entendu sur ce sujet qui divise les villageois. Le trafic sur la Dordogne a déjà diminué à cause du phylloxéra. C'est une maladie qui a détruit de grandes surfaces de vignobles dans la région de Bergerac et de Bordeaux et donc la demande en merrains de chêne pour fabriquer les barriques a beaucoup baissé. Aimé me raconte comment, avant son départ pour l'Algérie, des convois entiers de gabares descendaient sans cesse tant que les eaux étaient marchandes. Aujourd'hui, on ne voit passer que quelques embarcations isolées. Et dans la rue du Port, tout le monde s'inquiète. Plus de gabares pour charger le bois de châtaignier destiné aux piquets de vignes et qui, en remontant, rapportaient du sel, du bon vin, du charbon, de la morue et de l'épicerie. Comment vont vivre les commerces, qui seront les clients de l'auberge et des deux cafés-restaurants ? Quand on a commencé les travaux de la gare, loin du port, au-delà de La Mouline, les commerçants se sont réjouis, pensant que la gare serait trop loin du village et ne porterait pas préjudice à l'activité du port. Quelques jeunes hommes, dont Aimé fait partie, pensent que ce sera l'avenir et affirment que c'est le progrès, que ce mode de transport est plus sûr, et que le train, contrairement à la gabare, n'est pas soumis aux caprices du temps. Quelle que soit la saison, qu'il fasse sec ou qu'il pleuve, le train suit toujours les rails, tous les jours, à la même heure. Aimé a lu récemment un article dans le journal qui parlait de la mise en service de la ligne Alger-Constantine :

— Tu te rends compte, Jeanne, il y a une gare à Sétif ! Quand je repense à ce que c'était que de faire le chemin à pied entre Alger et Sétif, et ce que ce serait maintenant ! Tu t'assois et tu regardes le paysage ! C'est incroyable, le progrès. Regarde, regarde, Jeanne !

Et il m'a tendu le journal pour que je lise l'article. Je suis d'accord avec mon mari sur le fait que le train est un progrès mais je préfère penser à la future gare de Groléjac qui se trouvera pas loin de chez nous plutôt qu'à celle de Sétif. Je repousse de toutes mes forces ce passé dont je ne veux pas, j'essaie de me convaincre que je suis née quand Aimé m'a ramenée avec lui et que j'ai posé le pied à Marseille sur la terre française. Et pourtant je me rends compte que, dans mes rêves nocturnes, très souvent on parle le *tamazight*, la langue de mes ancêtres berbères et non pas le français ou le patois périgourdin que je pratique pourtant maintenant sans problème. Aimé me le confirme un matin :

— Cette nuit je ne dormais pas et tu as parlé en dormant, dans ta langue berbère. Je ne sais pas ce que tu as dit mais je l'ai reconnue.

— Pourquoi je parlerais berbère en dormant ?

Je suis contrariée et Aimé s'en aperçoit :

— Mais Dihya – il utilise volontairement mon ancien prénom –, tu ne peux pas renier ton passé, ni même l'oublier. Il fait partie de toi.

Je ne réponds rien mais je comprends à cet instant que jusque-là, j'ai essayé de me convaincre que le passé n'existait plus, mais que c'est simplement pour me protéger de regrets et d'une nostalgie inutiles. Pourtant, la nuit, quand ma volonté est au repos, il revient hanter mes rêves. Parfois aussi, c'est une personne croisée dans un commerce ou sur une foire, que je ne connais pas, mais qui sait qui je suis et crache au sol à mon passage en disant : « J'aime pas les Arabes ! » Quelle malheureuse ironie ! Moi qui suis issue d'un peuple qui a lutté contre l'occupation arabe venue de l'est, me voir traiter justement d'Arabe ! Mais il y a longtemps que j'ai compris qu'ici, personne ne fait la différence. Même à Sétif, nous étions pour beaucoup d'Européens des indigènes sans aucune distinction. Mais je me souviens qu'Aimé, la première fois qu'il m'a adressé la parole, près des jardins de Sétif, m'a identifiée comme berbère à ma robe et à ma coiffure. J'en avais conçu une grande satisfaction. Un soldat français qui connaissait si bien les peuples d'Algérie ! J'avais eu raison de m'intéresser à lui. J'avais déjà aimé son air doux et, à partir de ce moment-là, j'ai commencé à l'apprécier pour l'intérêt qu'il portait à ma vie et à celle des miens.

25

Tantôt le soleil de mai éclabousse le vert printanier tout neuf des collines, tantôt le ciel s'obscurcit et il pleut, mais je suis à l'abri sous la capote de la jardinière. Nous allons enfin nous marier religieusement et je sais combien c'est important pour Aimé et surtout pour sa mère. Et moi aussi je suis heureuse, je me dis que je serai enfin comme les autres, que nous serons un couple comme les autres. Je n'ai encore rien dit à Aimé mais je pense bien être à nouveau enceinte. Quand quelqu'un devant ma belle-mère me demande si Henri n'aura pas bientôt un petit frère ou une petite sœur, madame Joséphine rétorque : « Ça suffit bien, un enfant du péché ! » Mais désormais elle ne pourra plus rien dire, je suis baptisée, je communie le dimanche et nous serons bientôt mariés devant Dieu.

Madame Joséphine m'a expliqué que c'est un signe de richesse si la mariée porte une robe blanche. Cette mode, qui va se généraliser ensuite, reste le privilège des familles aisées. Ma belle-mère en a rêvé pour sa future bru mais je lui interdis de réaliser ce souhait.

— Ma pauvre fille, on ne peut pas t'habiller de blanc pour ta noce, tu le comprends.

Je ne saisis pas vraiment ce qu'elle veut dire, il y a encore des comportements ou des idées qui me restent étrangers malgré les quelques années déjà vécues à Groléjac. Voyant mon air dubitatif elle ajoute avec, une mine mi-gênée mi-contrariée :

— Tu n'es plus pure, tu as péché et tu as un enfant, voyons !

Elle m'a toutefois accompagnée chez une couturière réputée de Sarlat qui a cousu pour moi un bel ensemble volanté, d'un bleu très clair qui met en valeur mon teint et mes cheveux. Le matin de mes noces, ma marraine Anastasie est chargée de me coiffer, suivant les ordres de ma belle-mère :

— Elle a des cheveux pas possibles. Regarde-moi cette touffe ! Essaie de les lui discipliner un peu dans un chignon serré.

C'est vrai que ma chevelure est épaisse et frisée et c'est quelque chose qui plaît à Aimé. Autrefois, à Sétif, je les portais tressés et aujourd'hui relevés en chignon, suivant l'habitude des femmes d'ici, et souvent cachés sous un mouchoir de tête, quand je m'occupe des travaux ménagers et du jardin. Ma belle-mère se coiffe toujours d'un petit chapeau noir quand elle se rend au village ou à l'église et Aimé lui a demandé de m'accompagner chez un chapelier à Sarlat quand nous allons chez la couturière.

— Tu l'aideras à choisir son premier chapeau de femme mariée, a dit Aimé à sa mère.

Ce n'est pas exactement la grande fête dont Aimé m'avait parlé lorsque nous étions encore à Sétif. Nous avons peu d'invités pour ce mariage, seulement Anastasie, son mari Raoul, et mon parrain. Pierre, le frère d'Aimé, a terminé son apprentissage de boulanger et est parti s'employer loin, à Périgueux. Il n'est pas question qu'il revienne pour ce mariage qui n'en est pas vraiment un. Les bancs de l'église sont toutefois occupés par des bigotes qui saisissent toutes les occasions pour avoir une messe de plus, quelques curieuses, et deux ou trois voisines que je rencontre au lavoir ou à l'épicerie et qui se montrent toujours aimables avec moi. L'une d'elles, Berthe, qui a à peu près mon âge et n'est pas encore mariée, m'a soufflé à l'oreille quand elle m'a embrassée :

— Il te reste plus qu'à espérer que la Joséphine vive pas trop vieille !

Et elle a pouffé de rire.

Pendant le repas de noces, mon parrain se goinfre de nourriture comme à son habitude. Ma belle-mère n'est pas allée jusqu'à acheter de la viande de boucherie, comme elle l'aurait fait pour un mariage avec une bru plus digne de ce nom. Elle s'est contentée de sanglier, que la jeune Émeline, qui est servante au restaurant du Port, a cuisiné pendant que nous étions à l'église. Madame Joséphine sait-elle que c'est pour les musulmans un aliment proscrit ? Je ne le crois pas et je me suis bien gardée de tout commentaire, mangeant comme tout le monde en essayant d'oublier le léger dégoût que j'éprouve encore, ancré en moi par tout ce que j'ai entendu dans l'enfance à l'encontre de cet aliment. Je suis désormais chrétienne, mariée à un Français, habitante de Groléjac, je mange donc du porc et même du sanglier.

Aimé a tenu à faire venir un photographe qui se déplace depuis Sarlat pour la circonstance. Madame Joséphine a bien sûr été contre :

— Mais qu'est ce qu'on a besoin de faire une photographie ? À quoi ça sert ? Je te le demande.

Même mon beau-père est intervenu :

— Ça doit coûter bien cher, non ?

Mais Aimé est demeuré inflexible :

— La photographie, c'est quelque chose qui reste. Avant, il n'y avait que les nobles et les bourgeois qui pouvaient garder leur portrait peint et le transmettre à leur descendance. Maintenant, avec la photographie, tout le monde a cette possibilité. Nos petits-enfants verront un jour cette photo !

Madame Joséphine a haussé les épaules :

— Si les souris ne la mangent pas.

Le photographe est arrivé alors que nous venions de terminer la tarte aux cerises qui ont commencé à mûrir tôt cette année-là. Les hommes ont dû pousser les meubles pour qu'il puisse accrocher un tapis qui servira de décor derrière nous. Aimé et moi sommes au milieu, lui dans son costume sombre et moi dans mon ensemble bleu. Même assis, il me dépasse de plus d'une tête. C'est un homme grand, comme il n'y en a pas d'autre dans le coin. Le photographe a demandé aux parents de prendre place près de leur fils ou fille. Mais personne ne s'est présenté pour s'asseoir près de moi. Dans mon cœur, il n'y a que le fantôme imprécis de ma mère disparue depuis déjà longtemps et celui plus présent de mon père, que je me représente toujours auprès des chevaux dans la caserne des chasseurs d'Afrique. Debout derrière nous posent Anastasie, Raoul et le cousin Basile qui a tellement mangé et bu qu'il a du mal à garder les yeux ouverts. Aimé a demandé à avoir deux exemplaires de cette photographie. Il en a envoyé un à Bordeaux, à sa cousine Anastasie, ma marraine. La nôtre, nous la conservons dans un tiroir de la commode, dans notre chambre, et il m'arrive souvent de la regarder avec la nostalgie de ce temps où le malheur n'était pas encore tombé sur nous.

Mais la première catastrophe arrive très vite. Après la noce, la vie a repris son cours à la maison, la situation est apaisée, même madame Joséphine est moins désagréable avec moi. C'est comme si parfois, elle oubliait même que je suis l'étrangère. C'est le cas aussi dans le voisinage et dans les commerces de la rue du Port. Il me semble que désormais, je fais partie des leurs, les gens se sont habitués à moi et plus personne ne me regarde comme un élément nouveau ou étranger dans le petit monde clos du village.

Mes soupçons se sont confirmés, j'attends bien un autre enfant. J'espère en secret que ce sera une fille. Je n'ai parlé de ce souhait à personne et un jour de mauvais temps, où nous tricotons au coin du feu et où Henri est occupé à jouer avec la voiture en bois que lui a fabriquée son père, madame Joséphine me dit simplement :

— Fais-nous une fille cette fois.

Je souris et hoche la tête.

Et c'est bien une fille qui est née, ma pauvre petite Noélie. Quand je pense à elle, même longtemps après, il y a comme un grand vide en moi. Quelque chose qui ne s'est jamais comblé. Elle a à peine atteint les deux mois et elle est morte du croup. J'entends encore sa toux qui me déchire le cœur et je l'entendrai jusqu'à ma mort. Le docteur est venu mais n'a pas réussi à la sauver, pas plus que les prières du curé et celles de madame Joséphine. Moi je n'ai pu que bercer mon enfant sur mon cœur. Sont remontées de mon passé ces berceuses berbères que les femmes chantaient au village. Je les fredonnais en silence dans mon cœur tout en serrant ma fille dans mes bras. Après sa disparition, le bonheur n'est plus jamais rentré dans cette maison. J'ai entendu un jour ma belle-mère dire à Aimé que je n'étais sans doute pas une vraie bonne chrétienne et que Dieu nous avait punis. Mon mari l'a rabrouée, mais lui aussi a été affecté par cette mort, même s'il me disait que nous aurions d'autres enfants. Je l'espérais aussi de toutes mes forces, même si je savais que jamais rien ne comblerait l'absence de Noélie.

26

La ligne de chemin de fer sera bientôt terminée. Cela a amené dans la région beaucoup d'animation. Des chantiers partout, dans les prés, dans les bois, sur la Dordogne. Des charrettes chargées de pierre se déversent dans les tranchées creusées par les hommes où on édifie des murs de soutènement. On élève des remblais, on bâtit des gares, on lance la voie à travers le marais et par-dessus les eaux de la Dordogne. On entend résonner les pics des ouvriers, leurs cris et leurs chants partout entre Gourdon et Carsac où la nouvelle ligne va se raccorder à celle qui relie déjà Cazoulès et Sarlat. Pour nous, cela veut dire se rendre beaucoup plus vite à Gourdon ou Sarlat mais aussi voir arriver par le rail des marchandises qui jusque-là prenaient leur temps en remontant depuis Bordeaux par la Dordogne, ou en se traînant sur les chemins. Les chasseurs disent que les loups commencent à disparaître, chassés des coins les plus reculés de la campagne par le charivari des travaux de la voie.

L'enthousiasme d'Aimé face à ce progrès ne faiblit pas :

— Vous vous rendez compte qu'en une demi-heure, nous serons à Gourdon ou à Sarlat, c'est pas le cheval et la jardinière qui pourraient faire ça !

Madame Joséphine ne partage bien sûr pas son admiration. De toute façon, elle a un naturel grincheux.

— Déjà, ça ne nous a pas amené que des bonnes choses…

— Qu'est ce que tu veux dire, mère ?

— Tous ces étrangers qui sont venus travailler. Ça fait des problèmes, ça boit, ça se bagarre. Tu peux me croire, les parents qui ont des filles à marier, ils se font du souci, avec tous ces vauriens qui traînent partout sur les chemins.

— Ils repartiront quand les travaux seront finis.

— Peut-être, mais le train amènera par ici plus d'étrangers.

— Moi, ce que j'y vois, intervient le père d'Aimé, c'est que le prix du bois pourrait bien monter. Il paraît qu'ils vont expédier du noyer et du châtaignier vers Sarlat et Bordeaux.

— C'est déjà le cas avec les « argentats ».

— Oui, mais là, ça sera toute l'année et tous les jours qu'il circulera, ce train.

Aimé a mis fin à la conversation :

— On construit des lignes partout, même en Algérie, on ne peut pas nier que c'est un progrès.

Madame Joséphine a haussé les épaules en soufflant d'un air de mépris. Je sais bien, moi, que lui parler d'Algérie n'est pas quelque chose qui va la convaincre. Pour ma part, je partage l'opinion d'Aimé et j'ai hâte de monter dans un des wagons qui s'arrêtera bientôt à la gare près de chez nous.

Le curé qui m'a catéchisée et préparée au baptême est mort. Sa bonne l'a retrouvé dans sa chambre, affaissé près du prie-Dieu où il avait dû s'agenouiller pour une dernière prière. Cette disparition m'a attristée car au fil des semaines, lors de nos rencontres, j'avais pu voir que c'était une bonne personne. Celui qui le remplace m'a tout de suite déplu. Dans le confessionnal, il vous pose des questions que je trouve déplacées. Je n'ai pas encore une grande expérience de la confession, mais le vieux curé ne me demandait jamais de détails sur ce qui se passe au lit avec mon mari. Je n'ose pas en parler à madame Joséphine, mais j'ai entendu des femmes de Groléjac parler de lui comme d'un coureur de jupons. Le catéchisme m'a appris que le prêtre est voué au célibat, mais je vois bien que les chrétiens, et même leurs prêtres, sont comme tous les hommes : ils ont leurs faiblesses.

La vie se poursuit dans la maison d'Aimé, rythmée par les fêtes religieuses ; les Rameaux où madame Joséphine installe dans chaque pièce un brin de buis béni, ou les Rogations. C'est une cérémonie de printemps que j'aime bien car on sort décorer les croix disséminées dans la campagne, et ensuite on suit le curé qui bénit les champs en chantant des cantiques tout au long des chemins. Cela doit assurer de bonnes récoltes aux paysans. J'y retrouve un peu de cette joie de mon enfance que j'ai eue à parcourir la campagne environnante avec les autres enfants du douar où j'ai passé les premières années de ma vie. Mais depuis la mort de ma pauvre Noélie, les années passent et je n'ai pas eu d'autre grossesse. Madame Joséphine aimerait que je me rende à Rocamadour où on dit que la Vierge Noire est miraculeuse pour la fécondité des femmes, mais c'est loin. Je suis déjà allée boire l'eau de deux fontaines connues pour lutter contre la stérilité des femmes. Mais je ne suis pas stérile, puisque j'ai eu deux enfants. C'est peut-être simplement la douleur d'avoir perdu ma petite fille qui bloque quelque chose en moi. Mais pourquoi alors le malheur est-il arrivé ? Comment cela a-t-il été possible ?

Le 1er juillet 1902, la ligne de chemin de fer est mise en service, et à part quelques vieilles femmes qui se signent quand on l'évoque et une poignée d'hommes rétrogrades qui font la moue, tout le monde s'est vite habitué à ce progrès. C'est vrai que le train a bouleversé la vie de notre coin. L'animation qui régnait sur les bords de la Dordogne s'est peu à peu déplacée vers la gare. De nouveaux commerces se sont ouverts, des maisons se sont bâties en partant vers La Mouline. Les gabares se faisant rares, on a commencé à vivre autrement, en délaissant la rivière. Dans le vieux village de Groléjac, il ne reste que l'église pour attirer encore les habitants. L'école publique qui vient d'ouvrir s'est installée aussi en bas, près de la grand-route. La vieille épicière est morte et son fils, qui a repris la boutique, l'a déplacée loin du port sur la route de la gare.

Je me souviens de ma curiosité et de ma fierté la première fois que nous avons pris le train en deuxième classe avec Aimé et Henri pour nous rendre à la foire à Gourdon. Mon mari avait estimé que la troisième classe n'était pas assez bien pour nous. Il y avait trois wagons destinés aux passagers, les autres voitures transportaient des marchandises. Chaque compartiment qui s'ouvrait sur le quai par une porte contenait six places. Comme c'était l'été, la vitre était ouverte et Aimé se penchait sans arrêt pour regarder et s'exclamait sans cesse :

— On va vite et la voie est toute droite, toute droite, tu te rends compte !

Et c'est vrai que ce trajet, qui nous aurait pris en jardinière un peu plus de deux heures, durait moins de trente minutes avec le train ! Nous n'en revenions pas. Il traversait le marais où Aimé a salué de la main deux paysans en train de couper les joncs qui y poussent, pour en faire de la litière pour leurs bêtes. En cinq minutes, nous étions à Saint-Cirq-Madelon, sept minutes après, le train s'arrêtait en gare de Payrignac, très vite on apercevait la butte et l'église Saint-Pierre de Gourdon et on était arrivés ! Ma belle-mère trouvait que c'était bien trop cher, mais quand Aimé lui a expliqué que tout le temps que l'on perdait en trajet avec la jardinière, on pouvait le passer à travailler, elle n'a rien trouvé à répliquer.

C'est seulement l'hiver suivant que nous empruntons le train dans l'autre direction pour aller à Sarlat à l'occasion de la foire du 6 décembre, réputée car elle marque le début de la saison des canards et des oies engraissés, des foies gras et des truffes. Aimé, lui, veut acquérir quelques nouveaux outils, dont une scie à chantourner, et il sait qu'un marchand spécialisé dans ces articles est présent chaque année à cette foire. C'est la première fois que nous traversons la Dordogne sur le grand pont de pierre bâti pour le train, en aval de la passerelle de

Groléjac. Il a plu sans discontinuer tout le mois de novembre et l'eau a envahi les prairies et les chemins des deux rives. Madame Joséphine a voulu dissuader Aimé de traverser la Dordogne avec une pareille crue :

— Tu as vu comment sont les eaux ? Qui te dit que ce nouveau pont est solide ? Il pourrait partir avec le courant au moment où ce fichu train va passer dessus.

Mais Aimé est resté inflexible :

— Mais non ! Tu as regardé comment il est bâti ? Il est plus solide que notre passerelle ! Nous serons tous morts depuis longtemps qu'il sera encore là, tu peux me croire.

— Tu en fais toujours qu'à ta tête, avait conclu ma belle-mère en me jetant un regard venimeux.

Je ne suis pas d'un naturel peureux, mais quand le train passe sur un pont, je ne peux pas m'empêcher de serrer le bras d'Aimé. Le lit de la rivière est trois fois plus large que d'habitude et des masses d'eau furieuse d'un marron sale semblent se précipiter vers nous, aussi loin que porte la vue en amont. Les piles du pont sont prises dans des remous tourbillonnants qui pourraient avaler n'importe quelle gabare. Je repense aux inquiétudes de ma belle-mère. Le temps que dure la traversée, je reste fascinée par l'abondance des flots qui descendent inexorablement vers l'océan. Lorsque nous franchissons la rivière au retour, la nuit de cette fin d'automne est déjà tombée et je ne sais même pas à quel moment exact nous avons retraversé les eaux noires.

27

C'est au cours de ce même hiver que c'est arrivé, le 14 janvier, comment pourrais-je l'oublier ? Ce jour-là, madame Joséphine tousse beaucoup, elle a de la fièvre depuis plusieurs jours et Aimé a insisté pour faire venir le docteur de Carsac. Après les pluies de l'automne et le froid de décembre, l'humidité poisseuse du brouillard nous enveloppe jour et nuit, et ce n'est pas bon pour les poumons de ma belle-mère. Le médecin a laissé une ordonnance, il faut aller chez l'apothicaire à Gourdon sans trop tarder, a-t-il dit. Je prends donc le train pour m'y rendre au plus vite et rentrer en fin d'après-midi, avec celui qui repart vers Sarlat et arrive à Groléjac un peu après six heures du soir. La gare est moins animée qu'à l'habitude. Seules quelques charrettes sont stationnées devant le bâtiment. Au bout du quai voisinent des tas de planches de châtaigniers qui partiront vers Sarlat puis Bordeaux et des piles de rondins non dégrossis destinés au chauffage. Après Noël, l'activité des femmes qui vont vendre sur les marchés et les foires les volailles qu'elles ont engraissées diminue. Il n'y a pas grand monde sur le quai. Il est vrai que l'humidité glacée du brouillard n'incite pas à quitter la proximité du feu.

En repartant de Gourdon, je monte dans un wagon avec une vieille femme qui, hélas pour moi, descendra à Payrignac en laissant la portière grande ouverte. Sur le moment, je suis juste un peu fâchée car il fait froid mais après, et jusqu'à aujourd'hui, je me dis que si elle l'avait refermée les choses auraient été différentes, rien ne se serait passé, ils ne m'auraient pas vue. Cette femme, je ne la connais pas, je ne l'ai jamais revue depuis, mais ses traits sont à jamais imprimés dans ma mémoire, alors que les leurs, je ne m'en souviens pas. Elle a un petit visage sec et ridé, triste sous sa coiffe noire tuyautée. Elle semble accablée par le malheur et en même temps résignée. Elle ne regarde rien d'autre que ses mains posées sur ses genoux. Elle est entièrement vêtue de noir. A-t-elle perdu un proche récemment ? Difficile de le dire car les vieilles femmes d'ici portent en permanence la couleur du deuil. Mais elle m'abandonne, elle descend à la gare de Payrignac en laissant la portière ouverte. Et eux montent. Ils étaient trois. Je suis sûre qu'ils me connaissaient, car ils me dévisagent et l'un d'eux dit en patois : « C'est l'étrangère. » Moi je ne sais pas qui ils sont et je suis incapable de revoir leur visage. Quand j'ai essayé d'y repenser, que ce soit tout de suite après ou des années plus tard, je peux sentir leur odeur de tabac et de vin mêlés, j'entends leurs voix, leurs rires, je peux même ressentir à nouveau la griffure d'une pince de bretelle sur ma cuisse, mais les visages, rien, un trou vide rempli de brouillard.

L'un d'eux s'assoit près de moi et les deux autres en face et ils commencent à me toucher. Ils parlent et rient fort. À la gare de Saint-Cirq-Madelon, j'essaye de descendre du compartiment mais ils m'en empêchent. Une main sur ma bouche m'interdit de crier, personne n'ouvre la porte du compartiment et le train repart. Je sais ce qui va se passer. Quand j'étais enfant, dans les Bibans, notre jeune voisine Anissa avait été forcée par des soldats français. J'étais cachée derrière la grosse jarre pour l'eau et j'avais entendu ce qu'elle racontait aux femmes. Comment ils l'avaient maintenue, giflée pour qu'elle se taise et violée à tour de rôle. Je suis couchée sur la banquette, l'un d'eux me tient les bras, ma jupe est relevée très haut et la seule chose que je vois, ce sont les lambeaux de brume qui flottent dans le marais, tantôt s'accrochent à la vitre du train, tantôt s'en éloignent. Je ne sens rien, j'entends les rires et les ahanements, je me souviens que l'un d'entre eux proteste parce qu'il n'aura pas le temps de faire son affaire avant Groléjac. Mais ce n'est pas moi. Je suis la petite fille qui écoutait le récit d'Anissa, je suis la brume insaisissable. Quand nous arrivons à la gare de Groléjac, ils me laissent descendre et l'un d'entre eux me lance en français « Salut l'Arabe », avant de refermer la portière. Je reste immobile sur le quai à les regarder, sans les voir puisque j'étais et suis toujours incapable de les décrire, jusqu'à ce que le train démarre. Je ne sais pas où ils vont.

Je rentre à la maison, je donne son médicament à madame Joséphine. Henri est à l'atelier avec son père et son grand-père. Je mets de l'eau à chauffer. J'ai besoin de faire une toilette. Ma tête est vide mais mon corps me parle. La brûlure de mon sexe qui poisse de leur semence, le picotement des éraflures sur mes cuisses, la douleur de quelques mâchures sur mon dos. J'entends les hommes arriver pour le souper. Je me rhabille vite et me dépêche d'aller réchauffer la soupe. Aimé s'inquiète pour sa mère et sans me regarder, demande en se dirigeant vers la chambre de madame Joséphine :

— Tu as eu son médicament ?

— Oui, je le lui ai donné.

Je ne dis rien. Nous mangeons en silence. De temps en temps, je surprends sur moi le regard interrogateur d'Aimé. Quelque chose sur mon visage doit être différent, mais je sais qu'il ne me questionnera que dans l'intimité de notre chambre, pas en présence de son père et de notre fils. Je ne sais pas encore comment je vais lui dire. Ou alors je me tais, mais il faudra que je prenne soin de cacher les marques sur mon corps. Une fois la cuisine rangée et Henri couché, je rejoins Aimé dans la chambre. Y flotte une odeur récente de savon.

— Tu t'es lavée ? Qu'est-ce qui se passe ?

Je ne dis rien mais, sans que je m'en rende compte, des larmes commencent à couler sur mon visage.

— Dihya, dis-moi ce qu'il y a. Tu m'as toujours raconté. Tu sais que c'est ce que je veux. Quelqu'un t'a fait du mal ?

— Oui, des hommes.

— Tu veux dire qu'ils t'ont… ? Mais où ?

— Oui trois hommes. Enfin, ils étaient trois dans le train et deux m'ont…

Je voudrais qu'Aimé me serre contre lui, mais il reste debout, les bras ballants, livide, sous le choc. Je ne sais pas combien de temps nous restons silencieux. Et puis il m'agresse de questions. Qui sont-ils, d'où venaient-ils, où allaient-ils ? Des étrangers qui étaient venus pour le chantier du train ?

— Non, Aimé, ils parlaient patois et ils m'ont traitée d'étrangère et d'Arabe.

— Tu pourrais les reconnaître, on pourrait aller voir les gendarmes.

— Non Aimé, je ne pourrais pas les reconnaître… J'ai… effacé leurs visages.

— Comment ça, qu'est-ce que tu veux dire ?

Je ne sais pas comment expliquer cela à Aimé, alors pour couper court je dis que je n'ai pas vu leurs visages.

— Tu vas me répudier, me renvoyer en Algérie ?

Aimé se rapproche vivement de moi mais ne me touche toujours pas :

— Qu'est-ce que tu racontes ? Il n'en est pas question.

— Qu'est-ce que tu vas faire alors ?

Pendant un long moment il ne répond pas avant de dire que nous ne ferons rien, qu'il n'y a rien à faire.

— Tu n'en parles à personne. Et si un jour tu les reconnais, tu me le dis.

Cette nuit-là nous restons éveillés longtemps, allongés l'un près de l'autre sans nous parler ni nous toucher. Mon mari ne me répudie pas comme l'aurait fait un homme de mon peuple, mais je sens bien que quelque chose est brisé entre nous et que je n'y peux rien.

Le lendemain la vie reprend, en apparence la même. Henri va à l'école, madame Joséphine commence à aller mieux avec le médicament que je suis allée chercher hier à Gourdon. Si elle n'avait pas été malade, rien ne serait arrivé. Je ne peux pas m'empêcher de penser que c'est quand même un peu de sa faute, même si je sais que c'était écrit et que personne n'échappe à son destin. La vie a une apparence de normalité mais Aimé et moi, nous savons et nous ne pourrons plus vivre comme avant.

Depuis ce jour de janvier, je suis incapable de prendre le train seule. Jusque-là, j'étais ravie de me rendre à Gourdon ou plus exceptionnellement Sarlat, pour les besoins de la maison. J'aimais m'installer sur la banquette et regarder le paysage. C'était toujours le même, mais suivant l'heure et surtout la saison, les lumières et les couleurs étaient différentes et je ne m'en lassais pas. Mais le plaisir est devenu angoisse. Madame Joséphine a toujours des craintes à employer ce nouveau moyen de locomotion qu'elle trouve dangereux. Elle refuse de traverser la Dordogne quand les eaux sont hautes et se signe quand nous entrons dans le marais. Dorénavant, je me débrouille pour me faire accompagner par Henri. Je trouve chaque fois un prétexte mais je vois bien qu'il se pose des questions, qu'il ne comprend pas pourquoi tout à coup je ne veux plus prendre le train seule. Mais il ne m'interroge jamais là-dessus. Parfois Aimé accepte de venir avec moi car il sait bien pourquoi j'ai peur. Depuis ce malheureux jour, il ne m'a plus touchée. Nous sommes enfermés chacun de notre côté dans notre tristesse et notre douleur. Je ne sais pas quoi faire pour que nous retrouvions notre vie d'avant. J'ai perdu toute l'assurance et la paix que j'avais trouvées ici. Quand je suis arrivée à Groléjac, la maison de mon mari et son affection m'avaient donné ce que j'avais perdu depuis longtemps, la certitude de mener une vie sereine et normale à l'abri des raids, des armes et des haines. Même à Sétif, à l'époque où mon père était palefrenier pour la cavalerie française, il fallait subir la morgue des colons, les vexations et le mépris. En devenant madame Faure, je croyais échapper à tout ça, mais c'est impossible, aussi bien sur le territoire français que dans l'Algérie de la conquête et de la pacification.

Je ne trouve plus le sommeil. Ce mois-ci, mon sang n'a pas coulé et j'ai trop peur de ce que cela veut sans doute dire. Comment est-ce possible ? Comment le Dieu des chrétiens, la Vierge Marie, les saints ont-ils pu faire ça ? Ou alors, c'est Allah qui s'est vengé. Depuis la mort de ma pauvre petite Noélie, je n'arrivais pas à avoir une autre grossesse ! Et là, si je suis vraiment enceinte, que va-t-il se passer ? Aimé saura forcément que ce n'est pas le sien et cette fois, c'est sûr, il va me renvoyer avec cet enfant de personne. Il faudra que je parte, je ne verrai plus Henri. Que vais-je devenir ?

28

Plus aucun doute possible, mon sang n'est pas venu pour la deuxième fois. Je ne peux plus reculer, il faut que j'en parle à Aimé. J'attends que nous soyons couchés et qu'il ait éteint la lampe à pétrole. Il me semble que c'est plus facile dans le noir.

— Aimé, je dois te dire quelque chose.

— Tu es enceinte, c'est ça ?

Comment a-t-il pu savoir ? Je ne pensais pas qu'il me connaissait aussi bien. Il a dû sentir ce changement en moi. Je ne réponds rien, je ne sais plus quoi dire mais mon silence est un aveu. Muette de douleur, je pleure.

— J'ai pensé à une solution.

— Tu veux que je parte ?

— Mais non, Dihya, tout ça n'est pas de ta faute.

C'est comme si le rocher posé sur ma poitrine venait d'être enlevé. Mon mari tient à moi, il me garde. C'est un homme bon.

— Mais je ne veux pas que cet enfant naisse dans ma maison, tu comprends. Alors j'ai pensé demander à la cousine Anastasie. Ils ne peuvent pas avoir d'enfant. Tu pourrais partir chez elle avant que ça se voie et accoucher à Bordeaux. Tu leur laisserais le bébé.

— Mais je vais devoir m'absenter plusieurs mois, comment…

— On dira que tu es allée en Algérie pour voir ta famille. Les gens ici ne savent pas que tu n'en as plus.

— On fera comme tu voudras Aimé.

J'ai besoin qu'il me prenne dans ses bras mais il ne le fait pas et je n'ose pas le toucher. Je suis impure tant que j'ai un bâtard dans mon ventre.

— Demain, je vais écrire à la cousine Anastasie.

Je me dis que ce sera dur de partir aussi longtemps loin de mon mari et mon fils mais ma marraine de baptême est une femme aimable et je n'ai pas de meilleure solution à proposer. Je comprends qu'Aimé ne veuille pas voir cet enfant de la honte.

— Et tes parents ?

— Il faudra leur dire. Je leur expliquerai.

Madame Joséphine va cette fois me détester pour de bon mais je ne dis rien. Et au curé, dois-je le dire en confession ? Non, je n'en parlerai pas. Ce n'est pas moi qui ai commis un péché.

Depuis qu'Aimé a tout raconté à ses parents, ils n'ont fait aucun commentaire devant moi, mais je sais bien ce que pense madame Joséphine : « Voilà à quoi ça nous mène, qu'Aimé ait épousé cette étrangère. Il fallait s'attendre à avoir des problèmes ! » Mais je la connais assez maintenant pour savoir que ce qu'elle souhaite avant tout, c'est que ce qui m'arrive reste secret. Que personne ne sache jamais quelle honte touche sa famille. Si on me mettait dehors, la vérité pourrait se savoir, je pourrais parler. Elle me préfère sous contrôle. Ainsi, rien ne sortira de la maison.

La réponse de la cousine Anastasie vient d'arriver. Aimé ouvre la lettre et je vois se dessiner le soulagement sur son visage. Anastasie et son mari Raoul sont d'accord pour m'accueillir et adopter l'enfant. Je leur en serai reconnaissante à vie. Aussitôt, madame Joséphine se met à bavarder dans le voisinage pour répandre le bruit que je vais devoir voyager quelque temps en Algérie pour voir ma famille et, a-t-elle ajouté, régler des problèmes d'héritage. C'est elle qui a inventé ça, persuadée sans doute que pour les gens d'ici, cela représentera une raison sérieuse et importante pour que je m'absente aussi longtemps. Un héritage ? De ma mère, j'ai gardé un châle bordé de piécettes, de ceux dont les femmes berbères se ceignent les hanches pour danser. Il m'a suivie jusqu'à Groléjac. Quant à l'héritage paternel, il n'y en a pas. Le gourbi où nous vivions avec mon père ne lui appartenait pas et après sa maladie et à cause de l'épidémie, ses quelques biens ont été brûlés.

Il faut que je quitte la maison au plus vite, avant que mon ventre ne trahisse la honte. Je vais prendre le train pour Sarlat, seule cette fois, puis pour Bordeaux. Aimé est persuadé que quelque voisin curieux va se demander pourquoi je pars de cette ville au lieu d'embarquer à Marseille pour ensuite traverser la Méditerranée. Il trouvera bien un autre mensonge à servir. Henri ne connaît pas la vérité, mais je sais qu'un jour, avant de mourir, je lui raconterai tout, pour qu'il sache que l'enfant d'Anastasie n'est pas son cousin ou sa cousine. Son père lui a dit que je retournais en Algérie pour quelque temps. Je suis certaine qu'il n'est pas vraiment dupe, mais de toute façon il ne veut rien savoir de l'endroit d'où vient sa mère. Je vois bien que cela le gêne. Il préférerait être comme les autres, avoir une mère normale.

Une part de mes entrailles s'est arrachée quand j'ai dû laisser sur le quai mon mari et mon fils. Mais c'est le prix à payer pour la souillure que je porte.

Quand les wagons ont traversé la Dordogne sur le grand pont de pierre en direction de Sarlat, tout à coup j'ai détesté ce train. Tout était arrivé par sa faute. Si nous avions continué à circuler avec la jardinière et la jument, rien ne me serait arrivé. Très souvent j'ai devant les yeux ces écharpes de brume qui glissaient doucement le long de la vitre du compartiment, quand nous traversions le marais et que le malheur s'installait en moi à jamais. Je suis montée dans le même compartiment qu'une femme à Groléjac. Je la connais un peu pour l'avoir aperçue dans les magasins du port ou sur le quai de la gare. J'aurais dû me douter de sa curiosité mais je suis incapable de rester dans l'espace clos du compartiment avec un homme inconnu et j'ai donc préféré sa compagnie.

— Vous partez en voyage ? Vous avez des bagages, dit-elle en montrant le porte-bagages au-dessus des sièges.

— Oui, je pars visiter ma famille.

— Et, vous allez loin ?

— Oui, je prends le bateau après.

— Pour les colonies d'Afrique ?

— Oui.

Voyant que je ne suis pas disposée à bavarder, à mon grand soulagement, elle met fin à son interrogatoire.

Si je n'étais pas aussi anéantie par la tristesse, je me serais réjouie de la beauté des paysages lorsque nous longeons la Dordogne après Sarlat, avec tous ses châteaux et ses falaises. Mais les larmes embuent mon regard.

Je trouve facilement Anastasie sur le quai de la gare et elle m'embrasse chaleureusement. Sa compassion et son affection me font du bien, même si je ne peux pas m'empêcher de penser qu'elle et Raoul tirent un avantage de mon malheur. Mais aussitôt, je chasse cette mauvaise pensée. Sans eux, je ne sais pas comment nous aurions fait. Et puis je sais que chez eux, mon enfant sera bien. Parce que c'est aussi mon enfant. Maintenant il grandit en moi et il a une existence. Au début, je n'y pensais pas, anéantie par le chagrin, submergée par ce qui m'arrivait. Mais maintenant je commence à penser à l'enfant.

29

Cela fait maintenant plusieurs semaines que je suis rentrée à Groléjac. À la maison, la vie a repris son cours comme si rien n'était arrivé. Henri a beaucoup changé durant les mois où je suis restée à Bordeaux et nous n'avons plus des liens aussi étroits, il est maintenant toujours à l'atelier avec son père et m'adresse très peu la parole. C'est comme si j'avais perdu deux enfants. Moi aussi j'ai changé, je me suis déchirée, une partie de moi est restée à Bordeaux. J'ai dû quitter ma petite fille. Je sais qu'Anastasie l'aime et prendra bien soin d'elle. Elle l'a appelée Rose mais pour moi elle restera pour toujours Thiziri. Je l'ai nommée ainsi dans mon cœur, de ce prénom berbère qui veut dire Clair de Lune. Je sais que, si nous nous rencontrons à nouveau un jour, je ne serai pas sa mère mais la filleule de sa mère Anastasie, une femme mariée au cousin Aimé, rien de plus. Je ne sais pas comment je vais supporter cette idée. Souvent, sans que je m'en rende compte, les larmes coulent sur mes joues quand je travaille dans la maison, le jardin, que je conduis la jardinière, ou que je m'assieds quelques minutes sur les rives de la Dordogne. Mais je parviens à me contrôler quand je ne suis pas seule et à donner le change à mes proches et au voisinage.

L'autre jour, j'ai surpris une conversation entre madame Joséphine et Aimé. Je supposais bien que les gens parlaient et que ma longue absence avait éveillé des curiosités. Ma belle-mère se plaignait à son fils :

— Je crois que ces hommes ont parlé, ils se sont vantés de ce qu'ils avaient fait, les bruits circulent. Je fais comme si je n'entendais pas, mais on ne peut pas laisser…

— Tu ne fais rien, tu ne dis rien. Les choses vont se calmer, bientôt les gens auront trouvé un autre sujet de racontars.

Mon mari avait répondu d'un ton sans réplique à sa mère. À moi, il ne me parle jamais de rien, comme si ces derniers mois avaient été effacés. Au lit, nous avons parfois des rapports de mari et femme, mais je sens bien que ce n'est pas comme avant. Aimé fait comme s'il ne s'apercevait de rien et je n'ose pas aborder le sujet. Moi aussi je me tais. Nous nous taisons tous. Jour après jour, nous faisons semblant. Le secret reste enfoui et en même temps, il est toujours présent. À la maison, il flotte autour de nous, comme une odeur de pourriture qui imprégnerait l'air dans la cuisine quand nous sommes réunis pour les repas et dans la chambre que je partage avec Aimé. Il m'arrive encore de faire un cauchemar où dérivent ces pans de brume que je voyais dans ce maudit train qui traversait le marais. Petit à petit les quelques souvenirs de cette terrible violence se détachent de moi avec le temps, comme les écharpes de brouillard qui s'effilochent. Pourtant il y a un secret enfoui au fond de mon corps qui restera vivant à jamais, c'est la présence de ma petite Thiziri dans mon ventre. Cette histoire-là, nul ne pourra jamais la nier ou la détruire, elle n'appartient qu'à moi. Les autres veulent l'ignorer mais moi je sais que Thiziri, ma petite Clair de Lune, est mienne, qu'Henri a une sœur. Je devrais oublier que je suis sa mère, d'ailleurs désormais elle s'appelle Rose. Nous en avons parlé avec Anastasie avant que je ne quitte Bordeaux. Elle m'a dit que le mieux pour moi était que je ne la revoie jamais, que j'efface son existence. Pour me faciliter les choses – ce sont les mots qu'elle a employés –, elle ne viendra plus à Groléjac rendre visite à la famille. Je suppose qu'elles ont dû se mettre d'accord avec madame Joséphine. Anastasie et son mari Raoul gardaient ce bébé qui, en quelque sorte, leur tombait du ciel mais ils restaient pour toujours éloignés de la famille d'Aimé. C'était une façon de maintenir la honte à distance et de l'enterrer. Mais pour moi, c'était trop difficile et quand le souvenir de ma fille est devenu une obsession, j'ai écrit à Anastasie pour avoir de ses nouvelles. Compatissante, elle m'a répondu quelques rares fois, me donnant toujours de bonnes nouvelles de Thiziri. Le lien est ténu mais c'est mieux que rien. J'essaye de me convaincre qu'elle est heureuse avec ses parents adoptifs et que c'est mieux pour elle de ne pas connaître sa véritable origine : fille d'une étrangère et de fantômes. Je cache les lettres envoyées par Anastasie dès qu'elles arrivent, mais je suis certaine que madame Joséphine a bien dû se rendre compte que, par période, je guette chaque jour le passage du facteur. Elle ne fait pourtant aucun commentaire. Tout doit rester dans le silence. Je profite des moments où je suis seule pour les lire et les relire, puis je les cache dans une boîte que je glisse derrière une pierre dans un trou du mur de la cave. Je sais qu'elles sont là, elles m'accompagnent.

Pour la Saint-Joseph, madame Joséphine m'envoie à Groléjac acheter du poisson. C'est la fête du saint patron des charpentiers et elle tombe le 19 mars, pendant la période du carême. Ma belle-mère prépare toujours un repas spécial ce jour-là ou le dimanche qui suit, mais bien sûr, pas de viande. Alors je vais jusqu'au port, chez Chabert, où ils ont le choix de poissons de la Dordogne. Au moment où j'attache la jument en bas de la rue du Port, deux jeunes hommes surgissent de derrière une charrette, me bousculent en riant et l'un d'eux me souffle en plein visage :

— Alors l'étrangère, ça t'a pas suffi dans le train, tu en veux encore ?

Puis ils disparaissent vers le haut de la rue. Je reste tremblante un moment, avant de frapper à la porte de chez Chabert.

Ma belle-mère disait vrai quand elle en parlait à Aimé, l'histoire de mon viol est connue dans le village. Les gens savent-ils aussi que j'ai donné naissance à un enfant quand je suis partie pendant des mois ? Sans doute, mais personne n'en parle, aucune femme, aucune jeune fille de ma connaissance n'a posé de questions. Le silence de la honte. Je ne dirai rien à Aimé de l'incident d'aujourd'hui. Avant, je lui racontais tout, la moindre bousculade dont j'étais volontairement l'objet au début de ma vie à Groléjac, la moindre phrase méprisante qui m'était adressée. Ce temps est fini, nous sommes à jamais prisonniers des choses tues. Nous devons vivre comme si rien n'était arrivé. Il faut que j'en sois capable.

C'est injuste. Je savais en suivant Aimé en France que rien ne serait facile. Il me protégeait en me disant que tout se passerait bien. Il me le répétait durant les dernières semaines passées à Sétif et sur le bateau qui nous conduisait vers Marseille, mais même si je n'avais aucune idée précise de ce qui m'attendait, je savais bien que ce serait difficile. Mon jeune âge a fait que j'ai vite appris leur langue et adopté leurs habitudes. Si parfois remontaient de mon enfance dans les Bibans des interdits ou des joies liés à nos coutumes de là-bas, je les ai toujours repoussés et enfouis au plus profond de moi. J'ai tout fait pour devenir une femme d'ici, la femme d'Aimé Faure, menuisier-charpentier à La Mouline, une bonne chrétienne. Et je crois que j'avais réussi, personne ne me dévisageait plus à la dérobée, on répondait à mon bonjour, les jeunes femmes me parlaient comme à une égale quand nous nous rencontrions à la fête de la Saint-Léger, dans une foire à Groléjac ou dans les environs. Je me souviens même du jour où Hortense Delteil, qui habitait une maison neuve pas très loin de l'école, m'avait confié son bébé. Nous étions à la foire de la Saint-Blaise à Nabirat et elle voulait marchander une pièce de tissu mais son bébé d'environ six mois ne cessait de gesticuler et de crier. Elle me l'avait mis dans les bras pour pouvoir traiter son affaire tranquille. J'avais ressenti cela comme une grande marque de confiance, la preuve que j'étais comme n'importe quelle femme d'ici. C'était peu de temps avant l'histoire du train. Ensuite, je suis redevenue l'étrangère, celle qui attire les problèmes, celle qui est souillée et dont on se méfie, même si on essaie de ne pas trop le montrer. Personne ne m'a jamais dit en face que je n'étais plus la même qu'avant mais je le savais aux regards de mépris ou parfois hostiles que je captais, aux conversations qui cessaient à mon approche. Cette honte me colle à la peau et durera jusqu'à ma mort, peut-être même après. J'ai appris par Aimé que, le jour de la fête des conscrits, Henri s'était battu parce qu'un camarade un peu éméché l'avait traité de « fils de l'étrangère ». Je m'étais dit que, avec ce qui s'était passé dans le train, l'injure aurait pu être pire. Il y a longtemps, alors qu'il était encore un enfant, je lui avais expliqué pour la première fois pourquoi j'étais étrangère, parce que j'étais née de l'autre côté de la Méditerranée. Ne rien lui dire aurait été nier toute une partie de mon existence et puis, tôt ou tard, il se serait demandé pourquoi son père me parlait encore parfois de l'Algérie. Alors je lui ai raconté mon enfance dans les Bibans, Sétif, les casernes, mon père mort du typhus, notre mariage, le bateau. Il est entré dans une grande colère et a hurlé : « C'est pas vrai, ma mère peut pas être une étrangère. » Ce moment reste à jamais un souvenir trop douloureux. En même temps je comprenais Henri, c'était comme avoir une marque d'infamie au fer rouge, comme celles qu'on faisait autrefois aux esclaves. Le

Calife nous avait parlé de cela un jour à Sétif. Et cela m'avait révolté, que l'on puisse marquer à vie un être humain comme du bétail. Et aujourd'hui mon fils porte ce fardeau infamant, être le fils de l'étrangère, celle qui s'est fait déshonorer !

Jusqu'à quand cette tache restera-t-elle sur notre famille ? Je connais assez bien les coutumes d'ici, en cela pas très différentes de celles de mon peuple d'origine, pour savoir que les secrets sont enfouis mais qu'ils ne meurent pas et peuvent ressortir n'importe quand.

30

J'étais déjà d'un âge un peu avancé pour une grossesse quand Rose Thiziri était née et je n'ai pas pu donner d'autres enfants à Aimé. Il ne m'en a jamais fait le reproche mais je savais que c'était un chagrin pour lui tout autant que pour moi. L'épouse de son frère Pierre lui a fait cinq enfants mais, malheureusement pour elle, madame Joséphine ne les a pas tous connus, elle est morte avant, suivie de peu par le père d'Aimé. Henri a repris l'atelier et, avec son épouse Paule, ils vivent avec nous. Elle est de l'Assistance publique, sans parents connus. Madame Joséphine n'aurait pas manqué de dire que ce n'était pas un parti pour son petit-fils. Mais je ne pouvais m'empêcher de penser que peut-être, compte tenu de sa situation, elle n'avait pas fait la difficile pour épouser Henri, le fils de l'étrangère. Je ne sais pas si d'autres jeunes filles qui connaissaient l'histoire de notre famille l'avaient refusé pour ce motif. Mon fils ne m'en a jamais rien dit, mais c'étaient des choses dont on ne parlait plus jamais à la maison. C'était peut-être moi qui me faisais des idées, qui continuais à porter cette tache indélébile, y compris après la Grande Guerre. Dans de nombreuses familles elle avait apporté un malheur encore plus grand que le mien. On ne comptait plus les jeunes hommes disparus, parfois toute une fratrie, les mères et les épouses vêtues de noir. Des femmes avaient dû prendre leur destin en main pour survivre, assumer le travail des champs ou installer un petit commerce. Au milieu de toutes ces difficultés, de ces bouleversements, qui se préoccupait encore de ce qui m'était advenu quinze ou vingt ans plus tôt ?

En 1928, Aimé nous a quittés, emporté par une infection pulmonaire grave. Je me souviens que, alors qu'il était alité dans la chambre et déjà fort malade, je lui ai apporté le journal pour le distraire un peu. J'étais repartie à la cuisine quand je l'ai entendu crier. Je me suis précipitée, craignant que son état n'ait brutalement empiré. Mais il était rempli d'excitation, agitant le journal :

— Tu te rends compte Dihya, un Algérien a gagné.

Cela faisait très longtemps qu'il ne m'avait pas appelée par mon prénom berbère.

— De quoi tu parles ?

Il venait de lire l'article qui expliquait qu'un Français d'Algérie du nom d'Ahmed Boughera El Ouafi, né en en 1898 à Ouled Djellal près de Biskra et ouvrier de son état, venait de remporter le marathon aux jeux Olympiques d'Amsterdam cette année 1928.

— Peut-être que le Calife le connaît, tu te souviens, ils étaient partis dans le Sahara avec Barthes. Et la lettre, la lettre qu'il m'avait envoyée, elle venait d'El Oued.

Il avait gardé une mémoire intacte de tous les noms, les lieux de là-bas. Et à partir de ce jour et jusqu'à sa mort, deux semaines plus tard, il me parlait sans cesse de Sétif, des années que nous y avions vécues, des gens que nous y avions connus comme s'il voulait conserver pour l'éternité le souvenir de l'endroit qui avait bouleversé sa vie et la mienne. Et jusqu'à son dernier souffle, il ne m'appela plus que Dihya.

Henri a eu deux enfants, d'abord Émile puis, cinq ans plus tard, la petite Léonie. Je vis toujours avec eux dans la maison de La Mouline qu'Henri a agrandie et embellie. Je m'occupe un peu encore du potager mais je ne prends plus le train ni même la jardinière pour aller à Groléjac. C'est ça qui me manque depuis la mort d'Aimé, ne plus pouvoir aller jusqu'à la Dordogne. Il faudra que je demande à Henri de m'y conduire une fois avant de mourir. Je n'ai plus jamais eu de nouvelles de Thiziri, qui doit être mariée et avoir des enfants. Il m'arrive encore de pleurer quand j'y pense. J'ai toujours gardé les lettres qu'Anastasie m'avait envoyées peu après la naissance, où elle me donnait quelques brèves nouvelles. Je vais encore les lire en cachette parfois. Je pourrais bien les garder dans ma chambre maintenant que mes beaux-parents et mon mari sont morts. Mais le secret doit perdurer même après ma disparition. J'ai l'impression d'être aussi l'étrangère pour mon fils, il est toujours distant avec moi et je ne lui ai jamais révélé l'existence de sa demi-sœur. Il n'est pas prêt à entendre la vérité. Je me tairai jusqu'au bout. Mais un jour, sa fille, la petite Léonie, m'a surprise à la cave en train d'ouvrir la boîte où je garde les lettres d'Anastasie, dans le mur derrière une pierre.

— Qu'est ce que tu fais mémé ? Montre-moi.

J'aurais pu inventer n'importe quel mensonge mais sans savoir bien pourquoi, j'ai expliqué à Léonie que c'était un secret qu'elle ne devait dire à personne, qu'elle avait une tante, une sœur de son papa qui habitait à Bordeaux mais que surtout, il ne fallait pas en parler. Sans doute quelqu'un devait-il savoir la vérité sur la fille d'Anastasie. Léonie avait cinq ans alors et depuis, chaque fois que nous sommes ensemble à la cave, elle me montre la cachette, met un doigt sur la bouche et dit :

— Chut, c'est le secret.

Je ne sais pas ce qu'il adviendra des lettres après ma disparition, sans doute Léonie, devenue adulte, les aura-t-elle oubliées et le secret restera emmuré. Ou peut-être pas.

Quatrième partie

Lucile

31

Quand j'annonce à Stéphane que je repars à Groléjac, pour la première fois il perd vraiment patience et me traite de folle. La mort de maman s'est éloignée dans le temps et il ne fait plus preuve de la même compréhension qu'au début. Au retour de nos vacances d'été sur les rives de la Dordogne, qu'il a appréciées malgré tout, la vie a repris à Bordeaux comme avant, du moins c'est ce qu'il croit. Il ne sait pas que je lis et relis sans cesse les lettres échangées entre Anastasie et Jeanne, que l'existence et l'identité de ce bébé dont il est question entre les deux femmes est devenue une sorte d'obsession. Si bien que quand je lui annonce en janvier que j'ai pris une semaine de congé et que je retourne à Groléjac, il perd son calme habituel. Je le laisse vociférer et j'attends que le flot de sa colère soit tari pour lui expliquer que je suis allée faire quelques vérifications aux services de l'état civil de Bordeaux. Il me dévisage et je sens que la colère fait place à nouveau à l'incompréhension.

— Tu ne m'as rien dit. Tu caches encore d'autres choses comme ça ? Qu'est ce qui t'arrive ?

— Je ne voulais pas t'ennuyer avec ça. Tu veux savoir ce que j'ai appris sur mes origines ?

Il ouvre la bouche mais ne dit rien.

— J'ai appris que mon ancêtre Anastasie n'avait pas eu d'enfant avec son époux Raoul Bourdette. Aucune trace de naissance. Tu comprends ce que ça signifie ? Je ne suis pas la descendante d'Anastasie et de Raoul.

— Et alors, ça change quoi ? Toi, tu vis au vingt et unième siècle, non ?

— J'ai continué mes recherches et j'ai trouvé la trace de l'adoption par les Bourdette d'un bébé nommé Rose, née en 1902, fille de Jeanne Dihya Faure domiciliée à Groléjac. Rose était mon arrière-grand-mère.

Stéphane ne dit plus rien et m'écoute lui raconter avec une sorte de fébrilité le fruit de mes recherches.

— Je descends donc de cette femme qui vivait à Groléjac au début du vingtième siècle, cette étrangère que Gilbert, malgré le flou de sa mémoire, a reconnue sur la photo de mariage dans la maison de La Mouline, quand j'ai rendu visite à la famille Faure, après la mort de Léonie.

— La vieille qui vit près du lac à Groléjac ne te l'a pas dit, elle aussi, l'été dernier ?

Je suis étonnée que Stéphane s'en souvienne.

— Si, tu as raison. Elle m'a parlé elle aussi d'une étrangère. Cette femme qui s'appelait Jeanne, mais aussi Dihya, sans doute son premier prénom. Dans ses lettres, elle appelait sa fille Thiziri, même si Anastasie l'avait baptisée Rose en l'adoptant.

— Tu ne sais pas de quel pays elle venait, cette femme ?

— Je crois que si. Georgette, la femme de Gilbert, m'a donné l'été dernier une carte envoyée depuis la ville de Sétif en Algérie par un membre de la famille Faure, le grand-père de Gilbert. La date qui figure sur le tampon de la poste me laisse penser que c'était le tout début de la colonisation en Algérie, la fin de la conquête. Peut-être est-il parti là-bas comme soldat ? Et il a ramené avec lui une femme, une étrangère.

Stéphane s'est laissé tomber sur un fauteuil et semble réfléchir.

— Mais alors, puisque tu sais tout maintenant sur tes origines, tu n'as plus besoin de retourner là-bas, à Groléjac. De toute façon, ça ne change rien pour ta vie actuelle.

— Si, je dois savoir pourquoi Jeanne Dihya a été obligée de donner son bébé à Anastasie. Ses lettres montrent bien que c'était douloureux pour elle. Et puis, en parlant avec la vieille Yvonne et la famille Faure, j'ai senti qu'il y avait quelque chose que l'on me cachait. Il reste une zone d'ombre dans cette histoire que je veux éclaircir.

Stéphane a soupiré et haussé les épaules. C'est vrai que j'ai un impérieux besoin d'aller jusqu'au bout, de savoir pourquoi mon arrière-grand-mère a été séparée de ses parents, enfin plus exactement de sa mère biologique. Car sur l'acte d'adoption, il n'est question que de la mère. Mais qui, alors, était le père de Rose Thiziri ?

Je ne le dis pas à Stéphane, mais j'ai envie aussi de retrouver Groléjac en hiver. Je suis certaine que Simone va être enchantée de mon retour à l'Hôtel du Port.

Je franchis le pont sur la Dordogne avant de me garer près de l'hôtel de Simone. Je sais qu'elle m'a préparé « ma » chambre et qu'elle est impatiente de bavarder avec moi, elle me l'a dit au téléphone. L'humidité glacée me saisit mais, avant de pénétrer dans la salle de café-restaurant du Port, je jette un coup d'œil au cœur du village ancien qui domine la route. L'église se dérobe en partie au regard, emprisonnée sous un couvercle de brume. Si Stéphane était avec moi, il dirait sans doute que c'est absurde de venir ici en cette saison avec une météo pareille. Mais je souris malgré la tristesse du panorama sous ce ciel hivernal. C'est comme si j'étais de retour chez moi. Dès que je pénètre dans la salle, Simone me plaque sur les joues deux bises chaleureuses, me fait asseoir à ma table près du radiateur et file préparer mon thé préféré :

— À la bergamote, c'est bien ça ? me crie-t-elle depuis sa cuisine. Je n'ai pas oublié.

En ce milieu d'après-midi, la salle est vide. Je regarde la terrasse où nous prenions nos repas avec Stéphane l'été dernier, au milieu des tablées de touristes d'où fusaient différentes langues d'Europe. Comment mon ancêtre, l'étrangère, avait-elle été accueillie ici à la fin du dix-neuvième siècle ? Elle vivait à La Mouline, dans cette même maison qu'occupent encore ses descendants de la lignée officielle, Gilbert et son fils Jean-Pierre. C'est Georgette qui me l'avait affirmé : « L'arrière-grand-père de Gilbert vivait déjà là et même je crois la génération d'avant, c'était depuis longtemps la maison des Faure. » Il faut que je retourne les voir, ainsi que la vieille Yvonne. Ce sont mes seuls espoirs de connaître la vérité. Simone est revenue avec la théière en précisant bien qu'elle m'offre le thé. D'ailleurs je remarque qu'elle a apporté deux tasses, et elle s'assied en face de moi.

— Alors, racontez-moi ce que vous avez trouvé à Bordeaux. Vous en savez un peu plus ? Depuis votre dernier coup de fil, quand vous m'avez appelée pour réserver, il me tarde que vous me racontiez la suite. Vous avez bien fait de téléphoner à l'avance, même si c'est vide comme toujours l'hiver, comme ça, j'ai pu bien chauffer votre chambre.

Son mari rentre à ce moment-là. Il s'approche pour me saluer poliment. Simone lui lance un coup d'œil exaspéré et il ressort aussitôt en annonçant qu'il part à Sarlat. Elle ne lui répond rien. Son comportement a changé depuis l'année dernière où elle lui obéissait au doigt et à l'œil. C'est étrange, je me rends compte que mon rapport à Stéphane a changé aussi, comme si cette remontée vers mon passé donnait un autre éclairage à mon présent.

En racontant à Simone mes découvertes sur l'adoption de mon aïeule, tout à coup je m'interroge. Et maman, est-ce qu'elle savait ? Pourquoi avait-elle rangé la photo de « La famille de Groléjac » à part ? Et mon grand-père Benjamin, ignorait-il que sa mère était en fait la fille d'une étrangère ? Mais ce sont des questions qui resteront sans réponse. Je ne saurai jamais si

Anastasie a gardé le secret des origines de Rose. Je suis tentée de penser que oui au vu de ce qu'elle écrit dans les quelques lettres envoyées à Jeanne Dihya, qui se trouvaient encore dans les affaires de la vieille Léonie.

J'hésite entre rendre d'abord visite à la famille Faure ou bien commencer par Yvonne. Puis je me dis que si j'ai déjà quelques éléments d'information venant de la famille, la vieille dame se laissera aller plus facilement à raconter ce qu'elle sait. Car j'en suis certaine, Yvonne ne m'a pas tout dit sur l'histoire familiale de ses voisins.

À ma grande surprise, quand Georgette me répond au téléphone, elle est plutôt aimable et tout à fait disposée à me revoir.

— Vous pouvez venir cet après-midi si vous voulez, avec ce temps on bouge pas trop et puis Gilbert... il ne peut plus sortir beaucoup.

Je ne m'attendais pas vraiment à cet accueil, mais un jour Simone me l'avait dit : « Les gens d'ici, ils se méfient quand ils connaissent pas, mais après, ils vont se montrer polis et même aimables. »

Quand je gare ma voiture dans la cour des Faure, je reste là un moment à imaginer ce que pouvait être la vie de mon ancêtre Jeanne Dihya dans cette maison. Je suis émue de savoir que je descends de cette femme qui a vécu ici. C'est comme si je sentais sa présence dans cette cour et ce jardin près de la Germaine qu'elle a dû cultiver, sur le pas de cette porte qu'elle a dû franchir maintes et maintes fois, dans cet atelier où travaillait sans doute son mari. La première fois où j'étais venue, c'était le domaine de Jean-Pierre, le dernier Faure de la lignée officielle, de même que je suis la dernière de la lignée cachée. Mais aujourd'hui le silence règne, il n'est pas là. Je me décide à aller frapper à la porte et, à ma grande surprise, Georgette m'accueille en m'embrassant. Je suis un peu décontenancée mais j'essaie de le cacher en demandant des nouvelles de Gilbert.

— Oh, c'est chaque jour pire, la plupart du temps il ne nous reconnaît plus, ni moi ni notre fils. Le docteur dit qu'on a de la chance, il n'est pas violent et pas difficile. On le met devant les images de la télé et il y reste. Il regarde mais c'est comme s'il ne comprenait pas ce qu'il voit. Ça fait mal au cœur, je vous assure.

— Et votre fils, il va bien ? Je ne l'ai pas entendu à l'atelier en arrivant.

— C'est qu'il a trouvé un travail à Sarlat dans une jardinerie. Il ne s'occupe pas des clients, vous pensez bien, vous avez vu comment il est... – elle hésite – ... pas facile. Si seulement il pouvait trouver une femme et avoir des enfants.

Georgette me fait de la peine, entre son mari malade et son fils taiseux et grognon. Nous échangeons encore quelques banalités sur le temps qu'il fait avant que je n'aborde le but de ma visite. Georgette ne m'a rien demandé, ni au téléphone, ni depuis mon arrivée, elle attend patiemment que j'en vienne au fait. Sans doute n'est-elle pas pressée aujourd'hui de me voir partir et de se retrouver face à son mari qui n'est plus qu'un corps vide. Je lui fais part alors de mes découvertes récentes à Bordeaux, du fait que je suis l'arrière-petite-fille d'une femme nommée Rose mais qui en fait n'était pas la fille d'Anastasie, comme je le croyais, mais de Jeanne Dihya qui vivait ici, l'étrangère. J'ai ressorti la photo des mariés de « La famille de Groléjac ». Elle n'a pas besoin de la regarder pour suivre ce que je lui explique. Elle ne semble pas étonnée quand je lui lis la correspondance entre Jeanne et Anastasie. Pendant toute cette année, depuis la première fois que je suis venue chez elle, elle a dû repenser à tout ça.

— Ce que je voudrais savoir maintenant, c'est pourquoi Jeanne Dihya a dû donner malgré elle son bébé, qu'elle prénommait Thiziri, à la cousine de son mari qui vivait à Bordeaux et qui l'a rebaptisée Rose.

Pendant un moment Georgette ne dit rien, il me semble qu'elle hésite, puis elle se décide à parler.

— Vous savez... autrefois, on n'acceptait pas toutes les grossesses...

— Vous voulez dire les naissances illégitimes ?

— Oui, surtout dans certains cas...

— Vous savez quelque chose Georgette ? Il faut me le dire.

— Dans la famille de mon mari, chez les Faure, on n'en a jamais rien dit, ni du temps des parents de Gilbert, ni après. Mais vous savez, je suis née pas loin d'ici et les gens parlaient... Alors dans ma famille, j'ai entendu dire qu'autrefois, une femme de chez Faure, l'étrangère, avait été... forcée et qu'elle avait laissé son enfant à Bordeaux.

— Mais par qui, qui l'avait violée ?

— Ça, je ne peux pas vous le dire, je n'en sais rien. Et je ne sais pas si quelqu'un est au courant.

Je reste muette, sous le choc de la découverte, même si j'avais pressenti l'existence d'un secret inavouable autour de Jeanne Dihya. Georgette se lève et me propose :

— Je vais vous faire un café.

Je sais que je n'apprendrai rien de plus chez Faure mais peut-être Yvonne... Georgette me dit que oui, c'est sans doute une bonne idée, elle connaît beaucoup de choses sur l'histoire du coin. Quand nous nous séparons, elle me propose de revenir la voir quand je veux et nous nous embrassons. Après tout, c'est ma parente par alliance.

Le soir, après le dîner, Simone délaisse son feuilleton télévisé pour venir s'asseoir à ma table avec deux tasses d'infusion et attend le compte rendu de ma journée. Elle trouve incroyable cette histoire, elle en est tout excitée.

— Un viol, ici ! Remarquez, il n'y a pas très longtemps, une touriste anglaise qui faisait du stop a bien subi le même sort. Et c'était un type de par ici. Mais là, pour votre ancêtre, vous savez pas du tout qui c'était...

— Non, ma dernière chance d'en savoir un peu plus, c'est la vieille Yvonne. J'irai la voir demain.

— Ah oui, peut-être elle…

Quand je frappe chez la vieille femme, elle ne se lève pas pour ouvrir et se contente de crier d'entrer, que c'est ouvert. Elle est assise dans son fauteuil près de la fenêtre et a l'air d'avoir beaucoup vieilli depuis l'été dernier. Elle a de fréquentes quintes de toux.

— Ah, c'est vous qui nous faites une petite visite. Vous vous rappelez ce que je vous ai dit, que le lac est plus agréable en hiver.

— Bonjour Yvonne. Vous avez fait venir un médecin ? Vous toussez beaucoup et vous avez l'air fatiguée.

— Oh non, ça va passer, j'ai la peau dure. Et puis si ça passe pas, c'est que mon heure sera venue. Mais c'est gentil de venir me voir. Vous pouvez remettre une bûche dans le feu, ça m'évitera de me lever.

— Tout à l'heure, j'irai vous en chercher d'autres en bas.

— Ah oui je veux bien, vous êtes bien aimable. Ces jours-ci, c'est un peu difficile.

— Vous n'avez personne pour vous aider ?

— Si, si, les voisins passent, mais ils n'ont pas toujours le temps. J'ai encore de cette bonne eau-de-vie de prune, allez en chercher – elle me montre le buffet –, ça nous fera du bien avec ce froid, et pour mon rhume aussi.

Le silence s'installe brièvement tandis que nous avalons la première gorgée d'alcool. On n'entend que le craquement du bois qui flambe dans le poêle. Puis je ressors la photo des mariés. Yvonne a un rire bref. Depuis le début elle sait quel est le but de ma visite. Je lui raconte tout ce que j'ai appris à Bordeaux et hier chez les Faure. Elle m'écoute sans rien dire. J'ai relu avant de venir les notes que j'avais prises l'été dernier lors de ma précédente visite à Yvonne. Elle m'avait dit qu'il ne se passait pas que de bonnes choses dans le train, celui qui circulait autrefois entre Gourdon et Sarlat et qui s'arrêtait à la gare en face de sa maison. Je commence donc par lui rappeler ce qu'elle m'avait dit à propos du train.

— Vous pensiez à quoi, Yvonne, en me disant ça ?

Elle semble réfléchir un moment, hésite, puis hausse les épaules :

— Au point où vous en êtes maintenant, je peux bien vous le dire.

J'ai l'impression que tout mon sang reflue dans ma tête, tout à coup j'ai très chaud. L'alcool de prune sans doute, ou la sensation soudaine de toucher au but.

— Je peux vous rapporter ce que j'ai entendu dire chez moi... qu'une femme de chez Faure avait été violée dans le train.

— C'était Jeanne Faure ?

— Oui, celle qu'on appelait l'étrangère.

— Qui avait fait ça ?

— Ça, je n'en sais rien. Peut-être qu'à l'époque, ça se savait mais qu'on n'en avait pas parlé...

— En tout cas, Georgette ignorait que ça avait eu lieu dans le train. Et les Faure n'en parlaient jamais.

— C'est le genre de chose que les familles préféraient enfouir au fond des placards. Quand ça a eu lieu, ils ont sans doute tout fait pour enterrer la honte. Votre ancêtre, elle a dû partir à Bordeaux pour cacher sa grossesse, accoucher là-bas et y laisser le bébé.

— Mais elle était mariée. Son mari aurait pu...

— Il devait savoir ce qui s'était passé, il a pas dû vouloir du bébé et il a sans doute tout fait pour éviter cette souillure sur sa famille, pour que toute l'histoire soit vite cachée et oubliée. La famille Faure ne pouvait pas accepter un bâtard né d'un viol ! Vous savez, à l'époque, c'était comme ça.

Malgré sa fatigue, Yvonne se lève pour rapprocher son fauteuil de moi et pose sa main sur la mienne.

— Vous vouliez savoir...

— Oui, merci Yvonne. Je crois que cette fois, je suis arrivée au bout de ma quête.

Quand je la quitte, après l'avoir approvisionnée en bois et lui avoir réchauffé un bouillon, la nuit est déjà tombée. Je lui dis que je reviendrai la voir.

— Si je suis encore de ce monde, me répond-elle.

Je proteste, je suis sûre qu'elle ira mieux et que nous nous reverrons. Mais je n'en suis pas si certaine. Pourtant je pense bien un jour remettre à nouveau mes pas dans ceux de mon ancêtre Jeanne Dihya. Elle a passé presque toute sa vie à Groléjac, mais elle était l'étrangère. Elle était née ailleurs. Je ne peux pas retrouver les traces du père de Rose, elle n'en avait pas. Mais en arrivant à l'Hôtel du Port, je repense tout à coup à la carte postale que m'a donnée Georgette et qui représente la ville de Sétif en Algérie, où se trouvait alors le soldat Faure, le mari de Jeanne Dihya. Jeanne a vécu à Groléjac mais Dihya, elle, avait dû grandir à Sétif, où l'ancêtre de Gilbert l'avait rencontrée. Oui, bien sûr, c'est l'évidence : ma quête ici est terminée. Je dois maintenant me rendre à Sétif.

32

Je viens d'embarquer à bord du *Tassili*, le ferry qui rallie Marseille à Alger. J'aurais pu prendre l'avion mais je veux aborder l'Algérie comme l'a fait le mari de Jeanne Dihya, par la mer. Dans les archives de l'armée, j'ai lu qu'à l'époque de la conquête, et jusqu'à ce que soit créée la ligne ferroviaire Alger-Constantine, les soldats affectés à Sétif débarquaient à Alger et se rendaient à pied jusqu'à leur cantonnement. Certes, mon voyage tient du pèlerinage mais je ne vais tout de même pas marcher d'Alger à Sétif, comme le font ceux qui peuplent les chemins de Saint-Jacques-de-Compostelle. En revanche, arriver en Algérie par la mer m'a paru une approche qui convenait mieux à ma quête. L'avion a quelque chose de brutal, il vous mène trop rapidement du point de départ au point d'arrivée. Le bateau vous donne le temps de quitter vraiment un lieu et de laisser approcher l'autre et puis, davantage que tout autre moyen de transport, il a toujours représenté pour moi le départ vers l'ailleurs, depuis l'époque où, de Bordeaux, maman m'emmenait jusqu'à la côte voir les navires disparaître à l'horizon. J'aurais pu aller directement à Bejaïa, l'ancienne ville de Bougie, car elle est desservie par un ferry depuis Marseille, mais il me semblait que je devais atteindre Sétif comme l'avait fait le soldat Aimé Faure, depuis Alger. Suivre ce même chemin qui l'avait conduit vers sa future épouse.

Durant tout cet hiver, j'ai préparé ce voyage. Nous arrivons au mois de mai et je me dis qu'il ne fera pas encore trop chaud sur les Hauts Plateaux où se situe la ville. Nous nous sommes quittés fâchés avec Stéphane. Il n'a d'abord pas cru que mon projet de voyage était sérieux et quand il a compris que je partais effectivement pour un mois, il a perdu son calme et a hurlé que si je m'en allais, ce n'était pas la peine que je revienne, que ce serait fini entre nous, que je n'étais plus la même, qu'il ne me reconnaissait plus. Je n'avais rien à répondre. C'est vrai que cette plongée dans mon passé familial a donné un autre sens à ma vie, et que cette quête, je ne peux la partager avec personne, même pas avec Stéphane. Je crois bien que cette enquête que j'ai menée à Groléjac a mis fin à l'ennui de ma vie, dont je n'avais pas conscience jusque-là. Et maintenant, l'aventure va se poursuivre en Algérie.

Stéphane n'a pas été le seul à tenter de me dissuader de partir dans ce pays, qui pour beaucoup reste attaché à une guerre coloniale sanglante où sont morts de trop nombreux jeunes gens. Mon patron, mes collègues, ne me comprennent pas plus que mon mari. Mais j'ai pris mes congés d'été par anticipation et je n'ai écouté que cette envie qui était comme une nécessité : partir à Sétif où avait vécu mon ancêtre Dihya Jeanne. Je ne sais pas si, à mon retour, la menace de Stéphane deviendra réalité et si nous nous séparerons définitivement, mais je l'envisage sereinement. Au début, cette quête du passé était, me semblait-il, liée à la mort de maman, elle m'a aidée à surmonter la perte, mais je sens bien maintenant qu'elle a donné une autre orientation à ma vie.

Alger m'apparaît au petit matin, étagée sur ses collines, ocre vers les hauteurs et blanche sur ses quais, dans sa beauté de cité méditerranéenne. Moi, j'ai déjà vu des photos de la ville, je savais à quoi m'attendre, mais qu'avait ressenti le soldat Faure en découvrant ce nouveau continent ? Quelles pensées occupaient son esprit, quelles craintes, quelles curiosités ?

Le fait qu'il ait osé épouser une indigène et la ramener chez lui me laisse penser que, même s'il était peu éduqué, il était ouvert à l'inconnu. Après avoir débarqué, dans le tourbillon des passants qui emplissent les rues commerçantes du centre, je l'imagine découvrant les silhouettes blanches des femmes voilées par le haïk qui, à l'époque, étaient la norme à Alger. Aujourd'hui, cette tenue traditionnelle a presque disparu au profit du foulard islamique venu du Moyen-Orient, comme me l'a expliqué une jeune Algérienne avec qui j'ai sympathisé à bord du ferry. Demain je prends le train pour Sétif. J'aurais pu profiter un peu plus de la capitale, mais j'ai hâte de découvrir la ville de Dihya.

Dès le lendemain matin, je suis dans le train qui me conduit d'El Harrach dans la banlieue d'Alger à Sétif. J'ai devant moi un peu plus de quatre heures pour atteindre cette ville où a vécu mon ancêtre. J'imagine bien qu'elle n'a plus rien à voir avec ce cantonnement de soldats peuplé de casernes, créé par l'armée française au moment de la conquête. La lumière du matin cisèle les sommets et les ravins lorsque nous traversons la montagne des Bibans et je ne regrette pas d'avoir choisi le train plutôt que l'avion. Et Dihya, de quelle façon avait-elle quitté Sétif pour Alger afin de suivre son mari ? Avait-elle parcouru le trajet à pied comme les soldats français ? Nous venons de quitter la gare de Bordj Bou Arreridj. J'ai dû me lever très tôt ce matin et je me sens glisser vers le sommeil. Je vois des files de soldat qui suivent des sentiers de montagne, une jeune fille aux pommettes hautes et à la longue chevelure frisée les suit. Est-ce un rêve éveillé ou suis-je endormie ? Je sursaute, ramenée à la réalité du train par une conversation bruyante qui s'anime non loin de moi, de l'autre côté du couloir. Deux jeunes hommes, bientôt rejoints par un troisième, discutent avec colère me semble-t-il, mais je ne sais pas quelle en est la cause car ils s'expriment en arabe. Pourtant de temps en temps un mot ou une expression en français viennent émailler leur conversation, « panne d'électricité » puis « panne de chauffage », un autre renchérit « oui l'hiver dernier ». Ils se montrent d'un air dégoûté l'état des sièges et je comprends qu'ils se plaignent du mauvais service qu'offre la SNTF, la compagnie algérienne des trains. Je regarde à travers la vitre défiler un paysage qui a changé : des champs de céréales à perte de vue. Je pense au train dans lequel Jeanne Dihya avait été violée, qui desservait alors la gare de Groléjac. Avait-elle été volontairement choisie par ses agresseurs en tant qu'étrangère ou simplement parce qu'elle était femme et s'était trouvée au mauvais endroit au mauvais moment ? Si je me fie à l'année présumée de sa naissance qui figure sur l'acte de son décès, et à celle de sa fille Rose Thiziri, Jeanne Dihya n'était pas très jeune lors du viol, elle avait atteint les quarante ans. Je suis tentée de penser que ses agresseurs la connaissaient et qu'ils s'en sont pris sciemment à l'étrangère.

À l'approche de Sétif défilent sous mes yeux des collines bâties au loin, des allées d'arbres, des zones urbanisées, une autoroute que nous longeons par moments, une mosquée, un drôle de monument représentant un avion et un engin spatial stylisés. On n'aperçoit pas encore la gare mais mes voisins ont déjà préparé leurs bagages. Moi je ne suis pas pressée, je marche dans les pas du soldat Faure qui va à la rencontre de son destin et de sa future épouse.

Depuis le taxi qui me conduit à l'hôtel Sitifis, je découvre une ville qui pourrait être européenne. Quand nous pénétrons dans le centre historique, même si l'ancienne porte de Constantine a disparu comme toute l'enceinte, je reconnais les rues commerçantes en damiers, bordées de maisons à arcades et de magasins. Je les ai vues sur des cartes postales anciennes, ce sont celles que connaissaient Dihya et le soldat Faure et cette partie-là de la ville n'a sans doute pas beaucoup changé, même si les boutiques de téléphonie ont remplacé comme partout les épiceries. J'emporte la carte envoyée par Aimé à ses parents et que m'a donnée Georgette. Je sais que la porte d'Alger qui y figure n'existe plus, mais l'ancien bâtiment de l'hôtel de ville est peut-être encore debout. Dès demain, je vais essayer de le retrouver. Je dois aussi me rendre dans le quartier des casernes où Aimé Faure a vécu plusieurs années. Je ne saurai jamais où il a rencontré Dihya, mais je sens leur présence dans ce centre de Sétif, même si les rues ne s'appellent plus Sillègue ou Constantine et portent des noms arabes ou des dates, 8 mai 1845 ou 1er novembre.

Je suis la grande rue qui traverse le centre d'est en ouest, en direction d'Alger, jusqu'à arriver aux abords de ce qui me semble être la limite de la ville qui se trouvait autrefois dans les remparts. Je tiens la carte postale devant moi dans une tentative pour retrouver les traces de ce qui avait été l'hôtel de ville et la salle des fêtes près de la porte d'Alger. À ce moment-là, une voix derrière moi me demande dans un très bon français :

— Excusez-moi, vous cherchez quelque chose ?

Je me retourne sur un homme peu ou prou de mon âge, élégamment vêtu d'une veste claire sur une chemise blanche. Avant de répondre j'ai le temps de noter ses pommettes saillantes et le nez légèrement busqué. Instinctivement je sens que c'est quelqu'un à qui je peux faire confiance et je chasse toutes les recommandations et les craintes exprimées par mon entourage avant mon départ.

— Oui, j'ai cette ancienne carte postale et je me demandais si les bâtiments existaient encore et si j'étais bien au bon endroit.

— Vous y êtes, votre repérage est parfait mais la porte d'Alger a disparu depuis longtemps avec tous les remparts…

— Oui, ça, je le savais.

— … quant aux bâtiments, ils ont tellement été modifiés qu'ils sont méconnaissables.

— Oui, en effet.

— Vous cherchez encore d'autres lieux à Sétif ? Mais je suis peut-être indiscret…

— Non, pas du tout, en fait je fais… une sorte de pèlerinage…

Quelque chose me pousse à continuer à parler à cet inconnu, je sens qu'il pourrait sans doute m'apprendre beaucoup sur la ville mais je ne sais pas comment lui expliquer mon histoire. Par où commencer ?

— Vos parents sont nés ici, avant l'indépendance ?

— Oh non, pas du tout, c'est beaucoup plus compliqué et… plus ancien.

Je vois que sa curiosité est piquée au vif, mais il est d'une extrême politesse et n'ose pas m'interroger.

— Mais si vous avez un peu de temps à perdre, je veux bien vous raconter ce qui m'amène ici.

— Avec grand plaisir, je suis professeur de français mais je m'intéresse beaucoup à l'histoire de ma ville et de ma région.

— Vous êtes kabyle, non ?

— Oui en effet, comment avez-vous deviné ? Si vous en êtes d'accord, il y a un petit square, juste là derrière ; nous y serions très bien pour que vous me racontiez le motif de votre venue à Sétif.

Je ne sais pas combien de temps nous sommes restés à bavarder à l'ombre des mûriers. Je lui ai raconté toute l'histoire de Dihya depuis sa rencontre avec Aimé Faure, sa vie à Groléjac, son viol dans le train, l'abandon forcé de son enfant, mon ancêtre. Il m'a écouté avec beaucoup d'attention, sans rien dire. Quand je me suis arrêtée, il m'a souri :

— Alors vous avez du sang amazigh. Nous sommes cousins.

J'ai souri aussi. J'avais l'impression déconcertante mais agréable d'être dans un lieu familier avec une personne qui n'était pas du tout une inconnue.

— Je vais devoir vous laisser, mais puisque vous vous intéressez à l'histoire de cette ville, vous savez qu'après-demain a lieu la commémoration des massacres du 8 mai 1945. Si vous le souhaitez, je vous propose de vous y accompagner.

La perspective d'en savoir plus sur la ville grâce à cet homme cultivé me séduit vraiment mais j'hésite :

— Vous pensez que je peux assister à…

— Vous voulez dire parce que vous êtes française ?

Il rit et m'explique que tout ça est loin derrière eux, les massacres, la guerre d'indépendance, que les Algériens ont bien d'autres préoccupations aujourd'hui, se loger, travailler, nourrir leur famille, acheter une voiture…

— Bon, alors c'est d'accord.

Nous devons nous retrouver devant mon hôtel. Il prend congé en inclinant légèrement la tête. Je me rends compte que je ne sais rien de lui, pas même son nom. Il m'a écoutée mais n'a rien dit de sa vie. Aurais-je été imprudente en lui donnant le nom de l'hôtel où je loge ? Je chasse aussitôt cette pensée absurde. Tout en moi me dit que c'est quelqu'un de bien, à qui je peux faire confiance. Me reviennent les paroles de la vieille Yvonne qui, un jour où nous bavardions, m'a dit qu'il y a des personnes dont on sent d'emblée, instinctivement, si elles sont bonnes ou mauvaises.

33

Un gigantesque drapeau algérien porté par des dizaines de mains ondule vers la tête du cortège. Djilali m'a conduite jusqu'au départ de la manifestation devant cette mosquée qui autrefois, m'a-t-il dit, était celle de la gare. Je sais depuis tout à l'heure qu'il s'appelle Djilali, ce qui signifie le Respectable. Il m'a expliqué que sa mère lui raconte souvent qu'elle voulait le nommer Azûlay, l'Homme aux beaux yeux en langue kabyle, mais que son souhait n'avait pas été respecté. Je n'ai rien dit mais je comprenais le choix de sa mère : Djilali a de très beaux yeux, bruns avec des reflets verts, bordés de longs cils.

— La manifestation suit chaque année le même parcours que le cortège du 8 mai 1945 qui apportait ce jour-là une gerbe au monument aux morts, m'explique-t-il. C'est un événement annuel important, et pas seulement pour Sétif. On considère que c'est le premier acte de la guerre pour l'indépendance.

Quand nous avons laissé passer la tête du cortège avant de le suivre, ont défilé devant nous le ministre de l'Intérieur, suivi de la gendarmerie, de la Sûreté nationale, des moudjahidines, des anciens combattants de la guerre d'indépendance et enfin des citoyens de Sétif que nous avons rejoints. Au début, je ne me sens pas très à l'aise, moi, française, représentante de ce pays qui a massacré ici des milliers de gens. Mais je note que personne ne prête attention à moi et puis, n'ai-je pas quelques gouttes de sang berbère dans les veines !

— Ces massacres ont fait combien de morts ?

Il sourit et je remarque que pour la première fois, il me tutoie :

— Les chiffres officiels de l'Algérie, c'est quarante-cinq mille indigènes musulmans, comme on les nommait alors, pour la région de Sétif, Guelma et Kherrata. Mais tu sais, c'est sans doute excessif, ça fait partie de la propagande, les historiens pensent qu'il y en a eu entre vingt et trente mille.

— De la propagande ? Qu'est ce que tu veux dire ?

— Je te l'expliquerai dans un endroit plus tranquille. Il vaut mieux pour un Algérien ne pas dire ce qu'il pense de son pays devant un étranger, surtout s'il est français.

— Et chez les Européens, il y a eu beaucoup de victimes ?

— On parle de cent deux.

Je reste muette d'étonnement devant une telle disparité ! Au moment où je vais demander à Djilali qu'il m'explique ce qui s'était passé, le cortège s'immobilise.

On dépose une gerbe à la mémoire de la première victime, un jeune scout musulman abattu dans l'ancienne rue Clemenceau. Il portait un drapeau algérien, interdit pendant la manifestation, un policier a tiré et l'a abattu. Une stèle marque aujourd'hui l'emplacement et lui rend hommage, c'est là que les autorités déposent la gerbe.

Le mari de Dihya, Aimé Faure, était soldat d'une armée d'occupation. Il a sans doute dû se battre contre les indigènes. En a-t-il tué ? Cela n'a pas empêché mon ancêtre de le suivre en France et de l'épouser.

— Pourquoi autant de morts ?

— Une succession de malentendus. Un premier coup de feu qui en déclenche d'autres de la part d'Européens qui tirent sur la foule des manifestants depuis les balcons. Des indigènes qui fuient, paniqués, tentent de s'échapper de la ville par la porte de Constantine et qui tombent nez à nez avec les Gendarmes, lesquels croient qu'ils sont attaqués et tirent. Des Européens tués par hasard, qui se trouvaient sur le chemin de la foule affolée. La rumeur d'une rébellion organisée qui n'existait pas et qui a circulé chez les Européens. Une sorte de psychose due aussi au fait qu'ils étaient infiniment moins nombreux que les indigènes. Tout dégénère, l'armée organise des expéditions punitives. Des milices civiles détruisent, incendient, violent et tuent. Le chaos !

Djilali me regarde et voit que je suis sous le choc de son évocation.

— Mais bon, c'était en 1945. Ça fait partie de notre histoire, comme pour vous le massacre d'Oradour-sur-Glane par les nazis par exemple. Ça ne vous empêche pas d'être amis avec les Allemands aujourd'hui.

Il ne cesse de me surprendre, par ses propos toujours justes, par son intelligence, son ouverture, son amabilité. Je n'ai jamais rencontré quelqu'un comme lui dans ma vie d'avant. Parce que c'est bien ça, depuis que j'ai pris le bateau, c'est comme si j'avais commencé une nouvelle vie. Cette idée m'effraie et m'excite à la fois. Je suis comme au bord d'un précipice, sur le point de sauter, mais je n'ai pas vraiment peur, comme si j'avais des ailes.

Après le défilé, Djilali me raccompagne jusqu'à mon hôtel.

— Voilà, je dois te laisser parce que ma fille m'attend, je passe la prendre chez une amie.

— Ta fille ?

— Oui, j'ai une fille de seize ans.

Avant que je n'aie eu le temps de l'interroger, il poursuit :

— Sa mère est morte, il y aura bientôt dix ans, dans un accident de bus.

— Je suis désolée. Ça a dû être très dur pour toi, pour elle…

— Oui, ma mère nous a beaucoup aidés, elle nous aide encore.

Comme s'il avait deviné mon interrogation muette, il poursuit :

— J'ai essayé par deux fois de me remarier, mais… ça n'a jamais fonctionné. Tu as devant toi un vieux célibataire endurci, comme on dit en français.

— Pas si vieux que ça, je dirais bien que nous avons à peu près le même âge.

Nous éclatons de rire ensemble. À mon tour de lui parler de moi, car si je lui ai, dès notre première rencontre, raconté l'histoire de mes ancêtres, je ne lui ai rien dit de ma vie.

— Je suis mariée, mais – j'hésite – je crois que c'est fini entre nous.

Je me surprends d'avoir dit cela. C'est comme si la rupture avec Stéphane était consommée. Et je ne ressens rien. Mon couple appartiendrait-il déjà au passé, à mon ancienne vie ?

— Moi, hélas, je n'ai pas d'enfant. Nous n'avons pas pu en avoir. Ça a été un grand chagrin pour moi.

— Je te présenterai ma fille. Elle sera contente de te connaître.

— J'en serai ravie.

— Dans les jours à venir, je ne vais pas être disponible, je travaille. Mais jeudi après-midi, c'est le début du week-end, je suis libre. Si tu es d'accord, je te fais faire le tour des principaux monuments et lieux emblématiques de la ville. Si ça te convient.

— Bien sûr, ce sera avec un grand plaisir. Je ne pense pas pouvoir trouver meilleur guide touristique que toi.

— Alors à jeudi.

Pour la première fois nous nous serrons la main. La sienne est chaude et sèche.

Cela fait une semaine que je suis à Sétif. Le temps a passé si vite. Je n'ai pas téléphoné à Stéphane et je n'ai pas envie de le faire. Que lui dirais-je ? Que je visite la ville guidée par un Kabyle ? Que Sétif me plaît dans ce curieux mélange de ville coloniale du dix-neuvième siècle et de cité européenne du vingt et unième siècle, où les cultures arabe et kabyle marquent le quotidien de leur empreinte ? Quand j'interroge Djilali sur le port du voile dans sa ville, il me fait plus ou moins le même commentaire que la passagère du ferry :

— Comme tu peux voir, la majorité des femmes portent le *hidjab* du Moyen-Orient. La tenue traditionnelle de Sétif et du Constantinois, ce voile noir avec un bas de visage et un plastron blancs, le *m'laya*, a presque disparu. Seules quelques vieilles femmes le portent encore.

— Je ne sais pas si je pourrais vivre dans un endroit où autant de femmes sont voilées. Je ne suis pas certaine que je m'y habituerais.

— Ni ma mère ni ma fille ne le sont. Mon épouse non plus bien sûr ne l'était pas. Les femmes kabyles ont toujours été des combattantes. Tu sais que Dihya, le prénom de ton ancêtre, était une héroïne qui a combattu les Arabes.

Nous montons d'abord jusqu'à la partie la plus élevée de l'ancienne ville, celle où se trouvaient les casernes, regroupées à Sétif pour surveiller les Kabyles des montagnes toujours prompts à se rebeller, comme me l'explique Djilali, et veiller à la circulation nord-sud et ouest-est dans ces espaces de la toute nouvelle colonie. Une partie de cette zone, autrefois consacrée à montrer la puissance de la présence française, est aujourd'hui occupée par un parc d'attractions. Une roue géante, une grande balançoire en forme de bateau de pirates et des soucoupes bariolées tournent et se balancent dans l'air déjà desséché par la chaleur du mois de mai. Heureusement, le parc propose aux visiteurs près de quinze fontaines d'eau fraîche.

— Depuis les débuts de l'époque coloniale, Sétif a toujours été riche en eau, il y avait une oasis et des jardins bien irrigués, des fontaines. Jusqu'à aujourd'hui la ville compte de nombreux jardins publics remplis de bassins et de jets d'eau, comme El Hidhab, le grand parc de la ville avec son bassin circulaire et bien sûr la fontaine d'Aïn el Fouara que nous irons voir prochainement.

Nous quittons l'ancien quartier des casernes pour descendre vers ce qui était l'emplacement de la porte d'Alger. Le soldat Aimé Faure se plaisait-il ici ? Je l'imagine sans peine quittant sa caserne pour des permissions qui l'amenaient tantôt vers les jardins, tantôt vers les rues commerçantes du centre. Mais Dihya, mon ancêtre ? Je ne sais rien d'elle. Qui était-elle ? Où vivait-elle ? Comment se sont-ils rencontrés ? Je n'ai comme témoignage de sa vie que sa photo de noces à Groléjac et ses lettres adressées à Anastasie, la femme qui avait adopté Rose Thiziri. Elle avait appris à écrire le français, certes avec des fautes, mais beaucoup de ses contemporaines, des Françaises de souche, ne devaient pas l'écrire mieux, voire étaient totalement analphabètes. Je dois me résoudre à cela, j'aurai beau parcourir Sétif, écouter les explications de Djilali, je ne saurai jamais rien de plus sur mon ancêtre. Je ne peux qu'imaginer ce qu'était sa vie ici.

Je me rends compte tout à coup qu'il est tard et que sa famille attend peut-être Djilali. Mais il m'assure qu'il a encore du temps pour m'offrir un thé à la menthe.

— À moins que tu ne préfères un soda comme ma fille.

— Non, le thé à la menthe est une très bonne idée, mais…

— Ne t'inquiète pas, je connais un café où personne ne te dévisagera parce que tu es une femme.

— Et étrangère, en plus !

— Ça, c'est plutôt à ton avantage – il rit franchement. C'est bien connu : les femmes européennes ont des mœurs dissolues, donc personne ne s'étonnera de ton comportement.

— Attention, tu insultes la part amazigh qui est en moi !

Une fois installés dans une alcôve du salon de thé, un coin à l'abri des oreilles indiscrètes, je lui rappelle sa promesse faite lors du défilé.

— Tu devais me parler de la propagande du gouvernement et du fait que les Algériens se taisent sur le sujet.

Il se lance alors dans une analyse de la situation politique du pays, où je comprends que les gens au pouvoir dans tous les secteurs, pas seulement les politiques mais aussi les chefs de l'armée, les hauts fonctionnaires et même les journalistes, sont les gardiens de l'ordre établi par le FLN. En Algérie, on ne touche pas aux sujets tabous, il y a des choses que personne ne doit remettre en cause, l'identité algérienne, la langue, la religion et l'histoire.

— Mais l'histoire, précise-t-il, c'est celle établie une fois pour toutes par le FLN, comme le nombre de morts à Sétif en 1945. C'est de la pure propagande mais les Algériens sont tellement conditionnés qu'ils ne diront jamais devant un étranger ce qu'ils pensent vraiment de leur pays et son histoire.

— C'est ce que tu es en train de faire, pourtant.

— Oui, c'est vrai, je fais partie de ceux qui ont une conscience en éveil.

Nous avons encore parlé de l'histoire de la ville, de son passé romain puis français avant de nous séparer. Pendant la semaine, nous ne pourrons pas nous voir, Djilali est trop pris par son travail et sa famille mais il me promet la suite de la visite pour le week-end prochain. Sur ses conseils, je vais me rendre à Djemila, cette antique cité romaine dont les ruines se trouvent à une cinquantaine de kilomètres au nord-est de Sétif.

34

Le parking des bus à l'arrivée à Djemila est un indescriptible capharnaüm. Je ne sais pas si l'ancienne Cuicul du temps de sa splendeur romaine connaissait déjà des embouteillages de chars, mais il est évident que le parking destiné au bus est beaucoup trop exigu. Le chauffeur du bus de ligne qui m'a conduite ici depuis Sétif lance en arabe ce que je suppose être des invectives voire des insultes car il ne peut même pas pénétrer sur le parking pour déposer ses passagers à l'arrêt prévu pour cela. Les beaux jours ont visiblement amené jusqu'à Djemila des cars de visiteurs, dont plusieurs remplis d'écoliers et de lycéens venus découvrir les traces de leur passé.

Je passe l'après-midi à arpenter ce qui fut une ville romaine importante. Sur les conseils de Djilali, je me suis munie d'un couvre-chef et d'une bouteille d'eau qui s'avèrent fort utiles car le soleil de mai commence à être impitoyable. Les ruines sont d'une grande richesse ; le cardo, la voie principale de la ville, encore pavé de grandes pierres lissées par les siècles de passage, l'alignement de colonnes du forum, le temple de Vénus ou le théâtre. Djemila mérite son nom, il signifie « La Belle », comme me l'a traduit Djilali, mais sans lui la visite n'a pas la même saveur. C'est comme un plat appétissant auquel il manquerait l'assaisonnement. Vais-je oser lui faire part, quand nous nous reverrons, de cette comparaison ? J'ai déjà pu remarquer son sens de l'humour, mais je ne le connais pas assez pour savoir comment il peut interpréter cette impression que j'ai ressentie en visitant Djemila. Moi-même d'ailleurs, je ne sais pas très bien quoi en penser. Il me semble bien que Djilali est en train de prendre de l'importance pour moi. Et soudain je suis aveuglée par une évidence. Dans un peu plus de deux semaines, je retourne en France et je ne le reverrai jamais. Cette perspective m'est totalement insupportable et me taraude tout au long de mon retour dans le bus et de ma soirée à l'hôtel.

J'ai fini par téléphoner à Stéphane. Il m'a d'abord reproché de ne pas l'avoir appelé plus tôt, mais je n'ai pas perçu dans sa voix l'inquiétude qu'il aurait ressentie auparavant en pareille circonstance. Toutes ses remarques, ses questions me semblaient de pures formalités, comme dictées par un automatisme, sans aucun véritable intérêt. Je ne sais pas s'il a vraiment écouté ce que je lui racontais de ma visite de Sétif guidée par Djilali, à propos duquel il n'a fait aucun commentaire. De mon côté, en l'écoutant raconter ses dernières prises à la pêche, je me suis demandé comment j'avais pu, pendant tant d'années, me persuader que je m'intéressais à tous ces poissons dont il commentait la taille, la couleur, les mœurs sans jamais se lasser. Nous avons raccroché sans qu'il m'ait demandé confirmation de la date de mon retour.

Jour après jour je marche dans Sétif. Parfois je m'aventure dans les quartiers neufs de la ville qui se sont bâtis à la fin du vingtième siècle, à la recherche de l'ombre de la fleur de lotus géante, ce monument de métal doré qui trône au milieu d'un carrefour de grandes avenues. Je goûte à la fraîcheur de tous les parcs, j'écoute la rumeur des jets d'eau dans les multiples jardins de la ville. Au fil des jours, je me familiarise avec Sétif, j'y circule désormais sans crainte et avec bonheur. Je prends souvent un thé à la menthe dans le salon de thé où Djilali m'a invitée. Je songe à Dihya et à son futur mari Aimé.

Je les imagine se rencontrant clandestinement dans quelque endroit secret, peut-être dans les jardins de l'oasis. Au fil des jours, je m'approprie la ville qui, progressivement, ne m'est plus étrangère, et je veux croire que c'est réciproque. La seule marque d'hostilité que j'ai reçue depuis que je suis ici venait d'un jeune homme en djellaba, croisé dans la rue, et qui, en montrant ma chevelure découverte, m'a traitée d'impie. Quand j'ai raconté l'incident à Djilali, il m'a conseillé la prudence, me recommandant de changer de trottoir ou de m'éloigner si j'apercevais un de ces individus.

Depuis que je sais que je ne suis pas la descendante d'Anastasie mais de Dihya, je me détache de ce que je croyais être mon histoire familiale, de la ville de Bordeaux dont je pensais qu'elle était mon seul repère spatial. Me voilà transportée dans un autre univers, tellement différent. Et pourtant je m'y retrouve. Je ne porte en moi que quelques miettes de mon ancêtre Dihya, quelques fragments de son patrimoine de femme berbère mais cette part de moi est en train de remonter du passé et je n'ai pas envie de quitter Sétif. Sans doute Djilali y est-il aussi pour quelque chose.

Hier soir, Djilali m'a fait la surprise d'un coup de fil. C'était la fin de l'après-midi, j'étais rentrée fatiguée de mes vagabondages dans la ville, passant de la Sitifis romaine du jardin Raffaoui à la Sétif coloniale avec ses rues en damiers et l'ancienne mosquée El Masdjid el Atik. Encore une fois, tout au long de la journée, je n'ai cessé de m'émerveiller de la diversité de cette ville. En rentrant, j'ai pris une douche et je me suis allongée dans la pénombre de ma chambre. Les volets étaient mi-clos, le ventilateur de plafond animait l'air d'une brise bienfaisante, et je me demandais si j'avais déjà été aussi parfaitement bien dans ma vie antérieure, quand le téléphone a sonné. Le jeune homme de la réception m'a annoncé que j'avais un appel téléphonique. J'ai immédiatement pensé que c'était Stéphane qui me rappelait et je n'avais aucune envie d'une autre conversation ennuyeuse avec lui. Je me suis sentie envahie brutalement d'une bouffée de colère contre lui qui venait de détruire ce moment de plaisir nouveau pour moi que j'étais en train de savourer. Mais c'est la voix de Djilali que j'ai entendue au bout du fil. L'exaspération a aussitôt fait place à l'intérêt et à la curiosité. Il m'a d'abord demandé de mes nouvelles, usant de toutes ces formes de politesse compliquées auxquelles je commençais à m'habituer. Notre « Bonjour, ça va ? » français est une version bien brève et bien pauvre de ces belles formules fleuries qu'utilise Djilali. Un moment j'ai cru qu'il m'appelait pour annuler notre rencontre de la fin de semaine, mais il n'en était rien. Il m'invitait à déjeuner chez lui le vendredi à midi, qui est ici l'équivalent de notre dimanche. Il me présenterait sa fille. J'ai accepté avec empressement, ravie que Djilali m'introduise dans sa famille, curieuse aussi de voir comment vivent aujourd'hui des Kabyles de Sétif.

Nous avons rendez-vous le jeudi après-midi dans le square de l'Émir-Abdelkader près de la route d'Alger. J'ai lu dans le guide touristique que je me suis procuré qu'il s'appelait jardin d'Orléans du temps où Aimé Faure était soldat ici. C'est un musée archéologique à ciel ouvert, où sont disséminés des chapiteaux romains, des morceaux de colonnes et des stèles gravées. Je m'y suis rendue à l'avance pour profiter de la fraîcheur des mûriers, des acacias et des eucalyptus. Autour de moi, des familles dont les enfants se poursuivent en riant parmi les restes romains, un jeune couple assis côte à côte et qui se tient la main, des étudiants qui s'échangent des documents et discutent avec animation. Je remarque qu'il y a deux filles dans le groupe mais qu'elles portent le *hidjab* qui couvre leurs cheveux et des vêtements amples et longs. Je me demande à nouveau si je pourrais vivre ici. Le simple fait que je me pose cette question me trouble. Puis-je vraiment sérieusement envisager de m'installer à Sétif ? Si je la regarde depuis ma vie d'avant, cette perspective touche à la folie. Mais vue d'ici, cette idée me séduit, comme un pari risqué mais qui me donne l'impression d'être vivante. Si Dihya l'a fait au dix-neuvième siècle, quitter sa terre, sa culture et son peuple, pourquoi ne le ferais-je pas aussi ? De toute façon, je n'ai plus de famille. Il y a Stéphane bien sûr, mais j'ai l'impression que nous sommes de plus en plus loin l'un de l'autre, comme si les deux continents sur lesquels nous nous trouvons dérivaient lentement, s'éloignant sans cesse, séparés par une mer qui s'élargit inexorablement. C'est Djilali qui interrompt cette vision par son arrivée. Et après m'avoir saluée, toujours avec la même charmante politesse, il s'assied près de moi.

— Tiens, j'ai un cadeau pour toi.

Et il me tend une carte postale en noir et blanc.

— Je suis passé chez un libraire que je connais. Je sais qu'à l'indépendance, son père avait récupéré et gardé des vieilles cartes de l'époque coloniale. J'ai pensé que cela compléterait celle que tu avais l'autre jour à la main, représentant la porte d'Alger. Malheureusement, il en a beaucoup vendu à des collectionneurs mais il m'a promis de m'en trouver d'autres pour toi, des vues de Sétif à l'époque où ton ancêtre y vivait.

Je suis très touchée par cette attention. Je pose ma main sur la sienne pour le remercier :

— Djilali, ça me fait extrêmement plaisir. Tu sais que tout ce qui touche à l'histoire de Dihya m'intéresse.

— Mais je ne suis pas sûr que la gare de Sétif qui est représentée ait été construite au moment où le futur mari de Dihya était soldat ici, elle date presque de la fin du siècle.

— C'est cette même ligne que j'ai empruntée pour venir d'Alger ?

— Bien sûr, elle continue ensuite vers Constantine.

— À propos de train… L'autre nuit, alors que je ne dormais pas, je me suis souvenue d'une information que j'avais trouvée en France sur le site de la SNCF, concernant la portion de voie entre la gare de Gourdon et Groléjac.

— C'est ce tronçon où ton ancêtre a été forcée, c'est bien ça ?

— Oui, exactement. Eh bien, en 1940, la SNCF, qui avait déjà fermé deux ans plus tôt la ligne aux passagers, car elle ne la jugeait pas assez rentable, a suspendu le trafic des marchandises. Et devine quoi ! La ligne a été déferrée pour être envoyée... en Algérie, où la France coloniale installait de nouvelles voies de communication.

— On dirait bien que le village de Groléjac et l'Algérie ont tissé des liens.

Il me regarde avec intensité :

— Et c'est encore vrai aujourd'hui.

Ne sachant pas comment réagir, j'oriente la conversation vers un autre sujet :

— Et actuellement, la SNCF continue de fermer des lignes, de supprimer des gares et les gens se battent contre ça.

— Vous avez cette chance, en France, de pouvoir manifester en toute liberté. Ici c'est plus compliqué.

Après un moment de silence, Djilali me propose :

— Allons voir la fontaine d'Aïn el Fouara, elle est tout près. Elle est très visitée car on dit que son eau aide les femmes à tomber enceintes...

— J'aurais dû venir la voir plus tôt alors...

— Elle est surmontée d'une statue qui représente une belle femme nue. Elle a déjà été l'objet d'un attentat dans les années 1990.

— Comment ça, un attentat ?

— Oui, pour les islamistes, elle est le symbole des restes d'une époque païenne, au temps de la colonisation. Ils l'ont plastiquée mais la ville l'a restaurée.

Quand nous approchons de la place où s'élève la statue qui orne la fontaine, un brouhaha de voix attire notre attention. Une foule de gens entoure le monument. Djilali comprend aussitôt aux conversations que la statue a souffert une nouvelle dégradation. Il s'informe auprès des personnes présentes qui, ulcérées, lui expliquent qu'un islamiste a tenté de nouveau de la détruire. Quand nous parvenons à nous en approcher, nous constatons qu'en effet, ses mains, ses seins et une partie de son visage ont été cassés au marteau. L'auteur de cette tentative de destruction a été arrêté avant qu'il n'ait eu le temps de parachever son œuvre. Djilali est furieux, son visage s'est fermé et ses yeux se sont obscurcis.

— Ces gens-là n'ont aucun respect de la culture ! Ils ne savent même pas ce que c'est ! L'obscurantisme, voilà l'ennemi ! Quand l'humanité laissera-t-elle derrière elle ces comportements indignes d'un monde moderne ?

— Je crois bien qu'au nom de la religion, quelle qu'elle soit, on a toujours détruit et tué.

— Tu as raison, cette folie aveugle a existé ailleurs et en d'autres temps. Quand les conquistadors espagnols détruisaient les temples aztèques au nom du Dieu chrétien, ils ne faisaient rien d'autre. Mais on pourrait espérer que l'homme progresse, non ?

La culture de Djilali m'impressionne encore une fois et je n'ajoute rien.

— Partons d'ici, je ne peux plus supporter de voir ce massacre. Allons prendre un thé si tu veux.

Nous nous dirigeons en silence vers notre salon de thé habituel. Je pense aux femmes qui se rendent à cette fontaine avec l'espoir d'avoir une grossesse. La statue amputée, avec sa féminité blessée, gardera-t-elle intact son pouvoir ?

35

Djilali habite un appartement au deuxième et dernier étage d'un immeuble un peu ancien, datant de l'époque coloniale. Il se situe à l'est du centre historique, dans le quartier de la gare qui s'est développé, comme il me l'a expliqué, bien après l'arrivée du train, dans les années 1930, quand a été démolie la porte de Constantine. Je suis impatiente de connaître sa fille et sa mère, mais en même temps je me demande avec une certaine inquiétude comment elles vont me recevoir. Je ne veux pas arriver les mains vides mais pas question d'apporter un dessert, Djilali m'a dit un jour que sa mère cuisinait très bien et qu'elle venait souvent chez lui avec des plats qu'elle avait préparés pour son fils et sa petite-fille. Quand je lui ai posé la question du cadeau pour sa fille, il m'a dit que, comme tous les jeunes de son âge, elle écoutait de la musique sans arrêt, en particulier un groupe américain, les Stampies, et qu'elle rêvait d'avoir leur dernier CD. J'ai aussitôt noté le nom et le jeune réceptionniste de l'hôtel m'a indiqué le magasin où j'avais des chances de dénicher cette perle rare à Sétif. Offre-t-on quelque chose à la maîtresse de maison ici ? En fait, la mère de Djilali ne sera pas chez elle mais chez son fils, puisqu'elle a son propre logement non loin de là.

L'immeuble pourrait se trouver à Bordeaux, avec sa grande porte de bois, ses hautes fenêtres et ses portes-fenêtres fermées par une rambarde de fer forgé. C'est Djilali qui m'ouvre la porte et sa mère arrive presque aussitôt dans l'entrée. Elle est vêtue d'une robe ample et fleurie avec un fichu de la même couleur noué sur la tête, comme j'ai pu voir qu'en portent encore certaines femmes kabyles. Elle est très souriante et je remarque tout de suite que Djilali tient de sa mère ses très beaux yeux. Je lui en fais la remarque. Elle rit et, me prenant par le bras, m'entraîne avec elle.

— Viens ma fille, viens t'asseoir.

Elle parle assez bien le français mais parfois son fils traduit mes propos ou les siens quand elle s'exprime dans sa langue. Djilali se lève :

— Je vais chercher Anya. Je suppose qu'elle doit avoir la musique dans les oreilles, elle n'a pas entendu que tu étais arrivée.

Il part vers le fond du couloir et je l'entends frapper à une porte et appeler :

— Anya, Anya !

Il revient avec une adolescente vêtue d'un jean et d'un tee-shirt, qui m'embrasse, me semble-t-il, avec une certaine indifférence quand Djilali nous présente l'une à l'autre. Quand je lui offre le CD de son groupe préféré, elle me remercie et m'embrasse à nouveau, cette fois avec plus de chaleur. Ils ont un bref échange avec son père dans leur langue. Bien sûr je ne comprends pas mais Djilali ne me traduit rien.

— Ça ne lui plaît pas, ce n'est pas ce qu'elle voulait ?

— Si, si, au contraire.

Je m'aperçois que je me suis adressée à son père, alors qu'Anya est présente et a parfaitement compris mon inquiétude car elle répond dans un français presque sans accent :

— Merci beaucoup, il est super-bien.

Je m'en veux de n'avoir pas pensé que bien sûr, elle comprenait et parlait le français. La mère de Djilali vient de déposer sur la table plusieurs plats d'entrées froides, je reconnais des poivrons et des aubergines marinés, et des fèves.

— Ensuite je t'ai préparé un plat kabyle, le tikourbabine, pour que tu connaisses. C'est de l'agneau, me précise-t-elle.

— Papa – cette fois Anya a parlé en français –, tu ne pourrais pas changer la musique ? Tu mets toujours la même !

Je n'avais pas prêté attention à la musique de fond qui baigne la pièce de séjour où se trouve aussi la table de salle à manger autour de laquelle nous sommes assis.

— C'est Lounès Matoub, m'explique Djilali. C'était un défenseur de la culture amazighe. Il a été enlevé par un groupe armé islamiste en 1995 et il a été assassiné trois ans après.

— C'était pendant la guerre civile ?

— Oui, la « décennie noire ». Là aussi, des milliers et des milliers de morts.

— Et… ces islamistes, ils sont toujours là ?

— Pour l'instant on les tient en respect… enfin j'espère.

Anya s'est levée et a remplacé la musique de son père par un autre morceau, en langue kabyle aussi me semble-t-il, mais plus joyeux et aux sonorités plus modernes.

Quand le repas est terminé, Anya demande à son père l'autorisation de retourner dans sa chambre. La mère de Djilali s'affaire à ranger dans la cuisine. Nous restons seuls sous les pales du ventilateur de plafond qui rafraîchit l'air.

— J'ai l'impression que je n'intéresse pas beaucoup ta fille.

Il rit :

— Oh non, ne t'inquiète pas. C'est juste une adolescente. C'est un âge difficile, où elle aurait besoin de sa mère aussi. Une présence féminine lui manque. Des choses que l'on ne peut pas confier à son père… Avec sa grand-mère, ce n'est pas pareil, elles s'entendent bien, mais… il y a l'écart d'âge.

— Ta mère me semble jeune.

— Oui, elle n'avait que dix-huit ans quand je suis né. Mais elle est d'une autre époque.

— Oui, je comprends.

Un moment nous ne disons plus rien, engourdis par la chaleur de l'après-midi et la digestion du plantureux repas.

Les persiennes sont à demi fermées sur la chaleur de la rue. Nous approchons de la fin du mois de mai. Comment doit être l'été à Sétif ! Je pose la question à Djilali qui sourit avant de répondre :

— Il faut avoir connu ça une fois dans sa vie pour comprendre.

La mère de Djilali sort de la cuisine et annonce en français qu'elle rentre se reposer chez elle. Puis elle dit quelque chose en langue kabyle tout en me jetant un coup d'œil insistant. Djilali ne traduit rien. Quand je l'embrasse pour lui dire au revoir, elle me murmure à l'oreille :

— Mon fils, il est bien seul tu sais.

J'ai envie de lui répondre que je connais cette impression de solitude, car c'est bien ce que j'ai ressenti après la mort de maman et encore plus quand j'ai appris la vérité sur mes origines. Je me voyais comme une barque à la dérive qui flotte, ballottée par des courants invisibles et contradictoires. Mais depuis que je suis à Sétif, c'est comme si j'étais à nouveau amarrée quelque part.

Djilali revient avec une citronnade fraîche et nous nous installons sous le ventilateur du salon. Sa fille est repartie dans sa chambre, occupée sans doute à ses rêveries d'adolescente, à moins qu'elle ne fasse ses devoirs de lycéenne. Djilali m'a dit que c'était une bonne élève. Pendant un moment nous ne disons rien. Mais nous n'avons pas besoin de parler pour être bien ensemble. Le silence entre nous n'est ni gênant, ni pesant, plutôt complice. Je n'arrive pas à croire à ce qui m'arrive ! Je suis installée dans le salon d'un homme que je connais depuis à peine quelques semaines, dans une ville dont j'ignorais jusqu'à il y a peu l'existence. J'ai du mal à croire que ce que je vis est la réalité, je me dis que je vais me réveiller et que le rêve sera terminé. Tout cela est si loin de ma vie passée ! Car c'est bien ça, mon mari, mon travail que j'ai laissés à Bordeaux appartiennent au passé. Je me sens prête à reconstruire quelque chose de neuf ici. Sans y avoir vraiment réfléchi, je demande à Djilali :

— Tu penses que je pourrais trouver du travail ici ?

Il se tourne vers moi, surpris :

— Tu voudrais rester vivre à Sétif ?

— Je crois que c'est ce que j'aimerais, peut-être… Je sais, tu vas me dire que c'est de la folie de vouloir s'installer en Algérie. Il y a tant de tes compatriotes qui aimeraient vivre en France !

— Les Algériens veulent fuir le pays comme les rats quittent le navire et toi, tu veux vivre dans ce pays qui prend l'eau de toutes parts ! Même les touristes ne viennent pas ici ! Tu en as croisé, des visiteurs étrangers, à Djemila ?

Je dois admettre que non, je n'y ai vu que des Algériens et Djilali m'expliquent que ses compatriotes commencent tout juste à s'intéresser un peu à leur histoire. Pourtant l'Algérie a reçu l'influence des plus grandes civilisations, carthaginoise, romaine, byzantine, arabe, ottomane et française. Mais jusqu'à il y a peu, l'histoire commençait avec la guerre d'indépendance.

Djilali reprend, sur un ton moqueur :

— Ah je comprends, en fait tu veux fuir des conditions de vie épouvantables en France, les usines délocalisées, les voitures qui brûlent, les coupes financières dans le service public et les flots de migrants ! Tu as raison, ici, en Algérie, c'est la belle vie, il fait toujours soleil, et on n'est jamais embarrassé par les problèmes de choix, ni pour les élections, ni pour la religion : un seul parti, une seule foi !

— Je sais tout ça, et pourtant quelque chose me pousse à m'installer ici.

— Tu veux réparer le passé ? Ton ancêtre berbère obligée de quitter son pays, violée par des Français et qui repose dans une terre étrangère, tu veux la ramener chez elle ?

— Oui, il y a de ça. Mais aussi je me sens bien ici, heureuse comme je crois que je ne l'ai jamais vraiment été. Et puis…

Djilali me regarde intensément sans rien dire.

— Et puis je ne veux pas perdre un ami comme toi.

Il sourit sans rien dire mais pose sa main sur la mienne. À ce moment-là, sa fille Anya fait irruption dans la pièce. Elle s'arrête net, le regard posé sur nos mains, puis elle me dévisage avec intensité, comme si elle me jaugeait, avant de s'adresser à son père :

— *Baba*, il faudra que tu me signes une autorisation pour le lycée, pour la sortie au cinéma avec la prof d'anglais.

— Oui bien sûr.

Anya est repartie aussitôt dans sa chambre et pendant un instant une gêne s'installe, interrompue par Djilali :

— Pour trouver du travail ici, ça pourrait peut-être se faire. Tu as quoi comme diplômes ? Tu parles des langues étrangères ?

Avec mon diplôme de secrétariat trilingue et ses relations, il pense que ce devrait être possible de me trouver quelque chose.

— Tu sais, ici, l'embauche, ça marche avec le réseau de connaissances.

— En France, ce n'est pas très différent. Mais je ne connais pas l'arabe.

— Alors là, nous sommes un pays totalement schizophrène en ce qui concerne les langues. L'arabe classique est la langue officielle, mais les gens parlent kabyle, chaoui, tamashek, arabe dialectal et français à l'occasion. C'est dans la logique absurde de ce conditionnement dont je t'ai déjà parlé. Le peuple algérien est défini comme arabe alors que quatre-vingts pour cent de sa population est berbère.

— Vous êtes si nombreux que ça ?

— Je ne te parle pas que des Kabyles, il y a les Chaouias, les Mozabites, les Touaregs. L'arabe, tu peux toujours l'apprendre comme l'on fait beaucoup d'Algériens.

— Mon ancêtre Dihya avait bien appris à parler puis écrire le français et le patois aussi.

— Et sans doute aussi un peu de latin.

— Du latin ?

— Eh bien oui, elle a dû être baptisée pour se marier avec son soldat, et à l'époque, les prières étaient en latin.

— C'est vrai, tu as raison. Alors je peux bien apprendre l'arabe et même le kabyle !

L'après-midi s'achève, Anya, à la demande de son père, sort de sa chambre pour prendre congé de moi. Je ressens quelque chose comme de la méfiance de sa part à mon égard, peut-être une jalousie de fille unique élevée par son père. Avant de me raccompagner jusqu'à la porte, Djilali me donne rendez-vous pour mardi soir. Il m'accompagnera chez son ami libraire qui a trouvé pour moi de nouvelles cartes postales datant de la Sétif des débuts de la colonisation.

36

Après deux journées où un léger vent venu du nord, de la Méditerranée, rendait l'atmosphère plus respirable, un air brûlant s'abat sur Sétif. Dès que je sors, j'ai l'impression qu'il me dessèche les poumons de l'intérieur. Est-ce vraiment ici que j'ai envie de vivre ? Le réceptionniste de l'hôtel me dit que c'est le tout début de ce qui nous attend l'été, où il n'y a que l'espoir d'un orage pour rafraîchir l'air. Les heures les plus chaudes de l'après-midi, je les passe dans ma chambre à scruter les cartes postales anciennes que j'ai achetées hier chez l'ami libraire de Djilali, et à réfléchir sur la décision que je dois prendre.

Celle qui représente la rue de Constantine montre des passants sous une voûte de feuillage. De part et d'autre de la rue ombragée, des magasins bordés d'une galerie à arcades, des femmes européennes, un soldat portant képi au premier plan. Le mari de Dihya, Aimé Faure, devait lui ressembler. Comment vivait-il cet exil de plusieurs années sur cette terre si différente de la sienne ? En cette fin de dix-neuvième siècle, partir aussi loin de chez soi était une aventure totale. Il n'avait probablement aucune idée de ce qu'il allait trouver, mais il savait que de toute façon, quelles que soient ses difficultés, ses peurs ou ses nostalgies, il ne pourrait quitter cette terre d'exil tant que l'armée ne l'autoriserait pas à rentrer chez lui. A-t-il envisagé de rester vivre à Sétif avec Dihya quand son service militaire a été terminé ? Et moi, que vais-je faire ? Rentrer à Bordeaux et reprendre ma vie d'avant ? Cette perspective m'est insupportable. Chercher du travail et vivre à Sétif ? Cela me fait peur car ici, je ne connais que la surface des choses, je ne sais pas si je pourrai m'habituer par exemple à l'absence des femmes dans certains lieux publics, à leur liberté restreinte. Pourtant, l'exemple d'Aimé Faure et surtout de Dihya me fascine.

Pas de femmes indigènes non plus sur la carte postale représentant la place de l'église, ni sur celle de la porte de Biskra ou de la rue de Trajan. Des hommes portant burnous et enturbannés et, par-ci par-là, un soldat français. Je repère enfin dans la rue de Sillègue un groupe d'enfants indigènes au premier plan, avec à gauche une toute jeune fille. Elle porte une ample robe claire, ses longs cheveux sombres sont retenus dans une natte qui tombe sur son épaule droite et ses pieds nus foulent le sol de la rue. Ce pourrait être Dihya. Je passe un long moment face à cette image comme si elle était la seule trace de la vie de ma lointaine ancêtre à Sétif. Je place les deux cartes postales côte à côte, celle de la jeune fille que je veux appeler Dihya et celle du soldat portant képi, semblable à Aimé Faure. C'est ainsi que le destin les avait réunis ici, la jeune Berbère et le soldat français. Et moi, quel destin vais-je me donner ? Rester vivre ici serait pure folie. Mais tout exil n'est-il pas peuplé d'incertitude ? Je prends peu de risques en comparaison de tous ces réfugiés, migrants et clandestins qui bravent des déserts, des mers et des frontières pour s'installer ailleurs. Et puis il y a Djilali. La perspective de continuer nos rencontres et nos conversations me remplit d'une joie que je n'avais pas connue depuis longtemps.

Je dois repartir en fin de semaine mais deux jours avant mon départ, Djilali me parle d'une connaissance qui travaille dans une entreprise d'import-export de pièces de vélos et deux-roues motorisés, laquelle souhaite recruter une secrétaire maîtrisant le français et l'anglais. Djilali me dit aussi qu'il me trouverait facilement des cours particuliers dans ces deux langues à donner aux enfants de la bourgeoisie sétifienne. Il ne cesse de critiquer son pays devant moi, il dit vouloir me dissuader de m'installer à Sétif mais en même temps il m'aide à chercher du travail. Je crois qu'il est dans le même état d'esprit que moi : il sait que c'est déraisonnable mais il aimerait que je vive ici.

J'ai appelé Stéphane pour le préparer à l'idée que je ne resterai peut-être que de façon transitoire à Bordeaux. Il a hurlé dans le téléphone que j'étais folle à lier, qu'il ne voulait plus rien avoir à faire avec moi, qu'à force de fouiller dans mon passé, j'y avais perdu la raison et que ce serait inutile de venir pleurer un jour pour qu'il me reprenne. Je lui ai assuré que ça n'arriverait pas, lui affirmant que de toute façon tout était fini entre nous, que je l'avais compris depuis que nous étions loin l'un de l'autre. Furieux, il a raccroché. Je sais que mon envie de vivre à Sétif est irrationnelle, que les femmes n'y ont pas les mêmes droits qu'en France, que je ne parle pas les langues locales, que je ne suis pas sûre de trouver du travail. Mais j'ai quelque part en moi ce besoin de tout recommencer ici, comme l'avait fait Dihya devenue Jeanne à Groléjac.

Le rendez-vous pour l'entretien d'embauche a lieu dans un immeuble moderne de la périphérie de Sétif, un édifice de verre et de béton digne représentant de l'architecture mondialisée, identique sur tous les continents. En gravissant les étages avec l'escalier mécanique, je repense aux ruines de la ville de Djemila que j'ai visitée. Les Romains ne faisaient-ils pas la même chose ? Bâtir sur toutes les terres conquises autour de la Méditerranée des monuments semblables à ceux de Rome ? La climatisation des lieux me repose agréablement de la chaleur du dehors. C'est le sous-directeur de l'entreprise qui me reçoit, jeune homme sanglé dans un costume élégant, s'exprimant dans un très bon français. Je lui explique que j'étudie la possibilité de m'installer à Sétif.

— Rappelez-moi les raisons qui vous ont poussée à venir jusqu'ici ? On ne peut pas dire que Sétif soit une ville qui attire beaucoup de touristes européens !

Je lui résume brièvement les motivations de ce voyage, qui est en fait comme un retour aux sources pour moi. Il m'écoute en souriant et ne fait aucun commentaire. Je lui parle ensuite de mes diplômes et de mon expérience professionnelle et j'ajoute :

— Je dois vous dire que je ne peux vous montrer aucun papier, aucune attestation le prouvant. Quand je suis partie de chez moi…

— Oui je sais, monsieur Aït Mokrane m'a raconté votre histoire. C'était mon professeur de français au lycée.

Il savait donc très bien depuis le début quels motifs m'avaient conduite jusqu'à Sétif.

En riant, il ajoute :

— C'est pour cela que je parle aussi bien le français !

Je suis stupéfaite :

— Djilali ? Votre professeur ? Il ne m'en a rien dit !

— Ne vous inquiétez pas pour les papiers. Je vous fais confiance, avec une recommandation comme celle de monsieur Aït Mokrane, pas de problème. La personne qui occupe le poste actuellement part prochainement s'installer à Constantine. Je vais en parler au directeur. Je vous tiendrai informée par monsieur Aït Mokrane.

Je me dis qu'il pourrait tout aussi bien prendre mes coordonnées et m'informer directement. C'est sans doute ça, être une femme en Algérie : même si on travaille, on reste sous la tutelle des hommes. Mais je ne rétorque rien et prends congé.

En sortant de l'entretien, je suis toujours aussi perplexe : pourrais-je vraiment travailler et vivre à Sétif ? Après la mort de maman, je suis entrée dans un long tunnel, seulement éclairé de brèves lueurs quand je commençais à entrevoir un peu plus chaque fois ce qu'était vraiment mon passé familial. Je suis sortie de ce chemin obscur et je baigne dans la lumière estivale de Sétif. C'est peut-être ici que se trouve désormais ma vie ?

Nous sommes convenus avec Djilali de nous retrouver dans le salon de thé habituel après ses cours, en fin d'après-midi, pour que je lui raconte comment s'est déroulé l'entretien d'embauche. Mais quand je rentre dans la petite salle où les pales d'un ventilateur de plafond brassent l'air chaud de la fin de journée, c'est sa fille Anya qui m'attend à une table. Djilali a-t-il volontairement organisé cette rencontre pour que sa fille et moi puissions discuter un peu et mieux nous connaître ? Je n'ai pas une grande expérience des adolescents et je ne sais pas trop sur quel sujet lancer la conversation. Je jette des coups d'œil vers la porte dans l'espoir que Djilali apparaisse. C'est Anya qui parle la première :

— *Baba* m'a expliqué... enfin je veux dire papa...

— Tu peux l'appeler *baba*, je n'ai pas encore appris grand-chose mais ce mot-là, je le connais.

— Il m'a dit pourquoi tu étais là, l'histoire de ton ancêtre et tout ça... Je t'admire d'avoir fait ça, être venue jusqu'ici. Moi aussi, un jour, j'aimerais partir...

— Avec ton père, je pourrais vous emmener un jour en France, jusque dans le village de Groléjac où a vécu la jeune Dihya de Sétif.

Elle ne répond rien, semble réfléchir et au bout de quelques instants, son regard direct se pose sur moi, ce même regard inquisiteur que j'ai déjà remarqué une fois.

— Papa et vous, vous allez... vous marier, vivre ensemble ?

Je suis tellement surprise par sa question que ma réponse tarde à venir :

— Je... en fait nous sommes amis et je ne crois pas que...

— Oui, mais plus tard...

— Je ne sais pas... je ne crois pas...

Je ne lui dis pas que je ne connais pas les intentions de son père et que moi-même, j'ignore où j'en suis de ma vie. Et avec ce regard qu'elle a souvent et qui vous jauge, elle ajoute :

— Ça fait longtemps que je vis seule avec *baba*.

Nous ne disons plus rien et buvons notre thé à la menthe en silence. Et moi, serais-je prête à avoir une liaison avec Djilali, à vivre chez lui, à l'épouser, à partager le quotidien avec sa fille qui serait peut-être difficile à apprivoiser ? Quelle place pourrait-il y avoir dans sa vie pour une étrangère ? Je ne sais pas, je ne sais rien, si ce n'est que je ne supporte pas l'idée de ne plus revoir Djilali.

Il entre dans le café et nous fait un petit signe de la main. Il n'a pas l'air surpris de voir sa fille, cela confirme ma supposition que la rencontre n'était pas fortuite. Je lui fais le compte rendu de l'entretien d'embauche et lui reproche en riant ses cachotteries :

— Tu avais oublié de me dire que le sous-directeur était un ancien élève.

— En effet, comme beaucoup de jeunes hommes de Sétif...

— Il m'a donné de bons espoirs pour le poste. Mais si je travaillais ici, il faudrait que je me trouve un logement. Puisque tu connais la moitié de Sétif, ça ne devrait pas poser de problème...

— Oh si, malheureusement, ça en pose. Sétif, comme toutes les villes d'Algérie, connaît une pénurie de logements, et s'il n'y a rien de disponible, toutes mes relations ne serviront à rien.

Un instant, je me demande s'il va me proposer de loger chez lui, mais je vois le regard dur d'Anya posé sur son père. Et puis il ne faut pas que j'oublie que nous sommes en Algérie, et qu'il doit lui être impossible d'héberger une femme sous son toit sans qu'ils soient mariés.

— Mais j'ai pensé à quelque chose, continue Djilali. En attendant mieux, tu pourrais loger chez ma mère, son appartement est confortable et tu disposerais d'une grande chambre.

— Et tu crois qu'elle serait d'accord ? Bien sûr, je lui verserais un loyer.

— Je lui en ai déjà parlé, l'idée lui plaît beaucoup.

Décidément, Djilali a pensé à tout. Il m'a trouvé un travail potentiel et un logement. Cela signifie qu'il souhaite que je m'installe à Sétif. Du moins, c'est ce que je veux croire. Du coin de l'œil, je surveille la réaction d'Anya. Son visage reste impénétrable. Était-elle déjà au courant de tout ce que son père a fait pour moi ? Cela expliquerait sa question de tout à l'heure sur la possibilité que je partage ma vie avec Djilali. J'accepte cette possibilité de logement qu'il me propose et je sens que nous venons de franchir une étape dans notre relation. C'est peut-être sa façon de me faire comprendre qu'il tient à moi.

37

J'ai proposé à Djilali de l'inviter, lui et sa famille, au restaurant avant mon départ mais j'ai senti aussitôt sa gêne. Il m'a expliqué que ce n'était pas possible, car sa mère n'était pas habituée à ça, elle ne voudrait pas venir. Je m'en veux de ne pas y avoir pensé. Je ne sais à peu près rien des habitudes de vie ici, il va falloir que j'apprenne, et vite, si je décide de m'installer à Sétif. Comment avait fait Dihya à son arrivée à Groléjac ? Elle devait être encore plus ignorante que moi aujourd'hui des us et coutumes de la campagne française ! Elle avait changé de religion, appris à écrire le français mais, malgré tous ses efforts, elle était restée l'étrangère. Un siècle plus tard, c'est ce qui restait d'elle dans la mémoire collective des habitants de Groléjac. Et moi, avais-je quelque part ma place ? Je n'étais plus de Bordeaux, comme je l'avais cru jusqu'à il y a peu, c'était seulement la ville de ma famille d'adoption. À Sétif et Groléjac se trouvaient les traces de mon ancêtre, mais j'y restais une étrangère.

Puisque le restaurant était impossible, j'ai décidé de préparer chez Djilali des plats français, pour faire découvrir à sa famille une autre cuisine, comme l'avait fait sa mère pour moi. Je vais leur cuisiner du poulet basquaise, qui se consomme beaucoup dans la région où j'ai vécu jusqu'à aujourd'hui. Il faut des légumes d'été pour le préparer mais ici, ils ne manquent pas. Et puis des pommes de terre sarladaises, si je parviens à trouver une conserve de cèpes.

La mère de Djilali m'a demandé de l'appeler par son prénom, Ouzna. Elle a insisté pour m'aider à la cuisine, car elle veut voir ce que je prépare et comment. Souhaite-t-elle vérifier si je ferais une bonne épouse, capable de bien nourrir son fils et sa petite-fille ? Elle n'ose pas me demander directement où en sont nos relations avec son fils, mais je la sens pleine de curiosité et d'impatience. Je me souviens de sa remarque susurrée à mon oreille lors du premier repas chez Djilali : « Mon fils, il est bien seul. » En vieillissant, elle serait peut-être rassurée de voir que son fils a retrouvé une épouse. Petit à petit, cette idée fait aussi son chemin en moi, et Djilali, bien que toujours aussi poli et retenu avec moi, multiplie les petites attentions. Seule Anya me lance toujours des regards farouches.

La recette sarladaise, c'est Simone, la propriétaire de l'Hôtel du Port à Groléjac, qui me l'avait donnée, lors d'une de nos discussions d'hiver près du radiateur. Tout à coup j'ai envie de revoir Simone, la vieille Yvonne et Georgette, de leur raconter tout ce que j'ai découvert ici, mes liens avec Djilali et sa famille. Simone n'en reviendrait pas, de la suite inattendue de son feuilleton préféré ! Et pourquoi pas un voyage avec la famille Aït Mokrane ?

— Un jour, vous pourriez venir tous en France, proposé-je. J'aimerais que vous connaissiez ces lieux où a vécu mon ancêtre Dihya. Je suis certaine que cela vous plairait. Enfin, toi, Anya, je ne sais pas si tu aimes la campagne.

— Je ne la connais pas. On a toujours vécu à Sétif.

— C'est vrai, je n'ai plus de famille à la montagne, explique Djilali. J'ai un frère qui vit ici, un autre à Constantine, et ma sœur habite Alger. Quand nous voyageons, c'est vers une autre ville.

Je m'adresse à la jeune fille :

— Alors, ça te plairait peut-être, ce serait une découverte pour toi.

Elle ne répond rien mais son regard a marqué incontestablement un intérêt, sans doute a-t-elle réagi au mot « découverte ». J'essaie d'imaginer la famille de Djilali logeant avec moi à l'Hôtel du Port, se promenant sur les berges du lac. Je les présenterais à la vieille Yvonne et, pourquoi pas, à Georgette. Je me représente tous ces moments, mais cela reste aussi inaccessible qu'un rêve.

Le repas se passe agréablement à évoquer mes possibilités de travail ici, les activités qu'offre la ville. Mes hôtes m'apprennent quelques bribes de leur langue. C'est à cela qu'il faudrait que je me consacre d'abord, car je suis frustrée de ne pas comprendre les conversations autour de moi. Djilali se met tout à coup à réciter ce qui ressemble à un poème dans sa langue héritée de ses ancêtres berbères. Il m'explique que dans la littérature kabyle, on utilisait les comparaisons avec des fruits ou des animaux pour vanter la beauté d'une femme.

— Par exemple, l'œil était comparé à une olive, le nez à une serre d'aigle, pour la démarche, c'était celle de la perdrix.

— Et la pomme pour les seins, ajoute sa mère. C'est avec cette récitation que les hommes bien élevés faisaient leur cour, précise-t-elle pour être bien certaine que j'aie compris ce qu'elle pense être une intention cachée de son fils.

— Votre langue est très poétique. Mon ancêtre s'appelait Thiziri, cela signifie Clair de Lune, non ? La petite fille née du malheur, elle s'appelait Clair de Lune.

— Oui, c'est un très joli prénom, dit Djilali en posant sa main sur la mienne.

Anya se lève et demande :

— *Baba*, et si on faisait une photo-souvenir avec l'appareil que t'a offert oncle Idir ?

Je suis étonnée que la jeune fille veuille immortaliser ce repas partagé avec l'étrangère. Souhaite-t-elle que ce soit le seul ou bien le premier d'une suite de repas familiaux ?

— Très bonne idée, Anya. Mais qui va prendre la photo pour que nous y soyons tous ?

— Pas de problème *baba*, je vais demander à Youssouf, le fils des voisins, il nous fera la photo.

Nous nous asseyons tous les quatre sur le canapé, Djilali et moi au centre, Anya près de son père et Ouzna à mes côtés. Nous sourions tous sauf Anya qui a l'air songeuse. Sur les quatre personnes du cliché, je suis la seule à être étrangère. N'est-ce pas ce qui avait attiré mon attention sur la photo de « La famille de Groléjac », une jeune femme seule, sans parents, avec quelque chose de différent dans sa physionomie ?

Le lendemain, je suis dans l'avion qui me ramène à Bordeaux et je repense à la photographie prise chez Djilali. Un jour, quelqu'un se demandera-t-il, face à ce cliché, qui était cette femme manifestement étrangère qui posait avec la famille Aït Mokrane de Sétif ?

Achevé d'imprimer en avril 2019
sur les presses de la Nouvelle Imprimerie Laballery
58500 Clamecy
N° d'impression : 904062

Imprimé en France

La **N**ouvelle **I**mprimerie **L**aballery est titulaire de la marque Imprim'Vert®